国学魅力经典解读

孔维勤说禅诗

大道在心

孔维勤/著

東方出版社

目　录

contents

孔维勤致东方出版社（代序）

三流商人卖产品，重视商品管理；二流商人卖服务，重视知识管理；一流商人卖文化，重视文化经济与文化管理。文化管理必须注意人性与生活的方方面面，与时推移，能解决与启发现在人的智慧，了解社会各年龄层的困境，满足其生活上迫切的需要。

中国社会一路发展至今，成为世界上最重要的国家，传统中国经典的经世致用与现代生活语言接轨，可以从两个方向切入：年长者经过建国、“文革”与筚路蓝缕以启山林的苦难，生活的磨炼是智慧的沃土，传统中国文化的价值观与精神力量可以“一语惊醒梦中人”，与古人为知己，可以帮助现代长者以陶渊明、苏东坡自许，困而不穷。80后的新一代中国青年，面对日益开放的西方文化，容易在中国传统文化底蕴与根基不深的情况下，崇洋媚外。加上海归的留学生将更多的西方价值观与概念元素引进中国，如同中国台湾一样。中国台湾在20世纪60年代与70年代的时候，留学生学成归来，立刻位居要津。在当时崇洋媚外的情况下，虽然蒋中正提倡复兴中华文化运动，却仍然敌不过西洋文化，洋博士比土博士值钱多了，也更受重视，更能发挥所长。于是中国台湾社会有能力的家庭纷纷把孩子送出国，他们的下一代成了ABC的一代，八九十年代又回到台湾的文化界娱乐圈，成为媒体的宠儿与年轻人的偶像，他们形成的以西方文化为主导的文化观与价值观，蔚为主流。这个时候，传统文化及其价值观的介入显得尤为迫切。

目前中华文化被台湾重视，皆因为大陆的强盛与现实利益。台湾社会目前是偶像剧一般的社会，软弱无力，台湾新生的一代，在肤浅的文化中成了失根的兰花与浮萍。目前台湾文化是典型殖民文化的缩影，一如现存台湾肤浅的偶像剧一样，也一如香港文化的搞笑无思考的谐星喜剧，在文化自觉的惰性下，没有文化生活与自信的80后，会在大众流行文化的肤浅内容中迷失自己。

台湾虽然小，大陆虽然大，但是台湾的文化经验是个实验室，成功与失败的经验都是警讯。大陆改革开放以来，有能力的家庭纷纷把小孩送出国门，全球化的新时代东西文化交流是必然趋势，但接受西化教育者没有自己文化的根基，他们学了西洋的价值观、信了基督教、成了海归派后，不免挟洋自重，如果海归的人才缺少中国文化底蕴，再回国时，必然成为黄皮白心的“香蕉”，与台湾的惨痛经验一样。

譬如中国新一代的大学学者，不得不以西方大学的学术成就评估的模式作为师资的评量，传道授业解惑的师德被忽略，把耶路撒冷当圣城。中国的曲阜只是小县城，中国传统文化，多数停留在文献文物与中国式的符号层面，等待西方发掘。

中国油画创作大量模仿美国普普画派的风格，成为拍卖界的天之骄子。

偏偏今日的中国已经跃居世界舞台的巅峰，中国文化的色彩必须是世界文化光谱中最重要的颜色，传统中国文化的优良基因，必须内化又外现地活出来，成为有自信与21世纪融合的能体现现代中国人的价值观的文化，成为新中国与新中国人的里程碑的文化。

于是，传统中国文化的新瓶装旧酒，取法于西方成功的文化典范，以寓教于乐的方式，有更多的文化创意，深入浅出，呈现为适合中国国情的文化教育产品，一如美国迪斯尼的精益求精，一如贾伯斯的融合科技与文化，也一如中国历代的文史艺术家，如扬州八怪如李可染，将传统中国文化，有生命实感、有计划而深入浅出地拆解提炼。

东方出版社可以针对中国人一生各阶段的课题与难题，据病与药，很实际又很充满吸引地通过具有文化创意的出版与制作，为中国当前社会新一代的开放教育的伟大工程做实践。

同时不能停留在故纸堆中，不能变成白开水的语译，不必是学术论文，应该与现在的生活结合，与现代人的困境呼应。中国未来的教育必须从现在开始，让国学像动画与游戏与摇滚乐一样亲切，才能深入人心。

北京的东方出版社在中国的关键年代兴起，在它最年轻又最有影响力的此时此刻，为中国五百年后诞生的圣人，责无旁贷地做出准备，在文化上编织出一个

“老者安之、朋友信之、少者怀之”的大棉被，温暖在贫富贵贱的轮回中日益萧条的人心。东方出版社可以成为东方智慧的迪斯尼。孔子说：“吾十有五而志于学，三十而立，四十而不惑，五十而知天命，六十而耳顺，七十而从心所欲，不逾矩。”神秘的年龄，有每一个年岁的花朵与果实，东方出版社可以寓教于乐，满足人生每一个阶段成长的学习需要，一如《礼记》的“生涯规划”：人生十年曰幼，学；二十曰弱，冠；三十曰壮，有室；四十曰强，而仕；五十曰艾，服官政；六十曰耆，指使；七十曰老，而传；八十九十曰耄，七年曰悼，悼与耄，虽有罪，不加刑焉，百年曰期，颐。东方出版社把中国人每一个年龄，当做“天命”一样对待，岁月的生长，七情六欲的安顿，生命不同养分的汲取，都可以像大厨师一样，调理出年龄的菜肴，像是儒道的养分变成了陶渊明的归去来兮，加上了佛，便成了苏东坡的大江东去！

大道在心

千尺丝纶直下垂，一波才动万波随。

夜静水寒鱼不食，满船空载明月归。

——德诚禅师

【作者】

德诚禅师，四川遂宁人，生卒年不详，皈依药山惟俨禅师，隐居秀州华亭吴江畔，他常在吴江边上以小舟帮人摆渡，人称“船子和尚”。据说他传法给夹山善会禅师后，投江而逝。

【题解】

真正的大道不在外头呀，大道就在静静的心里。任何人只要心一静下来，烟水茫茫，万波随动，月光洒在每一片波浪上，月印万川，何等光景！忽然，水波载沉载浮，烦恼的故事不见了，身世的感伤不见了，静心的世界，满船的月光，四周一片空寂，人我俱忘。

唐代诗僧德诚禅师这首诗，写的是月夜垂钓的动人情景，我们仔细玩味这首禅诗，会发现禅师写的不是真正的钓鱼，而是如何找到每一个人内心深处的“小秘密”。

千尺细细的钓丝，完全是一个形容词，作为人间的比喻，一是指出潭水之深，二是人生的寻寻觅觅，有如千丝万缕，一旦用功了，生命的深刻与沉潜，有着更丰富的收获。所谓垂钓千尺，意在深潭，面对许多人生的肤浅，用功的人总是有着更多的期待，更多的等待。

所求之深，必须专心一意。

这时候，有什么样的经验，比在湖边钓鱼更能磨炼一个人的耐性？

如同修行的事，一点也急不得，往内心处走，不能外求，钓鱼的人必须有更多内省的功夫，必须有“无为”的人生态度，不能心急。

唐诗有“孤舟蓑笠翁，独钓寒江雪”的诗句，钓鱼的老翁要够老。最老的钓鱼翁是姜太公，姜太公钓鱼，离水面一尺，所谓“愿者上钩”，连鱼钩鱼饵都免了，这个故事不必是真的，但是说出了一种“无为”的人生，无为的人生一定豁达，可以超越利害现实。

所以禅诗第一句“千尺丝纶”，意味人生所求之深。

禅诗的第二句“一波才动万波随”，又点出了所求之广。

人间大道既然没有止境，无论微波荡漾或是波涛汹涌，无边无际的“随波逐浪”，却是一丝马虎不得。波波相连，“万波随”是人间无穷无尽的因缘，从因缘的观点，所有事情必须放大了看，才不会被刹那的“变化”左右，不会被眼前的事物迷惑，更不会执著眼前的利害现实，失去自己的本性，让大大的人生变成了顾影自盼的小可怜，把生命的气象与格局变小。

禅诗第三句“夜静水寒鱼不食”，被称为“船子和尚”的德诚禅师写诗到了此处，完全透露了他的心事，参禅的人生要亲身体会，修行的道路无痕迹可循，人生真正的彻悟，谈何容易！所以“夜静水寒鱼不食”，钓鱼的人虽然静静等待，鱼却没有上钩。这诗句意味着“大道难遇”，所谓人间时节因缘，可遇而不可求，“有心栽花花不开”，“欲速则不达”，参禅求道，需要的是“恰恰无心时，恰恰无心用”的境界，有如生病的人，必须吃了药才会痊愈，但是真正人生的功课，和一般的吃药打针很不一样，常常大病一场，反而觉悟了。

人生心灵的药方一点也不能急切。仿佛人生有了问题，想要询问，真正到了问题的核心，要问的时候，反而觉得什么问题都没有了，既然没有问题了，一切都不再困扰。

当初禅宗二祖慧可禅师求见达摩祖师，因为达摩祖师不见他，他为了表示自己求道的决心，硬生生把自己的手臂砍断，达摩祖师被慧可禅师向道的决心感动，终于收下这个徒弟，便有了师徒二人精彩的对话。

慧可禅师提出存在他心中许久的问题："我的心不安，怎么办?"

对于多数的人，心不安是平常的小事情小问题，慧可禅师却当成了大事情大问题。达摩祖师倾听以后做了回答，他的回答也很奇妙，他要慧可禅师"把自己的心找出来"，然后他再帮他安心，慧可禅师听话听得很认真，他一心一意"要找到自己的心"，可是他一直找不到。当他告诉达摩祖师，他找不到自己的心的时候，达摩祖师告诉他："我已经帮你安好你的心了。"

有趣的是，慧可真的安心了，从此归于达摩祖师门下。

后来达摩祖师传法给他，印证他成为禅宗二祖，当时慧可不说一句话，从西边走向东边，安心地向着达摩礼拜，便悄然离去。

原来，禅宗心法的传承，在因缘中，有如大地长河，青天白日，一切自然而然，随顺随缘，不需要多事之人在那里比手画脚，徒然心乱不安。

我们再细细参一参德诚禅师的诗句，"夜静水寒鱼不食"虽然指出大道难觅，但那只是一般人的盲点罢了，真正的大道不在外头呀，大道就在静静的心里。任何人只要心一静下来，烟水茫茫，万波随动，月光洒在每一片波浪上，月印万川，何等光景！忽然，水波载沉载浮，烦恼的故事不见了，身世的感伤不见了，静心的世界，满船的月光，四周一片空寂，人我俱忘。

"满船空载明月归"，德诚禅师终于说出人生究竟的圆满。

到头来，生命的变化，常常像一叶小舟在动荡的水面，一刻也不停留。

这时候，只要把烦躁的心静下来，身心空寂了，会感受到诗中所写的情境。真正的人世，似乎有人在那里，又似乎人是不存在的，船在那里，船也不在那里，人船都不见了，似乎只听到水波的动静，一切安静了，既动又静。原来的钓鱼客，既在鱼，又不在鱼，行所无事，什么都不为了。生命小船上的钓鱼客，每天事情仍进行着，却一无牵挂，仿佛什么都没有发生。

德诚禅师不愧为“船子和尚”，他最后的诗句“满船空载明月归”，不懂的人认为空手而归，一无所获，是可悲的。但是懂得禅机的人会相视而笑。生活在当下，水波船身浑然一体，一切和谐空灵，照应了不着痕迹的明月，在回家的路上……有什么比这种感觉更幸福呢？

空则有，静则慧

空手把锄头，步行骑水牛。
人从桥上过，桥流水不流。
——善慧大士

【作者】

善慧大士，俗姓傅，有人称为“傅大士”。名翕，字玄风，东阳郡乌伤县（浙江省义乌县）人。生于齐明帝建武四年，卒于陈宣帝太建元年，世寿七十三岁。著有《善慧大士语录》四卷，《傅大士颂金刚经》、《傅大士心王铭》等。

【题解】

这首诗以“矛盾”的语句出现，虽然念起来顺口，可是细细一想，每一句话都是矛盾的。禅诗常有这种诗句的表现形式，旨在打破一般人惯性的逻辑思维，停止思考，可以增加生活直觉的洞察力。

傅大士生在南北朝时期，历经齐、梁、陈三朝，神异故事颇多，很得梁武帝的敬仰。

这首禅诗，一开始就叫人丈二和尚摸不着头脑，“空手把锄头”，空手怎么把锄头呢？既然称为空手，一定是手上什么也没有，锄头一定要手拿着才能耕田下地，所以这首诗第一句话，就显出了诗句的矛盾。

读到这样的禅诗，一种反应是，立刻拒绝，不要浪费时间；又一种情况是，这首禅诗是千古绝唱，许多禅僧是参究这一首诗开悟的，究竟傅大士有什么“秘密”在里头？他的禅诗究竟有什么特别的思路？

首先，我们要了解，佛教的教法，常说“不可思议”四个字，禅宗最深刻的“拈花微笑”，甚至连“言说”都没有发生，在灵山会上，释迦牟尼与迦叶尊者师生二人，他们的传承在“一朵花”和“一个微笑”中诞生，禅宗后来“不立文字”的教法，也直接指出“言语道断，心行处灭”。

佛门这些看似不可理解的传法，一直是禅宗祖师们应机接引弟子最重要的方式。

如果以“不可思议”的教法来看，傅大士第二句“步行骑水牛”的禅诗成功了，他完全打破了一般人习惯思考的逻辑。

因为突然不懂了，有困惑便起“疑情”，一旦起了“疑情”，看事物便不会那么理所当然，于是会想一想“空手”的道理，往深一点想，空手并不是手上什么东西都没有，而是一个人诞生时候的状态。初生的小婴儿呱呱坠地的手上不是什么都没有吗？

人生年华老去，临终的时候，万贯家财不也是只能放下又回到两手空空吗？

于是诗中“空手”的意义突然鲜明了，真正空手“放下”的人，才能够“拿起来”，也唯有“空手”的人生，才可以不断“拾得”，不断“放下”，不会像朝三暮四的猴子，一执著了什么都放不下，到头来，牵挂了，手不干净，心也不干净。

“空手把锄头”讲的是“深耕”：农夫以一把锄头、一根扁担，谋了生计，衣食无虞。在农事时，一旦“空手”不成，抓不起任何东西，这“锄头”只好荒废在一边，所以农夫锄田垦地，唯有“空手”才能抓起“锄头”，在春天的时候，“空手把锄头”才能真正尽人事。

傅大士这首“矛盾诗”，其实一点也不矛盾。在佛法中，“空”是佛教根本的教义，“因缘所生法，我说即是空，亦即是假名，亦是中道义。”禅师应机接引弟子，落实“空义”，要弟子在生活上“证空”空性，无论言语行为，甚至衣食住行，不能“证得空性”便不知万事万物的因缘，在佛法修行的路上，没有机会更上一层楼。

佛法以“空”为基本，傅大士这首禅诗，一开始便教导了一个“空”字，“空性”的原理，指出万事万物都在“因缘和合”的状态，任何事情的成功与发展，要把握事物的因缘条件，做好一件事，没有“空性”的缘起是不成的。

老庄思想与佛教思想最为接近，老子曾说：“三十辐共一毂。”车轮的轴承，因为空心，才能插入条辐，才能带动车辆行走。制作陶器与锅碗瓢盆的器皿，也因“空虚”而能盛装清水与食物。庄子也曾以一间空空的房子，作为“空性”的比喻：“虚室空华，吉祥止止。”老庄思想的核心，以“虚无”、“空无”为根本，没有“空”，一切事物都不可能。

老庄思想的“虚无”，相较于傅大士的“空手”，“空手”似乎多了一点亲切。

人手不能放空，天天抓东抓西；人心不能放空，什么也放不进去；语言文字不能空，独断的言语，孤独的文字，总是离开现实很远很远。

古人说，“能放手处且放手”，“得饶人处且饶人”，我们细细思索傅大士“空手把锄头”的道理，深入想想，加入了语言的因缘，落在现实生活上，便一点也不矛盾了。

知道“空手把锄头”的道理，“步行骑水牛”便好懂了。

面对忙碌营营的生活，傅大士对症下药，所谓“事缓则圆”。

我们的心念常常比我们的行动急切，一般人常在“人事”上刹不了车，过犹不及，人生充满后悔。傅大士诗句的“步行”，提醒我们回到走路的时候，悠悠的心情，人身的步调与四周环境一致。譬如：行走山道上辛苦些，草原上可以轻松一点，“人身”的感觉出来了，“步行骑水牛”的道理就懂了。

傅大士以“水牛”举例，水牛本性随顺自然，在犁田的时候，碰到田埂会自动转弯，学道修行，“步行骑水牛”正是功夫的入手处。修道总是有着骑在牛背上的“不可思议”，有着脚下心地的智慧，因为随顺“空性”而大气。

中国古书指称天地，不说天地小，而说人世的气象大。这大小之间，连庄子第一篇的“逍遥游”也一样，大鹏鸟够大了，有白云的翅膀，有泰山的背脊，但是抟扶摇而上九万里以后，大鹏鸟越变越小，最后不见了，融入了更大的天空。

傅大士最后两句“人从桥上过，桥流水不流”，又把一切事物相对统一了。

动与静，上与下，有与无，万物所有的边际泯除，成为天下一体，于是，天地万物一下子都静止了。

傅大士一句颠三倒四的话，一语道破人世的“颠倒”，无知的人活在颠倒梦想中，“心念并驰”，一辈子在生死轮回中打转，终生不得脱离人间苦海。

禅诗云：“云自飘零水自流”、“云在青天水在瓶”，人生于天地万物之间，与万物根本不相妨碍，人世的因缘起落，也永远互相唱和。

如果一个人能放下心中的妄念，人心能够“如如不动”，随顺生命的流水自然而然，那便是最好的境界。原来，“人从桥上过，桥流水不流”，傅大士这首诗可以这样解释：“水流”好比人生最自然的样子，顺着自然的天性，什么都是美好的，如同饥饿时吃饭，困倦时睡眠，心情好的时候“吃茶去”。这一切本是人生自然的样子，但是被“人从桥上过”给糟蹋了。

“人”一旦骄傲了，一旦执著了，不懂得随顺流水的生命步调，一径强求于“故步自封”的观念中，如同失眠的人，满身的困倦，却被满脑子的胡思乱想弄得睡不着觉，“妄念”太清醒了，像栅栏一样，阻挡住睡眠的渴望。人生自以为是，自以为知道一切的知识，因为无知而起的贪爱，傅大士一句“人从桥上过”说尽了一切，禅诗虽然写得像谜语一般，点开了却一点也不神秘。

苏东坡有名的诗句“溪声便是广长舌”，说出老子“上善若水”比喻的大道。他也在《赤壁赋》里形容流水：“逝者如斯，而未尝往也。”

天地万物不断在变化，生生不息的变化，这句“桥流水不流”的诗句恰恰相反了，行路人不再从桥上过，意味着抛去妄念，成了行船的渔夫舟子。行船的人经过绝唱的长江三峡，最激烈的流水中盎然有着最丰富而充满变化的行程，一念不生时，与天地一体，与造物者游，流水的生命变成造化的大道。

傅大士这首禅诗写得真好，是矛盾也不矛盾，是假的也是真的，“桥流”是人心不定，是心中起了波动，身心不清净，一旦放下了，佛教心经说得好：“行深般若波罗蜜多。”用智慧的水行船到彼岸，一个“度”字，自度度人，度尽我执我爱，度尽众生的贪瞋痴。傅大士这首禅诗懂得开悟人，帮助人心觉悟，“道不远人”，他知道“空手”、“步行”、“水流”的重要，像母亲一样抚摸着迷失的人。

修行的“说”与“做”

学者恒沙无一悟，过在觅他舌头路。
欲得忘形泯踪迹，努力殷勤空里步。

——洞山良价禅师

【作者】

洞山良价禅师，唐浙江会稽诸暨人，俗姓俞，二十一岁受具足戒，会昌法难时已三十八岁。他与学生曹山本寂共创曹洞宗，唐宣宗时，宣扬禅法于广东新丰山，后移于江西洞山。六十三岁圆寂，讳“悟本禅师”。今有《洞山良价语录》二卷、《宝镜三昧歌》、《玄中铭》、《新丰吟》、《纲要偈》、《五位君臣颂》、《五位显诀》传世。

【题解】

禅师的开悟，来自于生活的实践；一般人的过错，因为太过依赖知识，那是靠不住的。

所以真正的人生，最受用的时刻，仿佛又回到小孩的时候，小孩在家里听话，乖乖拿一支铅笔涂鸦，画的东西，大人看不懂，却是小孩“整个人用心”的作品，什么形状都不成，画的却是全然的“现在”，在孩子的眼里传神极了。

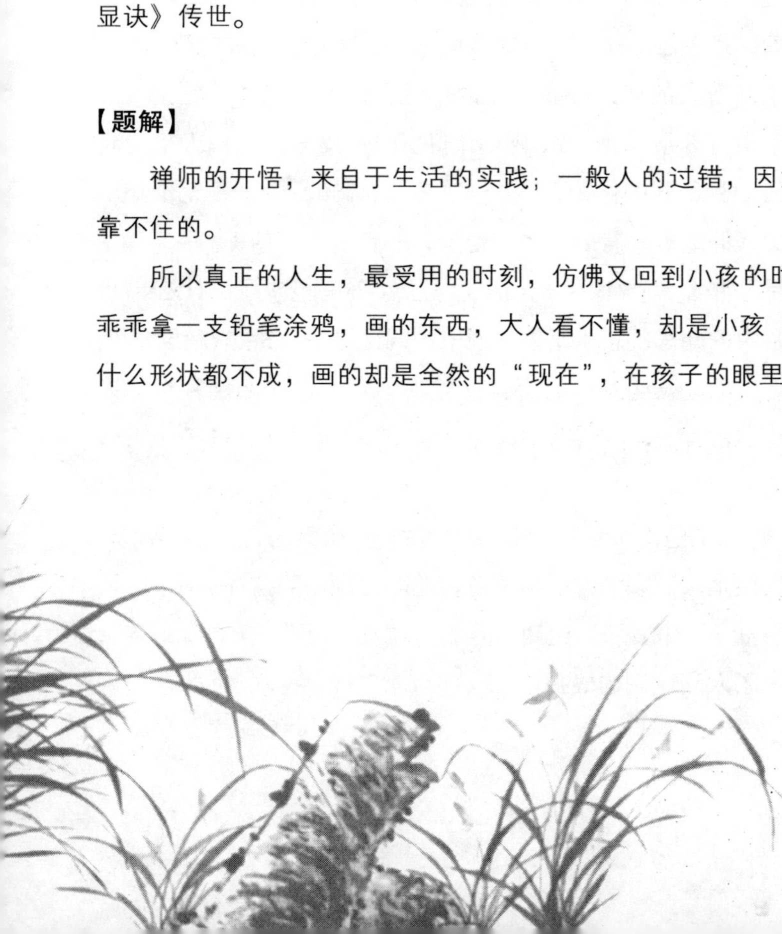

“空”是佛教最特殊的一个字。

一般人看事物无常变化，到头来落得两手空空，生死两端，一旦死到临头，一抔黄土，一个小馒头，生不带来，死没个去处，好像生前的一切努力，在死亡面前，都成了枉然的事。

一个“空”字，折煞多少英雄好汉。人生难免一死，这一关既难过，又无奈。

洞山良价禅师开创了曹洞宗，曹洞宗宗风“绵密”，像是一位耐心的母亲，循循善诱她的小孩。这一首禅诗画龙点睛的一笔，就是禅诗的第四句“努力殷勤空里步”。

以往我们熟知的禅宗教法，经常听到“棒喝”之类的霹雳手段，学禅的弟子与师父之间，所有的往来与对话，猜谜语似的，所说的话，所做的事，总是高来高去，神龙见首不见尾，莫测高深。在禅宗“五灯会元”、“景德传灯录”师徒传法的记载中，每一篇细细读去，常让人丈二和尚摸不着头脑，迷迷糊糊。

似乎学习禅法，必须是根基好、慧根高的人才可以。

但是，当我们听到洞山良价禅师这首禅诗时，我们仿佛听到妈妈温柔的声音。

一句“殷勤努力”，仿佛小孩生病了，听妈妈的话，哪里都不准去。小孩乖乖听话，一天过了，两天过了，不久病好了，又恢复生龙活虎的生活，这时候才知道，妈妈叫小孩在家待着，是为了养病，把身体弄健康了，才可以活蹦乱跳。

洞山禅师一语道破了许多人的病，许多人光说不练，在人生修持的路上，总是嘴巴说的比做的多，结果行为很幼稚，跟不上滑溜溜的嘴皮子。偏偏人生受到知识的影响很大，不同认知有不同的作为，一个人如果能够知行合一，无论知难行易或是知易行难，有实践的基础，看事物较有着落，心底也比较踏实。

多数人眼高手低，是是非非，吵嚷不休，话说尽了，心里也累了，什么事也没有完成。不但如此，心中的胡思乱想生了根，说出来的话尽是“胡言乱语”，做的事也都是“胡作非为”，对应一切身边的事，全部乱了套；一场颠倒梦想的人生，一段支离破碎的故事，混沌无明、空花泡影的生涯，就此展开，日子一天一天过着，从来没有踏实过。

“学者恒沙无一悟，过在觅他舌头路”，洞山禅师说得多么真切，“光说不练”的人生是没有根底的，反倒是被佛家说的业障缠身，轮回的烦恼痛苦挥之不去。

所谓“天下本无事，庸人自扰之”，这庸人自扰，“无一悟”与“舌头路”，洞山禅师苦口婆心地点出了人间迷惘的根源。

我们每一个人想一想，人生失败是不是因为犯了一样的错？人生的事，一个人若不亲身走过一回，只能听着别人的故事，流下了自己的眼泪，这泪水终究是白流的，一个人若不能亲证自己真实的现在，受用此刻生活的点点滴滴，一旦执著于语言文字的知见，活在别人的话语当中，人世会变得很没有自信，画饼充饥，总是徒劳无功。

所以真正的人生，最受用的时刻，仿佛又回到小孩的时候，小孩在家里听话，乖乖拿一支铅笔涂鸦，画的东西，大人看不懂，却是小孩“整个人用心”的作品，什么形状都不成，画的却是全然的“现在”，在孩子的眼里传神极了。

相反的，画得很像很像的作品，越是大人的模样，什么味道都没有，只剩下了躯壳与一些杂七杂八的血肉。

因为大人的世界是割裂的，完全生活在语言文字的习惯与框框里，整个人不知不觉地被绑手绑脚，似乎，大人的世界，若没有了语言文字与“有形”的东西依靠，生活会慌得乱了方寸。

这时大人比不上孩子，禅师赞美小孩子“我子天然”，因为孩子没有名相限制，少了得失之心，一旦没有得失之心，孩子眼中混沌的天地，是无形的，无相的，无声的，可是从来不对立，从来不落入阶级，人间最美的境界，都是造化小儿玩出来的。

“欲得忘形泯踪迹。”好一个孩子般自在的人生呀！

洞山禅师认为，人生最高的境界，要如同大自然的“无形无相”，大自然的“无形”，可以解作“无以形容”；大自然的“无相”，因为天地无穷无尽，不能去想象。这种“无相”“无形”的境界，是天地自然的样子，来无影，去无踪，一点都不能执著。

像庄子文章《逍遥游》里的寓言故事，大鹏鸟的翅膀如一朵云那么大，脊背如泰山那么宽广，一飞冲天，越飞越高，越飞越高，逐渐成为一个小点。最后，那一个小点也完全消失在天空里。庄子极尽可能地以“垂天之云”、“泰山之脊”形容大鹏鸟，但是大鹏鸟再大，也比不上天空大，逍遥的天空中没有任何形象的拘束，无形无相，却是“天之苍苍，其正色也”，有生命最纯正的颜色，是生命真正的归宿。

把庄子的逍遥游与洞山禅师的这首禅诗相比，大鹏鸟的实践精神，要从“过在觅他舌头路”去觉悟。而洞山禅师这首诗的最后两句“欲得忘形泯踪迹，努力殷勤空里步”，告诉所有的人，生命要像“天空”一样，人生所到之处，每一步都不留痕迹，像大鹏鸟一直向上飞翔，这种不留下脚印的“空里步”，随着许多因缘的起落，每一处落脚，都不会执著，不必回头，都在实践的真理当中。

不着文字相

我诗也是诗，有人唤作偈。

诗偈总一般，读时须仔细。

——拾得禅师

【作者】

拾得禅师，唐贞观时高僧，生平不详，与寒山子互相参禅唱和。拾得禅师年幼时被抛弃于荒野，经丰干禅师取名“拾得”后，带往国清寺养育。拾得禅师在国清寺期间，行径怪异，语带玄机，与寒山子一唱一和，一问一答，后来二人一起离开国清寺，隐石中而没。今有《寒山子诗集》传世。

【题解】

读诗要注重诗文的内涵精神，要洞彻心源，不要被外在的形势迷惑，着了文字相，有太多的分别计较。

所以“诗”与“偈”外在的分别一点也不重要，重要的是一首诗诞生的微妙一刻，那一个初生的禅机，可要仔细地看清楚，不要错过了。

拾得禅师的禅诗浅近通俗，没有看不懂的问题，但是他的禅诗，在懂了以后，又似乎有些不懂，懂与不懂之间，在白话的文字之外，留下了很大的空间，可以给人无穷的想象。

禅宗“不立文字”，意味着运用文字的最高境界，没有文字相，才是创作文字的极致，才能把握住禅机。

佛教传入中国后，印度文学特有的偈诗在中国的发展，前后有许多不同的阶段。佛经翻译的颂偈是一种面貌，唐朝禅宗兴盛，以“诗”说禅示法，广为象征譬喻的“禅诗”、“偈颂”更是多元。例如《六祖坛经》中神秀与慧能的“示法偈”是纯粹的哲理诗，僧璨所作的《信心铭》、永嘉禅师的《证道歌》都是哲理化的诗偈。另外还有翻译的佛经，如《金刚经》最著名的偈子：“一切有为法，如梦幻泡影，如露亦如电，应作如是观。”这种浅显易懂又有深刻涵义的诗偈，影响了中国的诗歌创作，直接扫荡了华而不实的文字。

禅诗的应运而生，我们可以禅宗的“不立文字”作标准，禅诗的字里行间，“文字相”越淡泊越是好诗，“文字相”淡到看不见了，诗的滋味入口即化，不留下道理，没有平面的东西，整首禅诗化成一把宝剑，去除人生分别的妄念，一剑斩断情根，没有多余的缘分。这时，写诗的人不见了，看诗的人也不见了，只剩宝剑的辉光，闪闪发亮。于是，禅宗“不立文字”的根本，在一首禅诗上诞生，一点也不矛盾。

晚唐五代禅宗“五家七宗”的禅诗，更因为禅师不同的门派宗风与悟境、不同的根器，显示出不同的风格特色：有的是文字机锋接引弟子的“传法偈”，有的是立即表现禅师悟境的“开悟诗”，有的是简简单单、娓娓道来的生活感悟。由于许多禅师在禅诗里融入个人生活的背景，像寒山、拾得、灵澈、皎然等诗僧之作，保有相当丰富的民间诗歌形式，自然流露，行云流水，平易近人。另外“悟道诗”与“说理诗”，也与重视韵脚的正统诗歌不同，心境的领会，发而为诗与偈，注重的是内心的觉悟。

因此拾得禅师这首诗意思是，禅家的悟境，诗家的化境，形成不同的诗化语言，可称之为偈，也可以叫做诗，诗与偈都自心胸中流出，没有分别，也不必分别，重要的是诗的内涵要仔细端详，诗人的心境要细细体会，那不同的“诗眼”更要细细玩索。譬如，拾得的禅诗多是极为通俗的口语，亲切明白；寒山的诗有清气，多自然意象；皎然禅师的诗作很清秀，一如清晨的日出；灵澈禅师的诗作十分透彻，如同冰雪；而道标禅师一柱擎天；齐己禅师更有诗经“国风”的滋味……禅师诗作各有千秋，春夏秋冬四季不同，应不同的禅机，接引不同的人生。

我们再听听寒山禅师的一首诗：“我昔未生时，冥冥无所知。天公琼森我，生我复何为？无衣使我寒，无食使我饥。还你天公我，还我未生时。”这首诗是寒山子对于生命的告白，说出生命的无奈，无衣无食的日子，还不如回到自己没出生的时刻。寒山子这首诗，隐隐约约地指出人生的追求，若是劳劳碌碌，匆匆忙忙，辛辛苦苦，到头来进入生死苦痛的轮回中，这时不如走进相反的方向，回到老子的“赤子之心”，回到“婴儿之未孩”的人生开始。

在禅宗的语言里，就是回到一个人的“本来面目”。

唯有回复本来面目的人，才能真正体会世间万物，一切那么自然而然，没那么不好。

生活上的举手投足、语默动静，都是“生活禅”的大机大用。

于是，一位开悟的禅师，用语言表达了它的悟境，“禅偈”与“禅诗”，来自相同的觉悟与觉醒，一点分别也没有。禅者的生活尽在“生”与“未生”之间，两点之间，只有一个小小的距离，却蕴藏了无穷的禅机与禅意，从无到有，因有还无。

一首禅诗的诞生也一样，一次生活的禅机，落在有无之间，在一个独特机缘的起落里，若有若无的顷刻，其中若即若离的诗意，突然迸发了出来。“空山松子落”，种子的落地一点也不经意，但是种子的生生不息，寓含着人生的哲理与生命的真相。

拾得禅师的“诗偈总一般，读时须仔细”，总在提醒一般人，读禅诗的时候，要洞彻心源，不要被外在的形势迷惑，着了文字相，有太多的分别计较。

无怪乎，他那么有自信地说，一般人读他的诗，称为“诗”也好，称为“偈”也好，外在的分别一点也不重要，重要的是一首诗诞生的微妙一刻，那一个初生的禅机，可要仔细地看清楚，不要错过了。

桃花，悟道

三十年来寻剑客，几回落叶又抽枝。

自从一见桃花后，直至如今更不疑。

——灵云至勤禅师

【作者】

灵云至勤禅师，唐朝僧人，福州长溪人，生平不详，沩山灵佑弟子，南岳下第四世。曾说法于福州灵云山、潭州大沩山，因见桃花悟道，写下这首有名的诗句。

【题解】

这首诗，点出了佛教“拈花微笑”的故事，也比喻一个修道人最后悟道的经过。灵云禅师终于知道了，时节因缘到来，一触即发，心锁打开，一刹那，他对于生命的一切不再陌生，玄关识锁，因缘到了，自然顿悟个中玄妙。

灵云至勤禅师在沩山时，因为看到桃花而悟道，他把一见桃花时的感动留下来，写下了这首悟道诗。

沩山灵佑禅师看了灵云至勤禅师这首诗以后，说："从缘悟达，永无退失，善自护持。"言下之意，赞许灵云至勤禅师已经开悟了，要好好珍惜。

灵云至勤禅师三十年来的追寻，是为了要找到生命智慧的宝剑，他终于找到了。一般人间的宝剑已经不容易找了，开启心灵智慧的宝剑更要何处寻觅？

了解灵云至勤禅师的人便明白，他一开口说要"寻剑"的时候，心中一定看到了一处"灵山"，如同一般人向往的"桃花源"一样，对于一位求道的禅师，他是那么自然地向往当年释迦牟尼在灵山会上那一段"拈花微笑"的公案。

灵山会上，佛陀将佛法传给了弟子迦叶尊者，他们师徒二人，一句话也没说，一朵花，一个微笑，换来了一段心传，"吾有正法眼藏，涅槃妙心，实相无相，微妙法门，不立文字，教外别传，付嘱摩诃迦叶"，说出了灵山的宝藏。

禅宗一脉相承的传承，"拈花微笑"是师徒的印证。

"拈花"是方法，"微笑"是心传。

日后禅师代代相传的心法，是那么不约而同。灵云至勤禅师是个"打破沙锅问到底"的僧人，他花了三十年的光阴修行，经过三十年来的寻访，就是要知道，"拈花微笑"是什么样的故事？

"明心见性"是禅宗悟道最"开门见山"的一句话，也是禅门宗旨所在。

但是何谓"明心"？何谓"见性"？言语说出的"心性"十分容易，但要在生活中印证它，却谈何容易，何况任何人一旦陷入文字障里，执著于"心性"永恒不变，容易陷入窠臼。若认为没有心性，成为物质主义，更容易堕落而陷入欲望当中。

如果否定了人间"心性"的存在，也就没有"见性"这回事，"明心"的价值当然不存在了。

究竟禅宗一脉相传的"明心见性"要如何印证？"心性"有何所指？灵云禅师从出家的那一天开始，他一直问自己，什么是"明心见性"？

三十年了，灵云禅师参这句话三十年了，"拈花微笑"他不懂，"明心见性"他也不懂。

可是，他是这么认真的人。

他真的看尽生命的花开花谢。

他看见庭前的桃花在秋天落叶，在春天抽出新芽嫩枝。

季节一直变化着，可是岁时的荣枯并没有让他感动，大自然的景象，也没有令他惊喜，似乎什么事“习惯”了，顺理成章，一点也不意外。

直到这一天，桃花开得正好，他打开山门，惊见千万丛桃花开放得如火如荼，宛如一片火海，真的是春天的桃花呀，不知道是什么力量，使他完全被震慑住，当下身心脱落，尘识顿消，心中豁然开朗——他终于因着“桃花”，见到了自己的“本来面目”。

三十年来寻剑客，几回落叶又抽枝。
自从一见桃花后，直到如今更不疑。”

他写下了这首禅诗。

灵云禅师终于知道了，时节因缘到来，一触即发，心锁打开，一刹那，他对于生命的一切不再陌生，玄关识锁，因缘到了，自然顿悟个中玄妙。

季节到了，别担心，经过冬雪的桃花会自然开放，就像每一个人的心性，不必去说它存不存在，不必在乎它有或没有，“明心见性”指出，生命的事实，像一朵朵桃花的盛开，生命存在的样态，有天时地利人和的机缘，不是孤立的。所以灵云至勤禅师告诉自己，修行的人亲身体证一点也不必心急，必须等着“水到渠成”的时候。

对于灵云禅师这首诗，惠洪觉范禅师却评论说：“灵云一见不再见，红白枝枝不着花。”

他认为灵云禅师还有一个“见”和“不疑”在，尾巴未净，总是多了“自己”的主观，他认为，修禅参禅，要在全体大用处下手，参悟时，“时到神和，有妙像庄严”，而不是只看见自己的觉悟，反而花红花白一无所见，所以灵云至勤禅师只看到“不疑”而已。

从这首禅诗，我们联想到苏东坡写的诗句“空山无人，水流花开”，又是不同的光景。

我们要在生命的“流动处”，看见生机起落。灵云禅诗“自从一见桃花后，直到如今更不疑”，是一个人生命的信心够了，像在流水的浪头上也不动心，桃花现前，心中不疑。灵云至勤禅师之前充满疑惑，如今豁然开朗，这已是多么美好的事。

我们再联想达摩祖师见到梁武帝时，梁武帝一开始就询问达摩祖师，是否认识他这位盖了许多寺庙又斋僧又念佛又印经的帝王？又问自己有什么“功德”？达摩祖师只回答“不识”与“无功德”。也许梁武帝与达摩祖师的不同，正是“迷”与“悟”的不同人生。

董潮有首词：“君知否，桃花燕子，都是禅心。”苏东坡也有一首诗：“青青翠竹，尽是法身；郁郁黄花，无非般若。”还有一个诗人的句子：“诗人如同走过一条小桥，看见水面的倒影，也看到自己。”《诗经》中也歌颂着：“鸢飞戾天，鱼跃于渊。”都是“见天地之心”的禅诗境界。

“空故纳万境，静故了群动。”也许灵云至勤禅师一如达摩祖师一般，一声“不识”，一句“不疑”，他们都在春天的季节，看到了春意盎然；一朵桃花盛开，是你，是我；活泼生命的人生，都在桃花源里，一点不必怀疑。

生死双美

欲识生死譬，且将冰水比。
水结即成冰，冰消返为水。
已死必应生，出生还复死。
冰水不相伤，生死还双美。
——寒山子

【作者】

寒山子，唐贞观时高僧，生平不详，曾住在天台唐兴县寒山岩，时与国清寺和尚往返，并以诗偈唱和。他也经常在长廊唱咏，在野地歌啸。平时衣着褴褛，貌似疯癫，是一位行为十分怪异的禅师。他经常在竹子、木片、墙壁上写下即兴的诗作，现有《寒山子诗集》二卷传世。

【题解】

“了脱生死”是佛教思想的核心，寒山子这首禅诗，指出一般人对于生死的迷惘。但他看待生死是平等的，生与死只是不同形态的变化，像水结成冰，冰融成水。古人说：“生如着衫，死如脱裤。”了脱生死，要从了解生死开始，寒山子的“水”、“冰”的比喻，说的正是生死之事。

因为“生死事大”是人生的重要课题，一般的人，在生死的苦痛中徘徊，常常不知如何是好，“贪生怕死”成了许多人的迷惘。

于是，如何离苦得乐？如何脱离人生苦海？“了生脱死”便成了佛教思想的核心。

对于佛教的修行者而言，出家的和尚，一生最重要的追求目标，就是“了生脱死”，在生死痛苦的轮回中“解脱”出来。

寒山子是唐朝人，有人说他是“文殊菩萨”的化身，他出家以后，一直过着贫穷的生活，独居寒山，形貌粗野，给人的感觉，有些装疯卖傻。他常常到天台的国清寺，一人独行，或是呵呵抚掌，或是喃喃自语。他以寺院厨房里吃剩下的残羹剩饭菜滓为食，平日疯疯癫癫，言行举止与众不同。

虽然如此，他脱口吟诵的诗歌，却是出口成章，十分耐人深省。

这首禅诗，开宗明义，是以“生”与“死”作为禅诗的中心，“生死还双美”，是寒山子看待生死的结论，生与死既然都是人生美好的事，“贪生怕死”的人生执著，也就一次清理干净了。

寒山子以“冰”与“水”来比喻“死”与“生”，“水”和“冰”虽然外貌不同，一动一静，一轻一重，一温一冷，但却是一体的。

“生死”何尝不然？

“且将冰水比，水结即成冰，冰消返生水。”如果我们将“水”比作“生”，将“冰”比作“死”，生死的动静，有如冰、水一般，其中的可喜之处是，水遇冷结成了冰，但是冰在春暖花开的时候，一样可以化为水，冰与水尽管样态不同，本性却是一样的。

以此类推，生与死虽然不同，本质却完全相同，只有因缘的差异，形成两个不同的观点与角度。

若再换一个角度，把“水”比作死，把“冰”比作生，这奇妙的比喻，似乎也可以婉约地说出另一个人生场景：“冰”比喻人生的执著，“水”意味人生的解脱，一般人生总是“固执”得多，看待人生事物，像冰块一样硬邦邦的，没有一点人间的温暖，直到冰块融化了，人生执著消解了，“冰消返成水”，这时候，春暖花开的“生意”才会自然出现。

寒山子浅白的文字中，暗示了“死”是可爱的生机，万物的生动皆在于“机缘”，天下的生机，都必须要经过“死”这一关。

庄子的《齐物论》说“方生方死”、“方死方生”，生与死是互相依存的两个概念，互为机缘。寒山子也说出了一样的道理，“起死回生”，“已死必应生，出生还复死”，生死两头不但是“冰水不相复”，在生死一如的智慧里，“生死还双美”，将禅宗的“生死一如”的观念，清清楚楚地表现出来。

寒山子的禅诗，因为太白话了，诗里的含意与内容，似乎没有任何学问，但这一首诗，一个“冰”，一个“水”，两个鲜明的意象，配上一个“生”、一个“死”，个中深刻的含义，必须在细心玩味中才能发现：“超脱生死”是第一义，但是不了解“生死”的本怀，如何能够超脱？只是瞎子盲目的冲动罢了。

寒山子在《全唐诗》收录的这首“生死诗”，以冰水比喻生死，说得比庄子“无终始”、“外死生”更明白。

在佛经中，也有文殊菩萨曾问：“生以何为义？”有庵提遮女回答：“生以不生生为生义。”又问：“死以何为义？”庵提遮女又答：“死以不死死为死义。”

在文殊菩萨的教义中，“地”、“水”、“火”、“风”不能自得，要因缘和合，随其所宜，便是“生义”。相反的，“地”、“水”、“火”、“风”不耐自得，四处离散，各随所宜，便是“死义”。

生死两依依，一切从因缘来看，生是“和”，死是“散”，因为缘聚缘散，各随所宜，不必将“生死”看成可怕的事。

寒山子经过许多人世的坎坷，三十多岁的时候，参加过四次科举应试都失败了，父兄妻子对他很冷淡。后来他离乡背井，抛妻别子，到处流浪，最后到五台山隐居。

当他在“偃息深林下”的时候，回忆往事种种，写下：“出生三十年，当游千万里。行江青草厅，入塞红尘起。练药空求仙，读书兼咏史。今日归寒山，枕流谦洗耳。”

他与一般读书人无异，“少年学书剑”的日子远了，“诧取到荆州”的理想已遥不可及，一直到定居寒山以后，他写的禅诗“归来翠岩下，席草玩清流”，已经一点火气也没有。

青山绿水是生命永恒的天地。

曾被人看轻，如今他睡在青草地上，拿流水当枕头，还隐隐约约有一个古圣人“许由”的故事陪伴他。许由这位圣人，帝尧要“让天下”给他，听到功名利禄迎面而来，许由则忙着洗净双耳，一点尘世也不沾染。

寒山子看“生”看“死”，看“水”结成“冰”，看“冰”化成“水”，一切全是他生活中实景的写照——他在青山绿水生活的岁月，冬天白雪冰封，水不见了；春天万象更新，流水融化成新绿。季节的岁月虽然无情地变化，却一点也不奇怪，一切自然而然，生机生意各自缭绕，伴随他在山林中惬意地生活。

我们再读寒山子“水结即成冰，冰消返成水”，是不是也感觉到了春夏秋冬的季节，天地有着爱育之心，生死双美，一切没什么可怕?

在另一首寒山子的诗里，寒山子同样表达了这种无畏生死的快乐情调：

“千山万水间，中有一闲士。白日游青山，夜归岩下睡。倏而过春秋，寂然无尘累。快哉何所依，静看秋江水。”

知道了冰水的道理，看透人间生死，人生一旦体会了生死双美的滋味，便没有丝毫名利欲求之心。无欲求之心的人无尘无染，无拘无束，自称“闲士”的寒山子，活得逍遥自在。

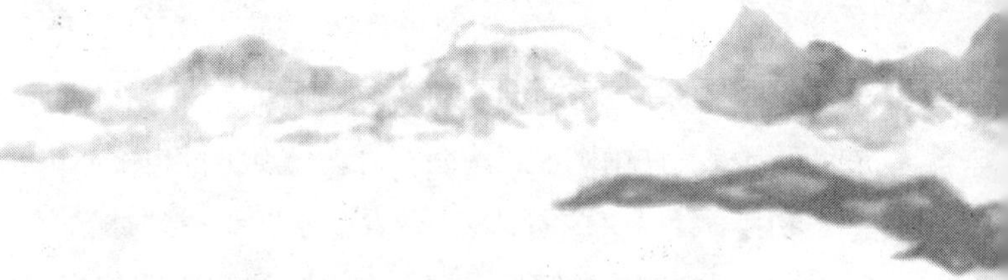

寒山不寒

杳杳寒山道，落落冷涧滨。
啾啾常有鸟，寂寂更无人。
淅淅风吹面，纷纷雪积身。
朝朝不见日，岁岁不知春。

——寒山子

【作者】

同前《生死双美》作者简介。

【题解】

“寒山道”是寒山子通往隐居之地翠岩的山路，这首诗，似乎描写寒山路远，但却透露了寒山道“不寒”的自然情趣，诗人连续用八个叠字，贯穿整首诗作，自然又不落痕迹。

十年的生涯，寒山子曾在万丈红尘中滚过一身沧桑，年轻时学剑求仙，在经籍书海中快乐过，也在功名禄位的追求中迷失了前半生，但是，他把后半生留给了自己，“寒山道”吸引了他，“家住碧岩下”是他的欢喜。他终于遁入空门，终老寒山，留下“立身既质直，出语无谄谀”的一身清澈。

寒山子长期住在天台山的寒岩，禅诗写在木石山竹之上。他的禅诗描述世态人情，山风景物，在文字之间，有一股“清”气。他的诗作，是他内心深处的一道清流，除非欣赏者和诗僧一样居住在高山深壑的放旷天地之间，否则不能想象，人世之浊恶，为何那么不堪；也不能了解，寒山子的禅诗，何以那么清净简单。

“杳杳寒山道”指出了寒山子心中的净土，寒山子的天地，在杳杳冥冥之间，有一条幽远深静的山路，是一般人找不到的。

原来，“寒山道”通向寒山子的精神世界，是他的桃花源。

他的内心，常年流动着一条小溪，清澈的溪流，幽静的溪涧，没有人踪，没有人语，没有人的心思，也没有人世的纷扰。尽管寂寥冷清，但“啾啾”的鸟叫声是常客，他一个人静静地听着涧水声，如同王维那首“空山不见人，但闻人语响”。王维的空灵多了人语，也还是麻烦的。

“寒山道”比较清净，一句“寂寂更无人”，回归了天地的寂寥。

这一首寒山诗，一个“寒”字，点出了寒山子向往“与人不群”的心甘情愿，他有山鸟与溪涧为伴，一点也不寂寞。

寒山子写这首禅诗的时候，一定是在一个流动生意的瞬间，捕捉了所有连续的意象。

这首诗，寒山子使用了八次叠字，但一点不重复呆板。他巧妙地把每一个叠字放在诗句的开始：“杳杳”是幽暗的颜色，“落落”是空旷的地方，“啾啾”是山鸟的叫声，“寂寂”有无声的深林，“淅淅”时风吹来了，“纷纷”中看到了大雪飞舞，“朝朝”是他每一天的心情，“岁岁”是日子一天天过着。

八个不同叠字，一团热闹的喜气。

“寒山道”原本的“寒气”，一下子打散了。

一般人以为阴森的高山，人迹不到，却在寒山子这首禅诗里，唤起心中的向往。

寒山道不只是“桃花源”，陶渊明的“桃花源”是假托的，“不知有汉，无论魏晋。”其中仍有着人生逃避乱世的历史悲哀。但寒山子这首诗中，“寒山道”是真正美好的地方，他隐居在那儿已经多年，或山或水，或鸟或人，“寒山道”是他长久以来的心境，他的风花雪月，他的心，他的情，他的举手投足，他的喜怒哀乐，他的“语”，他的“默”……他的“寒山道”娓娓道来，说出了生命的庄严。

诗人叠字的运用，完全不着痕迹，却把时间延长了，空间变大了，景物深刻了，感情的色彩变浓了，寒山道添了新妆，有刹那间四面八方的流动感，情景的回互，寒山的喧闹，一点也不寂寞。

这首诗的前四句是“无人”的境界，后四句则是“有人”的境界。

“无人”的山水鸟鸣，一转过来，变成了“吹面”、“积身”的人世，变成“人面”与“人身”里生活的感受。诗句巧妙地表现人生的滋味，滋味一旦进入化境，“有人”又变成了“无人”，这个人身不见了，人面也不见了，寒山子完全忘我，自由自在，“朝朝不见日”“岁岁不知春”，他消融在大自然当中，一时之间，他“不知”了，也“不见”了——这正是寒山子“无知”、“无欲”、“无求”的归隐生活，在寒山道上。

的确，季节里的阳光，稀疏洒落着，一个人在深山，无日月、无人，也就没有人间的喧哗，山风鸟语，春雨冬雪，都是天地的岁月，都会来了又去，去了又来，又何必去知道去在意?

寒山子的这首禅诗，真正写出他的世外桃源，他的别有天地。一般人看见一位外表邋遢、食人剩饭的狂僧，以为只是一方行脚的罗汉，但读了这首“寒山道”，便知隐居的寒山子自有高栖之地，不足为外人道。

三十年的生涯，寒山子曾在万丈红尘中滚过一身沧桑，年轻时学剑求仙，在经籍书海中快乐过，也在功名禄位的追求中迷失了前半生。但是，他把后半生留给了自己，“寒山道”吸引了他，“家住碧岩下”是他的欢喜。他终于遁入空门，终老寒山，留下“立身既质直，出语无谄谀”的一身清澈。

“人生在众尘”的过去，一旦放下了，寒山子其人其诗，多么自然快意，多么亲切。

道不远人

尽日寻春不见春，芒鞋踏破陇头云。

归来笑捻梅花嗅，春在枝头已十分。

——宋女尼

【作者】

宋女尼，生平不详。

【题解】

女尼求辛苦求道，最后终于不再外求，返回内心世界，在自家门前，看见一朵盛开的梅花开悟。它使我们明白，道不远人，不必“心外求道”，大道在自己脚下，在生活里面。

所以，真正的春天，不在外面花花绿绿的世界，人生面对春天的感觉，在每一个人的心头。一个人心中有春天，春天便在生活里，人间机缘，万事万物，都是春天的浪漫。

这首诗出自宋罗大经《鹤林玉露》，作者为一不知名姓的尼姑，全诗写求道人的寻春悟道，富于禅趣，为人称颂。

“尽日寻春”是这首禅诗最令人动容之处。

我们想象一位一心求道的比丘尼，为了追求禅悟的境界，傻傻地去寻访春天的痕迹，她走到山巅水涯，走破了芒鞋，踏破了陇头的白云，因为她不愿意自己的一生空过，再艰难的路程，她也无怨无悔。

“尽日寻春不见春，芒鞋踏破陇头云。”上联的诗句有几个鲜明的意象，“尽日”指的是时间的没日没夜，写出比丘尼殷切的心志，她寻找春天已经很久。“踏遍”意味她已经走遍各地，表示行程之广。“尽日”与“踏遍”，表示从过去到现在比丘尼一直不断地奔走着，穿着“芒鞋”的脚趾可能已经磨破皮又长了茧吧？一双“芒鞋”伴随她到遥远的深山，在“白云”的故乡，寻觅春天，但是路途辛苦，却寻不到春天。禅诗形象鲜明，意境缥缈，“尽日”寻春，“踏遍”云山，短短的字里行间，我们看到比丘尼的辛苦艰难与她求道的坚决。

“归来笑捻梅花嗅，春在枝头已十分。”下联的诗句峰回路转，似乎暗示着比丘尼突然觉悟了，她不再外求，大道不在外头，也许向内心深处的反省是另一条路。

比丘尼终于回到她阔别许久的小庵，一时之间的欢喜，她亲切地摘下一朵早春绽放的梅花，习惯地闻闻梅花的幽香。奇妙的是，一瞬间，她整个身心改变了，她发现这么久以来，她一直在寻找春天，可是春天从来不曾远去，它正好端端坐在眼前的梅花上。“归来笑捻梅花嗅”，是一念之间的转变；“春在枝头已十分”，瞬时见春的喜悦，如同“蓦然回首，那人却在灯火阑珊处”，原来春天不必去寻找，春天就在这里，只要内心不去分别万物，“与物为春”，何处不是春天！

“寻春”的故事是生命多么浪漫的事，突然的感兴，瞬时的顿悟，“道不远人”，又说出了佛陀的“拈花微笑”。宋女尼这篇悟道诗，禅趣盎然，生动活泼，有着生机洋溢的喜气，在悟道诗中，真是上乘之作。

再欣赏一首寻春的诗句：“等闲识得东风面，万紫千红总是春。”诗句虽好，不过是“一瓶一钵垂垂老，千山千水得得来。”一般写春天，总有春残的时候，可是比丘尼的梅花诗，是永远不老的春天。

对于一爱春惜春的诗人，春天一直是诗人笔下最浪漫的季节，但是人间无常，春天总有消逝的时候，于是“东风无力百花残”的光景，又成了诗人的惆怅。所以写春天的诗句，要写到春天永远不朽，极不容易，宋女尼写的这首禅诗，却把春天写活了。

原来，真正的春天，不在外面花花绿绿的世界，人生面对春天的感觉，在每一个人的心头，一个人心中有春天，春天便在生活里，人间机缘，万事万物，都是春天的浪漫。

比丘尼是求道的修行人，求道人最殷切的是，在生死的绝望中找到希望，像经过冬天寒冷的残雪，雪融化了，生命重新复苏，盎然地又有了生意。

比丘尼的这首禅诗写得非常简单，告诉我们每一个人，人生不要“舍近求远”，人生最近的距离是我们的心，春天总是和我们的心在一起，心在，什么都在，心不在了，人和事物都会远去，春天也会消失。

悟道如恋爱

金鸭香销锦绣帏，笙歌丛里醉扶归。
少年一段风流事，只许佳人独自知。

——圆悟克勤禅师

【作者】

圆悟克勤禅师，俗姓骆，字无着，彭州崇宁人，生于宋仁宗嘉祐八年，卒于宋高宗绍兴五年，世寿七十三岁。年幼学儒，后喜佛书，出家后归入临济一系五祖法演门下，为南岳下第十四世。宋徽宗时，赐号佛果，又于南宋高宗时，赐号圆悟。曾在成都昭觉寺说法，著《佛果克勤禅师心要》二卷、《圆悟佛果禅师语录》二十卷、《圆悟克勤击节录》二卷。

【题解】

在恋爱中的男女，心事最为真切，这一首禅诗写得像一首艳诗，原来，禅师开悟得道始于听一首艳情诗，将悟道与恋爱的滋味相比，禅悟的滋味也不能说，如同少年的风流事一样，无法告诉别人。

“金鸭香销锦绣帏，笙歌丛里醉扶归。”男女情爱是生命很美的事，它的动人，因为爱情世界是整个人全然地投入，男女的融合，一根针也插不入，一粒沙也不能容。

克勤禅师的这首禅诗真是美极了，似乎，没谈过恋爱的人，一定写不出这样的诗来，偏偏它是一首禅师的悟道诗，禅诗把男女情爱，当成悟道的比喻，这比喻也够传神的了，天下万物在大道里消融，男女之情更胜一筹，禅师开悟，经历了大道造化最奥秘的结合，透过男女的相恋相依，说出那种结合的情意。

恋爱的男女，有多少绮丽的风光，在绣着金鸭的锦帷中，经过一番缠绵缱绻，然后又在充满醉意的笙歌弦乐声中相扶归去。

“少年一段风流事，只许佳人独自知。”这一对爱人，他们有过一段少年风流事，美人的名字叫小艳，在闺房内知道情郎来会，为了使情郎知道她在闺房，却不好意思直接说，只得借机叫丫环小玉做东做西，利用叫小玉的声音，要情郎知道她在。

这样的故事，似乎每一对相爱的男女都会发生，年少风流，是这般可喜，男女互相爱悦，有收有放，呼唤小玉的声音，外人无法了解，只有佳人和情郎深知其中奥妙。

克勤禅师的艳诗说完了，两情相悦的遐思之后，偏偏这首诗是禅师悟道的心境，它的言外之意，要从克勤禅师的老师法演禅师说起。

克勤禅师求道之初，行脚四方，遍参各地禅门高僧，最后在五祖法演门下参学。

数年之间，克勤常将自己悟道的机缘，写成偈颂，呈送五祖法演。因为一直没有受到法演禅师认可，克勤失望之余，按捺不住心中的愤懑，说出“师父太不慈悲了，不知道提携后学”，五祖法演笑着回答：“等你大病一场后，就知道我用心良苦了。”

果然，克勤禅师离开法演禅师，行脚到金山寺时，感染了风寒，忽冷忽热，全身虚弱。病中的克勤想起了五祖法演临别说的话，有些觉悟，病愈之后，克勤又回到了五祖法演身边。

刚好，有一天，吏部提刑陈某辞官返回四川老家之前，特地来参访法演禅师，问道：“什么是祖师西来意？”

这本是禅门宗匠经常提出的问题，法演禅师一时兴起，面对陈提刑这位俗世友人，他举了一首诗回答："频呼小玉原无事，只要檀郎认得声。"说完哈哈一笑。

这一句闺房之诗，来客无法理解，但却打动了一旁的克勤的心。

访客走后，克勤问法演："来客懂了吗?"法演禅师说："他只认得声。"克勤禅师又问："既认得声，为什么不能悟道?"

这时法演禅师知道克勤的悟境已经成熟，大喝一声："什么是祖师西来意？是庭前柏树子吗?"

这一喝一问，终于打破了克勤禅师的疑关，他顿时大彻大悟，手舞足蹈，正好看见窗外一只公鸡展翅而鸣，克勤一喜说："只要檀郎认得声，这不是声吗?"

他想起当初离开法演禅师，"等你大病一场后，就知道我用心良苦了。"这不也是"只要檀郎认得声"？一时天地都飞舞了起来，天籁处处，于是克勤禅师写下这首开悟诗。

克勤禅师用男女私情比喻"佛祖大事"，是禅宗史上一段著名的公案，无妨，无妨，这是从他的师父先开始的。见性悟道是禅师念兹在兹的生死大事，这一首艳诗，不是小根劣器的凡夫的造诣。"祖师西来意"，不必询问达摩祖师，禅师与天地相通，天地间的一景一物都是禅师的化身，只要与诸佛祖师声气相通，认得声，就知道佛法大义了。

调 心

人牛不见杳无踪，明月光寒万象空。

若问其中端的意，野花芳草自丛丛。

——普明禅师

【作者】

宋普明禅师，著有《牧牛图颂》，生平不详。

【题解】

这首禅诗，取自于宋代僧人普明禅师所作的“牧牛图颂”。“牧牛”象征修道者“调心”的修行过程，

一颗纷乱妄想的心，在精进努力的修行过程中，逐渐定了下来，一条黑色的野牛，逐渐变成安静的白牛，从黑色到白色，是禅定修行中微妙的转变，但仍不是最究竟的境界，最后白牛也不见了，牧童也不见了，这才达到心灵独照的最美好的境界。

人生在世，少不了妄念杂念，有妄念杂念不打紧，怕的是心识跟着乱了，情执不断，生出许多颠倒梦想的事来。

普明禅师写了“牧牛图颂”，这首诗题名“双泯”，“双泯”的境界是禅定最后一个阶段，意味心识彻底地调伏。

禅宗修行，经历了过关斩将的一路辛苦，在一切最圆满的时候，证入了“空灵”的“独照”，像日出的时候，心中安定平静，一点不意识到自我，旁若无人，但禅定的力量一点也不失去，触目所及，如同阳光照亮一滴露水，晶莹剔透，或像一朵花开，执著与不执著的念头都没有，非常具有神圣性。

在日常生活中，人心被欲望情执羁绊，引起身心种种紧张与不安，一旦继续下去，佛教说的“三毒火”——贪心、瞋心、痴心，就像星火燎原一般，“火烧功德林”，把一个人的善良全部淹没，结果“贪瞋痴”变成“我执”的无明，黑暗的人心，将永无宁日。

普明禅师形容这种情况，是“未牧”之时，一只“狰狞头角恣咆哮”的大黑牛充满野性，一点也不能被驯服；“一片黑云横谷口”，黑牛所到之处，“谁知步步犯佳苗”，一再践踏了刚刚萌生的秧苗。

人生迷乱的时候，一个人贪瞋痴的心识一旦升起，蛮横而无理性的邪念，是生命最可怕的杀手，不但伤人，也伤了自己。

如果有心求道，痛苦烦恼时，正是自我反省的机会，一个人有觉悟的心，自己就是自己的“小牧童”，先从“戒律”开始，学一些忍让的规矩，稍稍自我约束，日积月累，根除放纵，可以再进一步调伏心性。

一般来说，调伏心性比较难，要花大力气，亲近良师益友，一点不许放松。心性一旦受制，个人的“心智”开始清明，有了“日久功深始转头”的念力，能够自己内观内省，可以自己消除妄想，这时候，小牧童的缰绳放下了，不必那么辛苦，人心的起伏已经安静，生活处在任何地方、任何时候，都会自然而然。

人生不执著，随顺自然，有内心的“无碍”。这“无碍”的境界，《心经》说：“以无所得故，心无挂碍，无挂碍故，无有恐怖，远离颠倒梦想，究竟涅乐。”

在禅宗的语言里，把无碍的人心比喻成“露地白牛”，有了禅诗最美好的意境，一切明明白白，清清朗朗。

接着，“山童稳坐青松下”，人心的善良逐渐浮现。有了善良的心性，也就有了天地和谐的感觉，这时候，生活中“任运”的天然，一点不必做作，毫不勉强。另一首禅诗写道：“柳岸春波夕照中，淡烟芳草绿茸茸，饥餐渴饮随时过，石上山童睡正浓。”在夕阳西下的时候，牧童在石头上睡着了，心里什么都放下，有着从心所欲不逾矩的无为境界。

人生到了“无为”的阶段，可以“忘我”，从“忘我”再上层楼，“相忘”才是究竟。

相忘的双方“同气相求”，如“水流湿”、“火就燥”，互相应和着。

普明禅师说得更美：“白牛常在白云中。”

一片光明洒下，无处不是拈花微笑的智慧，最后一点“我在”、“我见”也完全抛弃，到了“双泯”的“人牛不见”时。

普明禅师这首禅诗开宗明义，“人牛不见杳无踪”，说出在人生最后，观照的天地万物都无言，各自光明，一点不相妨碍，一事一物，各自“闲庭信步”，一切都是“明月光含万象空”的境界，天地万物一体，重重无尽的互相含摄，在因缘中没有一点分别。

那样奇妙的造化，最后，造化的现场又回到生活中：“若问其中端的意，野花芳草自丛丛。”

一声小小的疑问，问的不是世俗的事，问的是“生机”在哪里，原来“山还是山”、“水还是水”，可是，眼前的事物充满生命的机缘，路边的“野花”开着“野趣”；自然造化的巧手，安排了一幅美丽的图画；桃花浪奔，山河大地从何处得来；李白在人间，天兵天将在《西游记》的小说里；天地人事的文明与创造，一声鞭响，打个天旋地转……普明禅师的这首禅诗，一语道破人生究竟“端的意”，在生命最开始的时候，在生活最真切的地方，草原上，野菊花开放得满山满谷，眼前的风景不是风景，是天地造化永恒的生机。

勿使惹尘埃

身是菩提树，心如明镜台。
时时勤拂拭，勿使惹尘埃。

——神秀禅师

【作者】

神秀禅师，是禅门北宗创始人，俗姓李，汴州尉氏人，主张勤修渐悟。唐武则天请益佛法，拜其为国师，后至京城弘法，声名大振。

【题解】

这首诗指出了神秀禅师“渐修”的思想，对于求道的人，要在身心上保持清净，必须不断自我反省与检讨，像将镜子的灰尘拂拭干净。镜子干干净净，才能照亮事物。从实践的修持观点来看，它的确是佛教禅修传承最简单的一首方法诗。“时时勤拂拭”是直择心源的，在起心动念处，有清净自己的观照能力，有在事情上渐渐修养的不断努力，一切本来光明，有了灰尘，擦干净了就没事了，明镜悠然不动，依旧是本心自性的踏实。

根据六祖坛经的描写，有一天五祖弘忍召集门下众弟子说：“世人生死事大，汝等终日只求福田，不求出离生死苦海，自性各迷，福何可救，汝等各去看智慧，取自本心般若之性，各作一偈来呈吾看，若悟大意，付汝衣法为第六代祖。”

弘忍禅师一开始就表明，佛法的根本道理是“生死事大”，任何弟子能勘透“生死大事”，能通过“生死”的考验，透彻了悟“生死事大”的智慧，这样的弟子，便能传承衣钵。

神秀禅师当时是首座弟子，他写下这首偈子，指出了“渐修”的重要。

“明心见性”的功夫，从身心清静的“时时勤拂拭”开始，没有取巧的快捷方式。

他开创了中国禅门的北宗，也被武则天请入朝中讲述禅法，神秀的禅法重视“渐修”，与慧能禅师南宗的禅法重视“顿悟”有所不同。

分析神秀的这首诗偈，“身是菩提树”，意味着一个人的身体感官，是一切觉悟的基础，人身有眼、耳、鼻、舌、身、意六根，眼睛、耳朵、鼻子、舌头、身体是外面的五种感官，意识头脑是内在的统觉感官，内外感官功能不同，但是统觉的一体性，同属一个人身，不能个别独立存在，所以神秀觉得全身内外感官，一旦清清楚楚地觉察感悟四周一切，人世的经验便真实得像菩提树一样，有觉悟的丰富。

“心如明镜台”是指人生的心识活动，包括个人内在的思维与语言文字的种种。

人生最奇妙的经验是，每一个人的感官不同，感觉经验个别而特殊，但是人生的言语行为，都存在着与别人分享的能力，像一面镜子，能照耀外在的世界，每一个人都是一面镜子，镜子与镜子可以互相照耀，镜子的世界，一切分明，所以神秀说，心的“明镜”，是智慧的开端。

复杂的身心结构，在神秀禅师简单的两句禅诗中，说得简单分明。

神秀以“菩提树”比喻人身，人人都有成佛的心性，人身就是成道的大树，“一棵树的生长”，生长在天地万物之间，是大自然的造化，一点也不必怀疑。

既然人身即是佛身，人性就是佛性，有了这样的信心，任何人间的烦恼与痛苦，都能“无畏”，都可以超越。神秀以“心如明镜台”的诗句，指出了身心的自在关键在于生命不断地自省与修行。心性如明镜，习性的沾染有如镜子的蒙尘，如果每个人主体的“心性”生发出觉悟的力量，发现自己“习性”的污点，立刻能够擦拭清静，心如明镜的价值就获得了肯定。

于是神秀禅师指出修行的功夫：“时时勤拂拭，勿使惹尘埃。”清楚地指出了“明镜”受到尘埃污染以后，要常常拂拭，才能保持本性的纯净，这便是不断内省的功夫与修养。

所以“时时勤拂拭”这句禅诗中，有修行人精进不懈的努力；“勿使惹尘埃”的苦口婆心，也是神秀禅师一路修行走来刻骨铭心的修道经验。

修行禅法的僧人，一生最高的境界，是打破人间所有妄想妄念之后，回复到自己的本性，体会本心的自然清净。

神秀禅师知道学习佛法的不二法门，一如儒家“一日三省吾身”的思想，在生活当中，平常忏悔静修的功夫不可偏废，也因此，“忏悔”是“时时勤拂拭”的关键。

虽然根据六祖坛经的记载，看了神秀禅师这首诗偈，弘忍大师认为神秀禅师“没有见性”，所以后来又有了慧能禅师“菩提本无树，明镜亦非台，本来无一物，何处惹尘埃”的悟道诗。

但是我们细细体会神秀禅师这首诗偈，从实践的修持观点来看，它的确是佛教禅修传承最简单的一首方法诗。“时时勤拂拭”是直择心源的，在起心动念处，有清净自己的观照能力，有在事情上渐渐修养的不断努力，一切本来光明，有了灰尘，擦干净了就没事了，明镜悠然不动，依旧是本心自性的踏实。神秀禅师的修行现实而乐观。

迷失的人在门外，世界在旋转在迷惘，神秀禅师早知道了，他说：“没关系，‘时时勤拂拭，勿使惹尘埃’就好。”

何处惹尘埃

菩提本无树，明镜亦非台。

本来无一物，何处惹尘埃。

——慧能禅师

【作者】

慧能禅师，出生于广东新兴县，唐初岭南人士，俗姓卢。有志求法，先在宝林寺进修，二十四岁，前往双峰寺拜谒五祖弘忍禅师，经受持金刚经开悟。传承衣钵后，南行隐遁十六年，往来广东广西之间。七十六岁示寂，世称禅宗六祖。

【题解】

慧能禅师认为一切“相”都不能执著，任何我们认知上的固定形状与样态，一旦执著了，便脱离了真实真相。他推翻了神秀禅师对于身心的看法，直接否定地道出了“本来无一物，何处惹尘埃”的“无相”说。

一般人生活在过去的依恋、现在的执著、未来的幻想中，如今“无”的境界出现，过去、现在、未来的阴影一扫而空，“何处惹尘埃”是六祖慧能的自信与喜悦，阳光把阴影破灭，生活中的痛苦烦恼立时被摧杀，日出光照，云散天晴，一时之间，生命笼罩在一片“忘我”的宁静当中，无言说，无我也无相，无物也无人。

慧能禅师是南宗的开创人，禅宗在慧能禅师以后大放光明，一花五瓣，发展出五大禅门宗派，开辟了历久不衰的禅宗丛林盛世。

禅宗开悟弟子的方式奇特，悟道的因缘在生活中，许多禅机的教化，都以生活的觉悟为中心和素材。

既然生活里的禅机无所不在，一向以入世为怀抱的中国文化，吸收了禅宗的文化，自唐宋以来，禅宗的实践精神流传各地，深入平民衣食住行的日常生活当中，以“明心见性”作为生活最主要的目的。由于禅宗的影响，中国文化孕育了最活泼丰富的生活经验。

看到禅宗的黄金时代，不能不探索六祖慧能的思想；要了解慧能禅师的思想，最直接的参考便是阅读“六祖坛经”。追根究底，要根本找到六祖慧能的思想精华，这首“本来无一物，何处惹尘埃”的禅诗，必须要透彻地了解，才能印证禅师的悟道。

禅师以“禅机”接引弟子、教化众生，禅门师徒相待，可说是“一机”对“一机”，说出的文字语言都有象征性，也都有生活的实证性。因为语言文字的有所指，有意向性，禅师运用语言文字，常常利用“相反相成”的语言模式，以否定的语句出现，甚至一言不发，立即进入语言的情境与动作当中，把一般人认为属于符号的语言文字活化在生活情境中。“不立文字”的语言文字，反而承载了更丰富的生命内涵。

不立文字，表示禅师运用的语言文字，都是当下的机缘流转，互为启发。启发的过程，往往机锋相对，雪窦禅师曾形容这种情况说：“古佛有家风，对扬遭贬剥。”这话一点不假的，机锋对扬，有如下棋的两个人，棋逢对手时，布局，落子，收尾，再形成新局，这过程中，你一手，我一子，沸沸腾腾，把对手“贬”了，把敌人“剥”了，终于分出了胜负。

禅师与弟子的对话接引也一样，一路拨遮，指出生活的真谛，生死在一念之间，生命的感受刹那即逝，语言文字要“应机”，也必须随说随扫，不能有一丝的拖泥带水。因此禅师的对话，有时机锋到底，有时机锋中断，戛然而止。有趣的是，机锋到底了，又生出新意来，更清楚地指出真相，也丰富了原来思考的深度。

这样的情境，王维的诗句“行到水穷处，坐看云起时”形容得真好。所谓“山重水复疑无路，柳暗花明又一村”，禅宗在语言文字的运用上，峰回路转，都有一个“无”字，不拘泥于“用过了”的语言文字，在语言文字下一刻的“无用”处，迎接最新鲜的生活经验。禅宗以“指”与“月”作比喻，“以指指月，得月而忘指”，禅师的“忘指”，与庄子的“心斋”、“坐忘”，有异曲同工之妙，相对于一般人“有”什么的意识与行为，禅师不立语言文字又不离语言文字，这种“若即若离”的语言文字的运用，在禅师的禅机中比比皆是。这样的情境与过程，无以名之，勉强可用“无”这个字来形容，因为“无”，所以能够“无中生有”，指出生命的真相。

禅宗一个“无”字，把人生的“过去”、“现在”、“未来”全部扫荡，不留下任何痕迹，如船过水无痕，如空中鸟飞，不留下足印。于是，“无”有两个意涵，一是相对于“有”的“无”，特别针对一般人的语言文字和来自自我意识层面的对待，加以否定。第二个层面，“无”是生命的根本，如同树根隐藏在地底下，虽然看不见，却是生命之源，是真理的依归，是天地万物最自然的核心。

六祖慧能的开悟诗：“菩提本无树，明镜亦非台，本来无一物，何处惹尘埃。”字里行间，只有一个讯息，慧能禅师因为体会了“无”的情境而悟道。

因此，禅宗祖师的心传，其中“无”字的根源，便是来自六祖慧能禅师的“本来无一物”这首禅诗。六祖坛经在时间上说明，过去心不可得，所以过去“无”；现在心不可得，所以现在“无”；未来心不可得，所以未来“无”。一般人生活在过去的依恋、现在的执著、未来的幻想中，如今“无”的境界出现，过去、现在、未来的阴影一扫而空，“何处惹尘埃”是六祖慧能的自信与喜悦，阳光把阴影破灭，生活中的痛苦烦恼立时被摧杀，日出光照，云散天晴，一时之间，生命笼罩在一片“忘我”的宁静当中，无言说，无我也无相，无物也无人。

我们再回过头来欣赏六祖慧能这首悟道诗，先懂了后两句，再看前两句：

“菩提本无树，明镜亦非台。”

原来，这两句诗，分别从身心的不同观点说明身是“菩提”，心如“明镜”。“菩提本无树”是身心的“无”，原来觉悟不是一棵树，觉悟是大风吹过历史的洪波，是清静洁身，是殿门上雕刻着狮子捧绣球，是禅师说的“体露金风”，是大开大合的天地出现，在身心觉悟的境界，“无一物”却是“天地万物”。

“明镜亦非台”更是一片红尘的观照之心，禅师喜欢用“月映万川”来比喻人生知识，人心的闻风相悦，人与人的相知相遇，没有一定的模式，人心感觉得到的亲情，禅诗里的花言草语，暑气萍风，都是“一心明镜”的风光。这中间没有“渐渐”的经过，没有“距离”，是一体之仁，是一下子了然于心。于是，以明镜比喻人心，这“一下子”的观照与了解，开启了六祖慧能禅师的“顿悟”之说。悟道不必“时时勤拂拭”，因为生命的机缘总在前头，水到渠成就是了，“一心”的世界没有距离，所以无远弗届，“无心插柳柳成荫，有心栽花花不开”，心中本无一物，又何处惹尘埃？

六祖慧能“本来无一物”的诗偈，是他思想的核心，也是后来他在韶阳曹溪宝林寺宣扬“直指人心，见性成佛”的顿悟法门的依据。

后来，因为六祖慧能禅名远播，皇帝曾派遣内侍薛商请他至京师，他称疾未往，直到七十六岁过世。他死后肉身不坏，至今保存。

“本来无一物，何处惹尘埃。”也许，我们可以在六祖慧能肉身不坏的金身上，再想一想，慧能禅师的一生，是“有”还是“无”？金身在人间看是“有”，从天下万物看是“有”也是“无”；一切因缘生起是“有”，一切缘灭是“无”。而缘生缘灭的不定，对于执著的人世，六祖慧能在大大的天空划下一个大大的圆相，“无”是“因缘”的生生灭灭，是一大事的缘起，真懂了，六祖慧能肉身不坏的金身，也存在也不存在。

名利也是禅趣

岩上桃花开，花从何处来？

灵云婵一见，回首舞三台。

——觉海法因庵主

【作者】

觉海法因庵主，俗姓朱，平江府人。属临济宗黄龙派，隐居三十年，不与世俗接触，晚年放浪自如，自称“五松散人”。

【题解】

天大地大，比不上人生无穷的光景，对于一个悟道的人，遇见宇宙之大，生命之丰富，也就看透了人间的权势与名利。人间的三台山舞弄着，人生要把权力与名利也看做是造化的禅趣。禅机无处不在，生活里遍地都是，好好把握，好好欣赏，不必去强求，也不必依恋，一切自在，任何命运中翻天覆地的变化，都是季节的故事，每一个人不一样，自古及今，不必不喜欢。

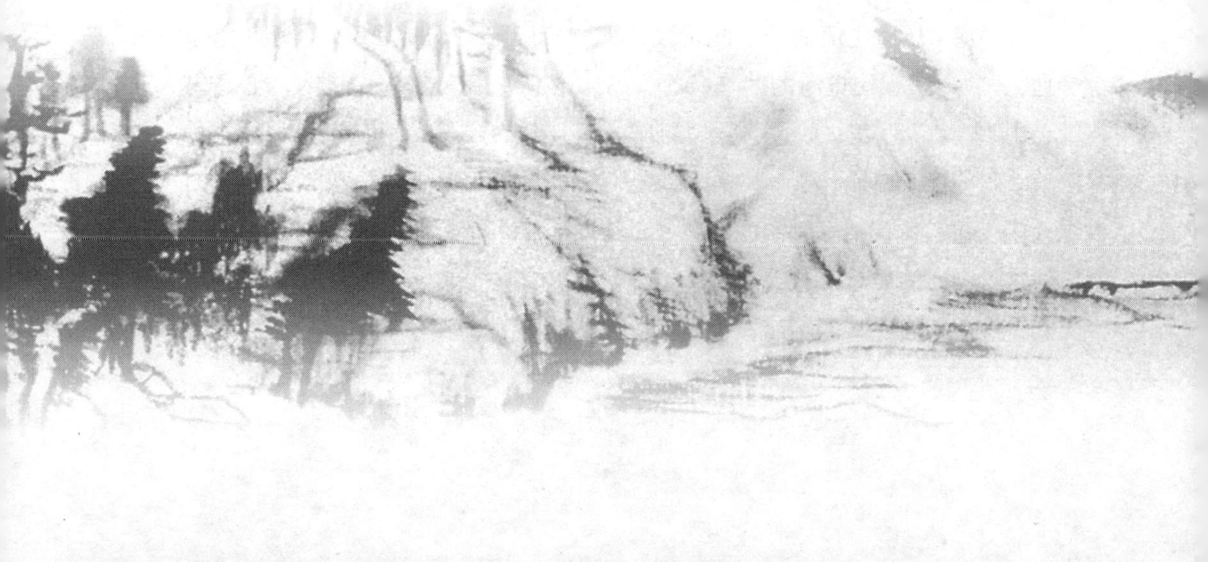

这首诗偈是“桃花”的故事，仍循着“拈花微笑”的轨迹，要找到那个生命的秘密——为什么会风吹花开？

觉海法因庵主俗姓朱，拜慧日禅师为师，属于临济宗的黄龙派。有一天，他来到东林寺见慧日禅师，慧日禅师提出灵云禅师的桃花诗问他：“三十年来寻剑客，几回落叶又抽枝。自从一见桃花后，直至如今更不疑。”这诗里的“直至如今更不疑”，究竟灵云禅师不疑的是什么？

觉海法因庵主正要回答时，慧日禅师还没有等他开口，就说“不是”、“不是”，一点也不给他开口说话的机会。

问人家问题，却又不给人回答的机会，这样的情况，似乎不近常理，但细想之下，会发现慧日禅师的别有深意——禅师悟道的禅诗是经过了千辛万苦、百般折磨，才有了“直至如今更不疑”的信心，岂是另外一个人凭着几句话的知见，就可以一语道破，就可以了解禅师一生的苦行？

除非能深切准确地用一样的步履，回到禅师一步一脚印的修行过程中，否则便不足以了解禅师的悟道。

几句话便懂得的禅机，终究是口头禅而已，慧日禅师不断摇头，大声说出的“不是”、“不是”，他否定的语言，使觉海法因庵主回答的心态更加谦虚。太轻易的语言表达，常常来自于语言的惯性与惰性，缺少生活中实际的反省与对于生活经验的倾听，所以禅师的提问，立即成为一道禅宗的当头棒喝。既然“动念即乖”，不谦虚、没有生活自觉的语言，说出来的任何话语都是“口头禅”，都是观念与文法的糟粕，指不出真相，当然没有说下去的必要，不登大雅之堂。

觉海法因庵主在慧日禅师的点拨下，略有所悟。

后来慧日禅师提醒他：“子所见虽已入微，然可着鞭，当明大法。”

觉海法因庵主悟道分为两阶段，前一阶段要“切断思路”，慧日禅师的“不是”、“不是”，使觉海的“口头禅”无从依附，无从攀缘，进入内心智慧，当时心中明白。到了第二阶段，要“鞭辟入里”，他的这一首悟道诗恰好写出他内心智慧观照的生活逸趣。

一句“桃花舞春风”的内容，觉海法因庵主让一个全然未知的人生有了开始。他这首禅诗的最后一句“回首舞三台”，仿佛是诗人寻寻觅觅、“蓦然回首，那人却在灯火阑珊处”的画面；也有如修道的人在神前拔了一支签，一时之间，灵机一动，诗签的诗句指点迷津，许多充满启发的字句与含意出现，点亮迷惘人心的明灯。

生活的桃花春风摇曳生姿，在觉海法因庵主眼中，唐朝京城里的行政首府“三台”，人人敬畏的高官厚爵，变成了眼前绵延的三座山峰，也任着春风飞舞，与桃花争艳。禅思诗兴在风花雪夜，活泼好玩，一切平等，没有差别。

觉海法因庵主的“明大法”，承接了灵云禅师的桃花诗，但是他的诗句“岩上桃花开，花从何处来”，却跑到灵云禅师诗兴的前头。

他问道：“桃花从哪里来？它为什么开花？桃花为自己开花吗？还是为别人开花？”

《诗经》的“桃之夭夭，灼灼其华”形容桃花盛开，是桃花开了以后的事，但之前的含苞待放呢？又之前只不过是一片绿色的叶子与枝条吧！

究竟是什么样的灵感，可以没头没脑，让禅师脱口而出“桃花”两个字，借着桃花说出自己的故事？

若我们把觉海法因庵主的诗句延伸一下：

“岩上桃花开，花从何处来，花往何处去？”

像一个小庙里老和尚与小和尚的故事。老和尚拿一根点着的蜡烛问小和尚：“光从哪里来？”小和尚聪明地把蜡烛吹灭，反问老和尚：“蜡烛的光往哪里去了？”

原来，所有的答案，仍是第一句话。

是第一句话萌生之前的第一个念头。

第一个因缘决定了第一个念头，第一个念头决定了第一句话，归根究底，觉海法因庵主这首禅诗里“岩上的桃花开了”，开出了什么样的花呢？灵云禅师的见地何在？

原来，答案那么简单，时节因缘在那里，天地造化的机缘也在那里，人间的三台山舞弄着，人生要把权力与名利也看做是造化的禅趣。禅机无处不在，生活里遍地都是，好好把握，好好欣赏，不必去强求，也不必依恋，一切自在，任何命运中翻天覆地的变化，都是季节的故事，每一个人不一样，自古及今，不必不喜欢。

破“牢关”

终日看天不举头，桃花烂漫始抬眸。

饶君更有透天网，透得牢关即便休。

——何山守珣禅师

【作者】

何山守珣禅师，宋吉州何山人，俗姓施，是临济宗杨岐派弟子，生平不详。

【题解】

达到修行最高的境界，要破“牢关”，这“牢关”指的是所有人的根本习气，尤其是人人不知不觉长久存在于意识中根深蒂固的分别心，形成许多人世间“美丑”“有无”“高下”“长短”“多少”的对立概念。这些不经反省的对立概念，最大的影响，变成“人”、“我”的对立，因而有了“我执”、“我爱执”的自私心。人生自私自利的结果，虚而不实，有如一道一道的天罗地网，扼杀了生机。这首禅诗，指出每一个人最内在的盲点，指引了人生破茧而出的方向，是禅师悟道的实录。

何山守珣禅师这首禅诗，乍读之下，会发现许多矛盾的地方。

禅诗的前两句“终日看天不举头，桃花烂漫始抬眸”便令人生疑，既然整天看着天，“不举头”怎么能看到呢？而桃花烂漫时，提起眼神四处欣赏，若不是眼睛先看到了桃花开了，怎么会发现桃花满园盛开时的火红烂漫？

似乎，何山守珣禅师诗中描述的言语视听，每一个动作都在“因果关系”里，人生只有把每一个意识到的行为颠倒之后，一切的感觉不再那么理所当然，生活的体会成为当下与眼前的事，感觉意有所指，生命才可以更深一层地看。佛教的缘起观，是一切同时发生的，何山守珣禅师这两句禅诗巧妙地说出，人间的觉悟，不必抬头就看见了春天，才一抬眸就能发现桃花盛开，原来，桃花与春天都如“春江水暖鸭先知”，一心不乱时，像镜子一样，什么都知道了。

欣赏一首禅诗，有如啃肉骨头，禅诗的每一字句，可以白话通俗，像菜市场都听得到的那种；但禅诗也用了更多不相干的、前后矛盾的句子，诗句充满了象征性与矛盾性，但是细细地在生活上品味，加上时间与空间的因素，加上人我与事物因果的互动，会发现禅诗广大的象征和暗示，不但兼顾了生活诗句的朗朗亲切，通俗易懂，还在情境中还原了一首禅诗的本来面貌。读禅诗的人一字一句地进入禅诗的情境，像舞者证个身心之“舞”在每一首诗句中，舞者的天地有生命的再创造，有禅师悟道的现场重现。每一首禅诗的“发意”，如同母亲的声音，牵起孩子稚嫩的小手，可以直指人心，启发一条生命的大道。

禅诗的“发意”，活用了语言文字，使语言文字别有风姿，更具有生命性，更有实质的教育作用。读诗的心情天大地大，无限的想象力可以飞翔，好山好水任我享用，但读了禅诗以后，参悟禅境，原本的知见立即陷入“矛盾”与“无知”中。禅师的诗教，最明显的功用，便是把读禅诗的人生“变小”，打破观念语言的成见，“一无所知”、“无所得”，当“大人”的心志无用武之地时，回归赤子之心，心的人生与视野，看什么都新鲜，都认真，与生活打成一片，与禅师共舞。

因此，禅诗的“拨透”功能很强，把许多人习以为常的观念一一打破，意会妄想的思维与成见、固执的思想、一成不变的概念，随说随扫，“大水冲倒龙王庙”，把人心深处认知的高墙推倒。

不同的是，禅师不是打家劫舍的盗匪，而是仗义除奸的英雄好汉。

一诗一句，过关斩将，要杀进人生意识思维的“天牢”，把禁锢在铜墙铁壁里的生机解救出来。禅诗三关，一重比一重深。“牢关”水深火热，不见天日，是每一个人最底层的概念意识，也是自我最牢不可破的一部分，除非自我的知见打破，那光天化日的人生与万物的风景，永远不会被真正的欣赏，生机也被扼杀。

何山守珣禅师是个意志坚决的人，他求道之初，除随身的衣物外，将自己行囊整理完成，现场立誓说，他若一天不彻悟，便一天不打开行囊。

这样的修道决心，使他每一天修行的日子“昼坐霁立，如丧考妣”，就这样经过了七七四十九天，有一天，他突然听到一句佛经：“森罗及万象，一法之所印。”突然间开悟了。

针对何山守珣禅师这一段开悟的经过，佛鉴禅师说了一句玩笑话：“可惜一颗明珠，被这疯癫汉拾得。”

天下大道，都是佛法，都是明珠，都是不疑处。

在何山守珣禅师的悟境中，“自从一见桃花后，直到如今更不疑。”灵云禅师的不疑之处是什么？面对呼之欲出的答案，何山守珣禅师说：“莫道灵云不疑，如今觅个疑处了不可得。”他回到疑情之初，彻底扫荡了一般人觅求答案的习惯，无论禅师开悟与不开悟，当“开悟的心念”不存在，也就没有开悟不开悟的问题，一个“无念”，探入“牢关”里，把人生自在的佛性救了出来。

何山守珣禅师还有一个故事。有一次他被人推下水潭，落水的刹那，有和尚问他：“修行人虽然得道，没有祖师印证时如何？”何山守珣禅师回答说：“潭深鱼聚。”又问：“已经印证以后又如何？”他答道：“树高招风。”

何山守珣禅师认为，修道的人，在祖师印证之前与印证之后，有了“潭深鱼聚”的众因缘和合，自然水到渠成，出现“树高招风”的情景，之前与之后互为因果，照《华严经》的说法是“因该果海，果彻因缘”，对于得道的修行人，前后并无差别。何山守珣禅师又举了乌龟的例子：“伸脚在缩脚里”，如同尺蠖的“屈”、“伸”前进，也像跳跃时先蹲下，许多人生的“以退为进”，如同乌龟行走，伸脚在缩脚里，才真正有蓄积的力量。

了解了何山守珣禅师的乌龟比喻，以此类推，所有人间的真理也都如此，如中国老子思想的“正言若反”与“反者道之动”。“伸脚在缩脚里”也是反话，但是细细寻思，回到言语的尽头，没有“缩脚”如何“伸脚”？禅师看似反话，一转语，却是地道的真话，直指人生真相，一点也不含糊。

所以禅师相反相成的语言文字，与道家的“无用之用”、“无为而无所不为”，佛门的“无念”、“无心”、“无我”、“无相”，都有异曲同工之妙。

何山守珣禅师这首禅诗“终日看天不举头，桃花烂漫始抬眸。饶君更有透天网，透得牢关即便休”，是与天地造化小儿嬉戏，也是“透得牢关”的一首禅诗，其中有着“即便休”的人生境界与智慧。

在看似不懂的前两句“终日看天不举头，桃花烂漫始抬眸”中，已经说明了一切。

试想，终日看天不必举头，为什么？因为禅师已在“天”的里面，与天地融为一体，看天自然不必举头。桃树花开，烂漫无边，真是盛况，禅师心中孕育的春天，就像“如鸡抱卵”，一日小鸡成熟了，为了迎接新生命的来临，母鸡在蛋壳的外头啐，小鸡在蛋壳的里面啄，啄啐同时，毛茸茸的小鸡终于诞生，生命来到人间，桃花来敲门了，禅师抬起眼睛看一看，知道了，又闭上了眼睛。天下机缘不都如此吗，何必大惊小怪？

何山守珣的禅诗，真是读所有禅诗最好的入门诗，禅诗在生活当中，都是寻常人家的禅悦与禅趣，只要一般人打破传统习惯，不被绑手绑脚的思维习惯限制，就能欣赏禅诗的“巧尽拙出”。文字简单了，便可以发人深省，读禅诗有如人生重头来过，再一次回到婴儿的时候，不必抬头，不必抬眸，心中有一枝桃花，已经在春天的院落开放。

活在当下

切忌从他觅，迢迢与我疏。
我今独自往，处处得逢渠。
渠今正是我，我今不是渠。
应须恁么会，方得契如如。

——洞山良价禅师

【作者】

同前《修行的“说”与“做”》作者简介。

【题解】

“渠”是人身的影子。大道不会等人，总是向前；人生求道，也要不断向前，不能留恋过去的影子。洞山良价禅师这首开悟诗，要每一个人生活在当下，不要迷恋过去与未来的影子，也不要为任何美好的事物停留，生命一定是自己承担，“独自往”是人间必经之路，可是不会寂寞，“处处得逢渠”是时节因缘丰盛的飨宴，一切相应在美好的时刻。

阳光照在身上，影子投在水面，是何等自然的事。

阳光照在身上，自然而然有了影子，自己的身影，刚好映在水面上，突然之间，“对影成三人”，哪个是真，哪个是幻，形影之间，交错了什么样的故事？

洞山良价禅师自出家以来，一直追寻着自己，吃过了许多的苦，走过许多坎坷的修行路，参访过很多有名的禅师，请求他们为自己指点迷津。沩山禅师教过他，云崖道人提醒过他，面对大道，他总是似懂非懂，像是没有见过的新娘子，人家说新娘子多么漂亮，自己胡乱应了，终究是门外汉，没见到“本来面目”，说出的话全是瞎猜的。

有时候，书读多了，念几首诗，讲一两句名人的言语，圣人的思想，一句“人面桃花相映红”，美妙的诗句，也恰到好处地形容了花轿里的新娘子。待嫁女儿心，想着洞房花烛夜，不知不觉脸红了起来，用春天的桃花描写新娘的模样，实在太传神了。

但是，真正的问题是，根本没有看见过新娘子，她长什么模样都不知道，却可以说出这么令人佩服的话来。也许是看过新娘子的人，真正看见新娘子脸红，没头没脑地听到一句“人面桃花相映红”，他们在春天真正看过桃花的红色，和新娘子的脸颊太像了，所以一句“桃花”不是浪得虚名，近在咫尺，像画龙点睛一般。

可是，对于从来不曾看过桃花也不曾看过新娘子的人，即使话说得天花乱坠，终究是心虚的。中国《诗经》写“桃之夭夭，灼灼其华”，写诗的人是看过桃花的，他看了桃花像火一样盛开，后来长了一片绿油油的叶子，最后结了满树粉红的果实。诗人的诗句答在眼前，一点也不糊涂，明明摆在那里瞧着，谁看见都一样。

诗句转到“之子于归”，诗人美好的心意迸发出来，相爱的男女结婚了，有了室家，有了家室，一个家庭的成长，从女人的出嫁开始，也自然极了，一点都不糊涂。

于是，同样的一句话，有的人说出来是真的，说话的人甚至不觉得说了什么，每一句话都是实景，像照镜子一样；有的人说出来是假的，都是捕风捉影。因为，每一句话都是想出来的，都像影子一样的不实在，尤其执著口头禅的人，像鹦鹉学人讲话，食古不化，满口“子曰”、“佛说”，生活永远缺乏实际的见证，自己的日子活着别人的故事。

这一切，洞山良价禅师同样经历着，他一直有人生真假的矛盾。

只是他不服气，他要知道生命的真相，他探寻，他印证，因为有心追求，一个新世界要开始了。

有一天，洞山良价禅师经过一条小河的时候，他突然看见了自己水中的倒影，原本极平常的事情，但与之前的刻意最不同的是，这次他全然无知，他突然开悟了。

他觉悟到，每一个时刻，人生像流水一样向前走着，流水映照着岸边每个人的倒影，也是一刻不停留的。每一个影子，都有生活过的痕迹，当下无比真实，但是过了那一刻，变成了虚幻，不能执著，也不必寻找。真正重要的是，人生要一直随着生命的河流向前走，不再被影子拴住，把虚幻的捕风捉影抛到九霄云外，生命永远要自己承担，人生的路要自己亲身走出来才算数。活出每个现在，是唯一的将来。

欣赏洞山良价禅师这首禅诗，从看到水中倒影的经验去体会，影子虚幻不实，离人生真相很远，可说咫尺天涯，一点不能迷恋，不能外求，也不必寻找，真正的人生最像流水，不断前进，没有一刻停留。

人生不会为自己停留，也不会为别人停留，“我今独自往”是一句多么震撼人心的警语。

离开自我的人生都是影子，都很遥远；反过来，生命勇敢地向前，一切机缘立刻展开，人世的相映圆融，想都想不到。

“处处得逢渠”是更加奇妙的发生，一旦事物水到渠成，不劳费心，顺其自然就可以了。

洞山良价禅师这时又提出警语：“渠今正是我，我今不是渠。”

禅诗里连续用两个“今”字，告诉我们生命的“现在”最重要，把握现在的机会，不要错过现在的机缘，机会来了，如同春天带来无穷的生机，春风春雨为地下钻出的小草降临大地，“渠今正是我”，可兴奋了。可是过了春天，小草长大要开花了，“我今不是渠”，生命又向前走了一步。

这时不必再留恋春天的影子，赶紧迎接下一个现在，绽放夏天美丽的花朵。

洞山良价禅师这首开悟诗，要每一个人生活在当下，不要迷恋过去与未来的影子，也不要为任何美好的事物停留，生命一定是自己承担，“独自往”是人间必经之路，可是不会寂寞，“处处得逢渠”是时节因缘丰盛的飨宴，一切相应在美好的时刻。

“方得契如如”是禅诗最后的结语，我们若有着“平常心”，过着“平常生活”，日用的小事都体现出天地的造化，日子有着一片春阳的糊涂，在影子之外，一切都会很好，当一切事物都发展得恰到好处，就是“如来”。

我们再玩味洞山良价禅师整首禅诗：“切忌从他觅，迢迢与我疏。我今独自往，处处得逢渠。渠今正是我，我今不是渠。应须恁么会，方得契如如。”如来之道不远，“切忌从他觅”是开始的第一步，“我今独自往”是第二步，“渠今正是我”，有活在当下的第三步，“我今不是渠”，是生活中不执著的向前走，如流水一样的前进，这是最后一步。

归路、故乡在当下

处处逢归路，头头达故乡。
本来现成事，何必待思量。
——神照本如禅师

【作者】

神照本如禅师，生平不详。《五灯会元》记载，有一天他向四明尊者请益佛法，和尚大声说："你的名字是本如。"神照禅师言下大悟。

【题解】

如同神照本如禅师的名字，"本如"是本自具足，本来自然，一点不假外求的圆融境界。这首诗说出了人生的自给自足，我们只要在生活中，注意眼前，把握当下，一切的因缘都是现成的。

一个时代的成与毁，不能想太多，春风之感与秋霜之气，来自季节的变迁，自然而然。

《三国演义》开头罗贯中说得好，“天下大势，合久必分，分久必合。”因为罗贯中用了两个“必”字。我们看天地万物，可以从中见到端倪，我们以“自然而然”去看一切变迁，少了人情兴衰的悲苦，多了天地节气接引的智慧。

神照本如的这一首禅诗，诗句真是太简单了，多读几声，细细玩味，会生起人生幸福的感觉。

台湾已过世的广钦老和尚是得道高僧，有一回一位老信徒问他究竟有没有神通，他的回答很奇妙：“有吃就有通。”看似答非所问，却说明了一个简单的事实：“佛法在世间，不离世间觉。”能吃饱睡好，不就是神通吗？何必强求高人一等，才是神通呢？

神照本如禅师，是宋天台宗山家派四明知礼禅师的弟子，他第一次请问四明知礼禅师什么是佛法的“经王”，问的是：佛法的“第一义”是什么？

四明知礼禅师只大唱一声：“汝名本如。”神照本如禅师当时领悟，写下了这首禅诗。

“如来”是佛的名字，也是你我的名字，也是三皇五帝的名字。当天下万物都是造化小儿的时候，“日面佛”、“月面佛”，因为日月的升沉，过着一天又一天，春生夏长秋收冬藏，“如来”是本来的自然，是你我生活当中的“天地之心”。

禅诗前两句“处处逢归路，头头达故乡”，对于神照本如禅师，“归路”与“故乡”意味着禅境终极的追求，它是佛门“生死事大”的根据，也是一般人一辈子的疑惑。

这一辈子的疑惑，生死的事情想多了，不可解的习题一直在心中累积，问题一个接着一个，索性不想了，不在意了，过着醉生梦死的日子，但那颗“思量的心”仍在，问题没有答案，没有答案的问题始终是一个困惑。

“归路”与“故乡”在哪里？人人扪心自问。

真正让身心安顿可以休息的“归路”和“故乡”还远吗？还是根本不存在？

神照本如禅师在这首禅诗中，斩钉截铁地以“处处”与“头头”两个叠字，坚定清楚地请出答案，“归路”在“处处”，“处处”都是“归路”，有什么稀奇。一个人如果不眠不食，一旦困倦至极，吃饱了睡足了，心中甜蜜蜜的像回到了家，这有什么奇怪，都是现成的事，不须挂念。

而“故乡”是“条条大路通罗马”的，人生归宿，有出生的地方，有意气成长的地方，有读书就业的地方，有娶妻生儿的地方，有成家立业的地方，有生老病死的地方，人生多变，像流水一样，从不停留。

如果执意要找到人生唯一的好所在，好光景，将其当成唯一的回忆，是一件愚不可及的事。

“头头达故乡”，原来，每一条路都是故乡的路，只要人生用心在每一件事上，心贴着那件事的感动与智慧，事与事之间，前因后果，因缘起落都对了，“事事无碍”之后，有完成一件事情的喜悦。佛说：“我为一大事因缘出现于世。”佛陀因为救苦而诞生，不也是一件事吗？事不分大小，只要用心就好，处处不必担心挂念，随顺而行，任运而止。因缘的心，觉者的滋味，故乡的好玩，自有青天白日，不必指东指西。

神照本如禅师的名字，虽然是老师四明禅师给的，这“本如”如何现起？何时成就？神照本如禅师这首禅诗的最后两句“本来现成事，何必待思量”，做了最好的说明。

原来修行之道，关键的是“何必待思量”，首先不要起分别思量的妄心，面对眼前一切的“现成事”，既然在眼前，“做就对了”，人人心中无思无念无相的时候，诸事成就。

一件现成的事做完了，下一件现成的事接着做，在每一件事上用心，像太阳月亮一样，“从东过西”、“从西过东”。从东过西有一个“无”字诀，从西过东也有一个“无”字诀，两个“无”加在一起，任何事物不停留在“思量”里，“诸事已办”，太阳月亮从来不说话，但天地万物之间，一切井然有序，什么问题都没有了。

当年丹霞禅师也有神照本如禅师一样的故事。丹霞有一日去看马祖道一禅师，在等待的时候，竟然跑到佛殿里，骑在文殊菩萨的头上。文殊菩萨象征智慧，拿着宝剑的，却被丹霞和尚骑着玩耍，马祖道一禅师看见了，送给丹霞禅师一个评价：“我子天然。”从此丹霞禅师多了一个名号，人称丹霞天然禅师。

知识没有了，思量的心不见了，本性流露，生活一切都是归路，都是故乡，因为有“本如”与“天然”两个和尚在。

事皎人自迷

刀刀林鸟啼，被衣终夜坐。

拨火悟平生，穷神归破堕。

事皎人自迷，曲淡谁能和？

念之永不忘，门开少人过。

——龙门清远禅师

【作者】

龙门清远禅师，临邛县人，俗姓利，号佛眼，是五祖法演禅师弟子，在龙门、舒州一带弘扬禅法。

【题解】

大道从来不会离开人，反而是人离开大道很远，求道的人由迷转悟，会知道大道的门永远开着，一般人不得其门而入，才会错失良机。人生不过是四大假合，就像灶神本是泥瓦合成的一样，因假而真，由外而内，是人生求道最简单的方向，可是多数人和他一样，执迷至今。

这首禅诗有一个美丽的故事。

龙门清远禅师一生求道，对于一个要把自己融入大道的人，最难的是，天下万事万物横在眼前，如何在一刹那间，领悟千差万别的现象，可以一下子消融，出现乾坤一体的禅机。

禅师的修行方法，“向一切处提撕”，指出了禅机的接引。

这禅机是“向一切处”，方向似乎太大了，向一切处的学习，太普遍了，说了不等于没说吗？

一般老师教学生，从小处着眼，禅师却不同，一开始就石破天惊，大山大海地盖过来。要不就是凌厉的棒喝，一般信心不够的人，早就望风潜逃，因为禅师的接引与寻常不同，自然造就出了气象大的学生。

禅师接引学生的秘密，其实很简单，禅师任何一句天地无心的问答，只要对应到了生活具体的小事，学生就及格了。譬如大自然是什么，有的学生无语低头，有的学生竖起手指，有的学生吃饭，有的学生吐口水，只要符合当时最重要的一件小事，有了“活在当下”的答案，以各种方式表达都算数。

龙门清远禅师参见法演禅师，他为修道而来，那一天，是一个孤寒的夜晚，他一个人坐在寮房里，天有些冷，他走近火炉边，心中仍念着：人生所谓何来？在炉边不经意拨弄一下炭火，看见余火一豆，像生命的种子，他恍然自喜，若有所悟地说：“深深拨，有些子。平生事，只如此！”

突然之间，天下大事只是个“余火一豆”。

人间的真谛竟然出现在一个小火苗上。

他立即翻阅《传灯录》寻找公案的印证，再碰碰机缘。

读到“破灶”那一段公案，好一个“堕”字因缘，使他更加清醒。

公案的故事是，山边一间祭拜灶神的小庙，有一位悟道的禅师，进了庙门，把灶打破，并且大骂灶神何德何能，竟然用鸡鸭鱼肉的生灵，祭拜五脏庙。破灶之后，灶神临去时，向禅师致谢，他因为禅师的一句话，知道因缘而解脱了。

龙门清远禅师忽然大悟，他便作了这首禅诗：“刀刀林鸟啼，被衣终夜坐。拨火悟平生，穷神归破堕。事皎人自迷，曲淡谁能和？念之永不忘，门开少人过。”

“刀刀林鸟啼，被衣终夜坐。”龙门清远禅师求道之心如此殷切，“拨火悟平生，穷神归破堕。”他看到自己的过去，纯真的自性埋藏在灰烬中，只要“深深拨”了以后，别担心，透过至情至性去体验，有心的人，一定在自己的内心，见到自己的本来面目。

再参究破灶堕因缘，他更明白了，人生不过是四大假合，就像灶神本是泥瓦合成的一样，因假而真，由外而内，是人生求道最简单的方向，可是多数人和他一样，执迷至今。

“事皎人自迷，曲淡谁能和?”这些本来清楚的人生道理，虽然能够和唱的人很少，但是，他一旦知道了，一下子开了眼，悟道之门已经敞开。虽然少人进来，但天地万物与人生的机缘，多有回旋余地，有时一机到底，有时陶然共忘机，有时旧机含蓄着新机。龙门禅师的悟境是，禅者的机锋不必一路到底，门开着就好。

龙门禅师与法演禅师的机缘，似乎也应了这首禅诗。一开始见面，法演禅师直接对他说：“你犹自烦恼在。”这以后，每次龙门禅师请教法演禅师，法演禅师都回答一样的话：“我不如你，你自会得好。”或说：“我不会，我不如你。”法演禅师一再自谦的禅语，这样的问答，让龙门禅师十分困惑，在一无所获之余，他终于决定离开。

离开法演禅师以后，在一次机缘中，他遇到灵源禅师，灵源禅师知道了他离开法演禅师的原因，反而对他说：“演公天下第一等宗师，何故舍近而事远游？所谓有缘者，盖知解之师，与公初心相应耳。”

龙门清远禅师终于懂了：“事皎人自迷，曲淡谁能和？念之永不忘，门开少人过。”法演禅师的禅法多么平常，“没有烦恼就好”、“我不如你”，两句平常人的简单话，却蕴含着人生最深刻的境界，一般人的相信知识，相应巧合，多是知解上的，法演禅师说的禅法，从“我不如你”的谦虚真诚，契入“如来”的无穷无尽。“我不如你”是一句生命的实话，活出每一个人的自信，谁都不能取代。

梅花香自苦寒来

火虐风饕水渍根，霜皴雪皱古苔痕。
东风未肯随寒暑，又蘖清香与返魂。
——佚名

【作者】

唐僧佚名，生平不详。

【题解】

这一首诗，写尽了寒梅开花前遭遇的磨难，但是所有的磨难，最终化成了梅花开花时有生命志气与劲节的伟大力量，在东风吹来的时候，梅花开了，绽放天下最坚强的生命光辉。

禅诗以“梅花”作主题，梅花经过岁寒后开出早春第一朵花，像极了修道的人，在生命苦行的锻炼中，生出了生命苦难的信心。“疏枝冷蕊自横斜”的样态，又不显得那么孤傲，以“梅花”象征一位悟道的禅师，真是再恰当不过；以梅花作为禅诗的代表作，字里行间，禅的悟境也充分显现。

这一首咏梅诗，前两句述说着梅树成长的艰难，“火虐”、“风饕”、“水渍”、“霜皴”、“雪皱”，都是大自然常见的灾害，禅师连续使用五个极有破坏性的字眼后，非常具有文学张力地把梅树承受的贬抑摧残，完全表现出来，而不是人世的活泼热闹，轻描淡写的山高水深，或一声赞叹“花开了”，就交代了梅花的故事。

禅诗一反诗人的跌宕自喜，直接揭露了苦行的真相——“火虐风饕水渍根”。试想那一枝历经严酷考验的古梅，为什么树根树干，满载生长的伤痕——皱缩干裂爆开的树皮，弯曲婉转的枝条，沧桑满目的老态？

看过了禅诗的第一句，一场眼前古梅树的身影，立刻被痛苦扭曲的眼睛寻找出来。

“霜皴雪皱古苔痕。”禅诗的第二句为我们画了这幅古梅的图像。

禅师笔下不会留下“痕迹”，但永远会留下“禅机”。

看这首禅诗，要注意传统禅诗意象中的“青苔”。禅师常以“青苔”象征“禅机”，于是“霜皴雪皱古苔痕”的古梅图画中，“古苔痕”是禅机的伏笔，古梅上有青苔草绿极其自然，是实景的白描，意味“物极必反”，生命的苦到了极处时，自然有着刻苦的盎然生意。禅诗将它化成了“古苔痕”的禅机，一点不露痕迹。

禅诗高明如此，懂与不懂，总是被诗的意象点活了。有了“古苔痕”，我们开始进入古老的梅树根柢，在重重的铁锤敲下之后，古梅的树根早就蓄积了生长的力量，它有着“今日之机”，只等东风一到，便将振翅而飞。

“东风未肯随寒暑，又蘖清香与返魂。”

禅师终于等到了梅花绽放的一刻，受冻干裂的梅枝，受霜起皱的梅干，被风雪挤压的梅根，视野的一切绝望中，寒暑无情的摧残已经承受，但奇妙的是，东风在遥远的天边吹了过来，看似枯萎的古梅返魂了。原来，真正带来生机的东风，总是与苦难的生命同在，“东风未肯随寒暑”，东风的生机，从来不受人间寒暑的支配，返魂的古梅，终于满树满枝装扮了素面冷艳的梅花，飘溢着清香，与东风一起飞舞起来。

这首诗，描写梅花多么有力量，“返魂着花”的古梅绽放，原本被折磨的古梅枝干都不见了，寒暑的磨炼，成为春生的好意。黄檗希运禅师形容得好：“不是一番寒彻骨，争得梅花扑鼻香？”

也许人生也是一样，让生机出发的东风不会“无力”，古梅的生机永远有天地的消息。

梅花的因缘

千年苔树不成春，谁信幽香似玉魂。
雰雪满林无月丽，点灯吹角做黄昏。
——虚堂智愚禅师

【作者】

虚堂智愚禅师，俗姓陈，讳智愚，号虚堂，四明象山人。生于宋孝宗淳熙十二年，十六岁时皈依普门寺出家，后游学雪窦、净慈禅师门下，嗣法运庵普岩禅师弟子，为南岳下第二十世，属临济宗杨岐派法系。宋度宗咸淳五年过世，世寿八十五岁，有《虚堂智愚禅师语录》十卷传世。

【题解】

这首梅花诗，指出了一种相对的情境。白色的梅花在月光底下黯然失色，但是等到黄昏来临的时候，白梅就像家家户户夜晚点灯，成为一片灯海，照亮了一家子的温馨。

佛法是因缘法，“禅机”在每一个不同的因缘当中，总是恰到好处地带来生意。春风吹来的时候，一朵朵梅花开了，带来了春天最早的消息。

虚堂智愚禅师是宋朝人，他十六岁出家，八十五岁过世，一生临终的遗偈，写得很简单：“八十五年，佛祖不识，掉臂便行，太虚绝迹。”

禅者的修行，一定要悟得“不识”两个字，这心中的不识，一如禅宗二祖慧可的“断臂求法”，对一个心生不安的人，患得患失，直到真正放下了，“无所得”的时候，便是心无挂碍时。也因为心无挂碍了，从心所欲不逾矩，走出去的每一步，便不会留下脚印，刚好的时候，一切圆满成就。

以古梅为例子。梅花开之前，一株古老的梅树，树干苍老，长满了绿苔，似乎绿苔也有些春意，但“不成春”，因为真正的春天从东风开始，东风一吹，所有的花都开了，一片春景绿油油的，才是真正的春临大地。

从绿苔的禅意，虚堂智愚禅师心里知道，修道的人在静修中，有一些心灵的火苗是微不足道的。一个自了汉，尽管多少有些悟境，也只是环绕在自我四周，有如一枝古梅树身边点缀的绿小苔痕，只是小彻小悟，带不出真正的天地开阖，也没有万物生长的大气象。

“春天”是多么特殊的日子，“春临大地”的一元复始，万象更新，必须是宇宙生生不息的生命意志，只有力道够的古梅树绽放开花，才接得住春天的消息。

“谁信幽香似玉魂”把梅花的幽香比作了“玉魂”。古来中国人祭天祭地，“玉”是最重要的礼器，可以通天人之际，“玉魂”又更进一步，成了天地的贞节。

在虚堂智愚禅师心目中，梅花香一点不输于一块玉。梅花是时间的使者，也是空间的使者，上下四方的天圆地方，玉器用琢磨的形制表示，但是在古往今来的季节里，我们永远有着梅花迎春的满心欢喜，梅花带来了天地之始。

梅花在严寒的冬天开出花朵，宛如一声令人魂飞魄散的“大喝”，带来了春天的消息，石破天惊。梅花有天地劫毁的开创，有起死回生不可思议的力量。

任谁都不信，梅花清香，竟能满满地将春天的讯息带来，如玉魂一般，与造物者遨游。

然而，梅花在自己的天地里，也有自己的位置，自己的因缘，有自己相得益彰的美好故事。

譬如一棵梅树上，开满了梅花，但是一片白雪下来，雪地多么耀眼，映照着月光，比较之下，却是月光来得美。在月光之下，白雪一般的梅花显得黯淡了。

毕竟，月夜不是梅花的故事。

但是，我们又仿佛在一个日落的黄昏，看见一位老僧，信步走到一片默林中间，他很专注很专心，看着眼前的每一朵白色梅花。忽然之间，皎洁的梅花，变成了入夜之前的黄昏时刻，挂在每一户人家门前的灯火，一盏一盏的小灯亮了，吹过一阵清香，梅花的气息像号角一样的呼唤着家人，该回家吃饭，该休息了，明天和昨天，都可以放着不管。

虚堂智愚禅师这首古梅诗，我真喜欢他“点灯吹角做黄昏”，飞出了梅花带来春天的积极劲儿，可是也不必急呀，各安其位，梅花的因缘，谁也强求不得。

只欠清香画中梅

常忆西湖处士家，疏枝冷蕊自横斜。
精明一片当时事，只欠清香不欠花。
——虚舟普渡禅师

【作者】

虚舟普渡禅师，俗姓史，淮阳江都人，十二岁出家，后于饶州荐福寺嗣法于无得觉通禅师门下，为南岳下第二十世，属临济宗杨岐派法系。禅师生于宋宁宗庆元五年，卒于元世祖至元十七年，世寿八十有二。

【题解】

对于禅师而言，精明只是世间的聪明，在真正人生的滋味里，“难得糊涂”才有巧尽拙出的喜悦，也因为“精明一片”，梅花的故事“只欠清香不欠花”，梅花少了“清香”，只是一幅壁上的梅花，与真正的梅花究竟不同。

画中的墨梅，诗句的咏梅，不如西湖岸边，在严寒中挺立的古梅，人与花同在，冬雪之后的春天月夜，传来阵阵清香，有如禅师的棒喝一声，把生命打开，一喝之下，草木萌甲坼开的声响，多么惊天动地，多么真实。

这首禅诗取名“墨梅”，一见“墨梅”两个字，便知道是一幅梅花主题的水墨画。

虚舟禅师这首禅诗，要在假相中寻找真迹。佛法的一音演唱，一音可以遗响无穷，可以化为佛经文字，可以当成颂赞佛乐，也可以雕成一尊一尊接引的佛像，但是这一切来自回忆的捕捉，怎么比得上在灵山会上，释迦牟尼与迦叶尊者“现场”的拈花微笑？

如果我们再一次成为佛陀生前的弟子，或更早一点随同他离开城市，出家苦行；或再早一点，与他走遍四个城门，看尽生老病死的景象；也许还要再往前推，我们在他母亲过世的时候，也在现场，我们看见佛陀稚年的心中，面对母亲的逝世，知道人生无常，流下眼泪，心中种下了第一颗出家的种子。

真相在哪里？真实又是什么？生死的意义可以简单的只是一个现在的片刻，可以只是一刻师生的心心相印，可以只是一首禅诗。

在虚舟禅师这首“墨梅”诗中，他一开始便写着“常忆”两个字，他总是回忆，在杭州西湖，那个被苏东坡称为西湖处士的林和靖，一生恬淡好古，不求名利，隐居在西湖孤山，二十年中，足不履城市，终身不娶，植梅养鹤，人称“梅妻鹤子”，他写过一首咏梅诗：“疏影横斜水清浅，暗香浮动月黄昏。”虚舟禅师的心中，真喜欢他。

但是又如何呢？

看着眼前的一幅墨梅，虚舟禅师想起了自己的身世，传说他出生的时候，发出异香，竟让左邻右舍都闻到了；他很小的时候，看到佛像便会自动合掌；童年时，一见僧人便喜欢雀跃；十一岁时如愿以偿，终于在天宁寺出家，过着云游的僧侣生活。

虚舟禅师的诞生，“异香”是多么传奇的秘密。

在严寒冬天返魂的梅花，“清香”是梅花最动人的精神，与梅花澡雪的坚毅相比，“清香”是梅花的灵魂，坚毅只是梅花的身体。

当虚舟禅师看到这一幅墨梅的时候，他忆起西湖处士的那首咏梅诗，也想起了苏东坡。

“常忆西湖处士家，疏枝冷蕊自横斜。”画中有诗，诗中有画，虚舟禅师由衷地赞赏眼前的这幅墨梅，真有西湖处士林和靖“疏影横斜水清浅”的神韵，他用了“疏影横斜”的意境，写出画中“疏枝冷蕊自横斜”的画境。

林处士接下来的诗句“暗香浮动月黄昏”，他住在西湖的孤山，有腊梅为伴，素艳泛香的梅花，那么真实地让诗人吟咏出“暗香浮动”的水边倒影，天上的月光，黄昏的夕阳，都被梅花的清香吸引了，然而，虚舟禅师眼前的墨梅却欠了清香，成了假的了。

真真假假，西湖处士看过真正的梅花，有清香浮动，自然说了出来，但是一幅“精明一片”的好画，却不可能把当时的“清香”说出来、写出来、画出来。因此，“精明一片当时事，只欠清香不欠花”，一个“欠”字，是该有而没有。但是自古而今，哪个画家能把“清香”画进梅花中？

虚舟禅师知道，生命最真实的面貌，是“如人饮水，冷暖自知”的，西湖处士咏梅诗写得好，墨梅枝干花朵也画得好，但好归好，假托于物，终究是影中人，一如纸上姻缘，究竟不同于“执子之手”的男女。

画中的墨梅，诗句的咏梅，不如西湖岸边，在严寒中挺立的古梅，人与花同在，冬雪之后的春天月夜，传来阵阵清香，有如禅师的棒喝一声，把生命打开，一喝之下，草木萌甲坼开的声响，多么惊天动地，多么真实。

“理入”与“行入”

空门不肯出，投窗也太痴。

千年钻故纸，何日出头时？

——古灵神赞禅师

【作者】

唐古灵神赞禅师，初在神州大中寺出家，后云游，遇百丈怀海禅师，因百丈说法后彻悟，又回大中寺，晚年住福州古灵寺，人称“古灵神赞”。

【题解】

忽略真正的生活，走入观念的陷阱，人生一旦停留在语言文字的知见中，缺乏实际行为的印证，生命终究是空虚的。因此，实践是检证生命真理最重要的法则，智慧的人生，不要在文字障里迷失自己。

佛教的修行有两种入门的途径，一是“理入”，一是“行入”，这两种方法，作为佛教应机施教的手段，“理入”是对佛法的了解，“行入”则是完成佛法的实践。

禅师教人习禅，在“理入”与“行入”的修行次第上，以“不立文字”作为中心思想，重视“行入”，将佛法的道理融入生活的应用当中，一般人读经念佛，若只能增加知识见解，对禅宗的“明心见性”无多大受用。古灵禅师借这则“苍蝇钻故纸”的公案，写成一首禅诗，教导参禅的弟子要重视实修，不要做个知解之徒。

这首禅诗的作者古灵禅师，在百丈禅师那里开悟，他服膺“百丈清规”的核心思想：“一日不做，一日不食。”

生活日用的行住坐卧，无一处不是禅机，无一事不是禅法，以这样的生活禅法为中心，人世真实，大自然的法则，自有微妙的智慧，在生活的海洋里，文字不是文字，口说不是口说，都是宇宙生命自然的作用，时间不停地流动，没有一刻停止，在每一刻生命因缘的聚会时，流露出惊天动地却又平常的“如是如是”。这时，要捕捉这种生活的智能，所有文字经教都是活的；相反，没有生活的禅机，无论记颂多少遍祖师佛陀的经律论典，都成了骗人的大话，诳了愚人的耳目，因为所有文字经教都成了文字障。

“空门不肯出”这诗句，真是道出了千古佛禅修行最大的弊端。

佛门中人，若是一辈子口说虚空，手指虚空，心中观看虚空，一旦执著虚空以后，进入人生“顽空”的万劫不复中。偏偏，任何境界还有个不明就里的反弹情绪，但修行人坠入“顽空”以后的定境，在“定乐”当中，世道与人心都可以不管了，人生的是非曲直，成了不消说也不必说的身外之事，横竖不必关心，如同走进镜子的虚拟人生，耽溺在镜子本静的观照里，镜子不打破，镜中人永远走不出来。

古灵神赞禅师有心要打破这一片镜子。

古灵神赞禅师在百丈禅师处开悟以后，他回到原先出家的寺庙，再见到初入佛门的师父，他发现师父仍在佛教经藏的故纸堆中钻研，仍执著一句佛说的知见，执粘在人的经典中，始终没有契入佛法真谛，更谈不上“明心见性”了。

有一天，他师父洗澡时，古灵禅师为师父擦背，擦着擦着，他长叹一声：“好一座佛堂，可惜，有佛不圣。”言下之意：“师父啊，你是个法器，但是你心中的佛只是表面的文字，不是真正的禅机，这样子出家一辈子，也徒劳无功，可惜呀，可惜！”

他接着说：“佛虽不圣，还会放光。”意味着他对他师父的珍重惋惜。

他相信，人人都有佛性，人人都可成佛，也许时节因缘到了，他的师父自然有开悟的时候。

这一天，他的师父正在读经书，正专心的时候，有一只苍蝇，一直不断向纸窗飞去，一次一次碰触纸窗，但却无力钻出，也许窗口外的光亮太吸引它了，苍蝇一直做着同样的动作，纸窗无言无语，却挡住苍蝇的去处，让它怎么飞也飞不出去。

苍蝇钻纸窗的故事，触动了古灵神赞禅师的诗兴，他帮助师父开悟的时机来临。

于是他写下了这首禅诗：“空门不肯出，投窗也太痴。千年钻故纸，何日出头时?”一语道破了他师父的困境。

在故纸堆里，在佛教经典的迷障中，不就和眼前的苍蝇一样吗?

“空空的大门”就在眼前，外面的阳光，必须从生活的每一扇门走出去，那才是真实的生活。苍蝇向纸窗飞去，用纸张糊成的窗口永远只是影子，捕风捉影，全然是不智之举；远离生活本身，纵使看似有所得，离开人间俗世的扰攘，获得心中一时清净，但是在生死关头，大难当前，贫乏的文字知见一点都使不上力，救不得人间苦难，身心四大假合各自散去，一切经教，也将徒劳无功。

“千年钻故纸，何日出头时?”

古灵禅师说出他的结语，剩下的故事就是他师父的因缘了。

“世间如许广阔，钻他成年故纸”反不如老老实实在生活日用中下功夫，日用功夫下得深了，镜子一破，生机诞生，像冬天冒出的春笋，生生不息，万象更新。

一时之间，如天女散花。

幸好，古灵禅师的师父看了他的禅诗，终于也放了光。

他请古灵禅师上堂说法，古灵禅师升座，将经本一合，只说一句：“心性无染，本自因成，但虽妄缘，即如如佛。”言下之意，人性本自具足，不假外求。他又一次帮助师父大彻大悟，扭转了他师父如苍蝇钻故纸的命运，在一场迷与悟的分水岭上，古灵禅师以日用生活的小事，启发老师“明心见性”，禅在日用生活中，又多了一个大好见证。

为道莫还乡

为道莫还乡，还乡道不成。
西边老婆子，唤我旧时名。
——马祖道一禅师

【作者】

唐马祖道一禅师，俗姓马，四川人，是怀让禅师弟子，许多著名禅师如百丈怀海禅师、西堂智藏禅师皆出自他的门下，唐宪宗时卒，追谥号“大寂”。

【题解】

“马驹踏杀天下人”的马祖道一禅师，他的禅法如骏马一样，总是像流水一样不停向前。在这首禅诗里，马祖道一提醒天下所有的修道人，不要回头贪恋过去，修行生活总是向前，如行云流水，一旦停留在任何名相当中，便违背了大道的方向，离开了大道。

马祖道一禅师当年遇到庞居士的时候，庞居士正巧在石头希运禅师处，他请问石头希运禅师："不与万法为侣者，是什么人?"石头希运禅师听了以后，立刻"以手掩口"，一句话也不说，佛法修行是生活的秘密，不足为外人道也。

可是庞居士还要再问，这回他找到了马祖道一禅师，问了同样的问题，马祖道一禅师一句话顶了回去："待汝一口吸尽西江水，即向汝道。"

原来生活的小事是天地间的大事，一个口说的疑问，没有在事上磨炼过，偷懒地以小吃大，是不可行的。既然"不与万法为侣"，石头希运禅师闭口不言，已经点了题目，但是庞居士仍不开窍，还继续问，于是马祖道一禅师不客气了，小子好大的口气，能说大话，也要有大话的能耐，把"西江水吸干了"再说吧!

马祖道一禅师这一首"为道莫还乡"，一开口，正有"一口吸尽西江水"的气魄，有如庄子比喻大道的大鹏鸟，有了翅膀，就注定要飞向远方，人间的长河，奔腾不已，从来往着大海的方向。

学道修道之人，以为能够"抱残守一"，以为有一个大道在那里等着，苦苦思虑就能悟道，可完全错了。如同当年马祖禅师的开悟，马祖打坐的时候，百丈禅师在一边磨砖，疑惑的马祖道一禅师询问，百丈禅师回答："磨砖做镜子。"马祖道一禅师不解："磨砖如何能做镜子，那是不可能的。"百丈禅师说出真正的答案："磨砖不能做镜子，打坐如何能成佛?"

路是人走出来的，不是坐着等在那里看的，所以禅诗有"不坐看心石，应随出走云"的诗句，天上下雨的时候，流云或浓或淡，起风的时候，时卷时舒，所有天地的变化，如行云流水，都是行动的时候。

"为道莫还乡"，马祖道一禅师是一匹千里马，"马驹踏杀天下人。"他志在千里，庞居士问佛法，他要庞居士"一口吸尽西江水"，以"万行"对"万法"而言，"西江水"只是天地万物的一个小经验，体会过了，尝一滴海水，知道大海的滋味；没有尝过一滴海水，却说三道四，"大海"是个名字，与称呼"万法"一样，成了妄念妄想。

要知道大海的滋味，先尝一滴海水，马祖禅师说的"一口吸尽西江水"，是鼓励庞居士要实践，要走过西江水的上中下游，才有真实人生的入手处。"大海咸味，点滴即是"，禅诗只是一机一会，马祖禅师的"马驹踏杀天下人"，却是千古风流。

于是我们知道，当年马祖禅师终日习定修禅，引来了“磨砖既然不能作镜，坐禅岂得成佛”的对话，师徒一问一答之间，马祖道一禅师终于开了禅心，“于无住法，不应取舍。”原来人生有取舍便会停留，但“出走云”留不住，“西江水”留不住，“踏杀天下”的马驹也留不住。

这首禅诗“为道莫还乡，还乡道不成”，马祖道一禅师将修行之路说得明明白白。

因为担心众人不解，在这首禅诗中，他举出自己回乡的经验，现身说法。

“西边老婆子，唤我旧时名。”

家乡西边的邻居，亲切地呼喊着马祖道一禅师的小名，老人家还停留在过去的记忆，完全不知道眼前人与眼前事。

唐朝诗人贺知章的《回乡偶书》写道：“少小离家老大回，乡音无改鬓毛衰。儿童相见不相识，笑问客从何处来。”贺知章遇到乡里小儿，“不相识”是自然的，而马祖禅师碰到童年邻家的“老婆子”，老婆子看着马祖禅师长大，事隔多年，只记得马祖禅师的童年过去：“原来是马家小子回来了。”老人家的记忆还在从前，但真相是，眼前已经长大的马祖道一禅师，已经不是那个充满孩子气、好动调皮的马家小子。

对于眼前的马祖禅师，“西边老婆子，唤我旧时名。”老婆子根深蒂固的观念，使他生活在过去的回忆中，与儿童一样的“不相识”，可是明明眼前的人，眼前的事，怎么就不知道了呢？这真是令人困惑的事。

也许，追求大道，生活在大道中，须要“为道莫还乡，还乡道不成。西边老婆子，唤我旧时名”。

在这首禅诗中，马祖道一禅师真正要说的是，生命要努力实践，要拼命体验，要进入日常生活的现场，要像一匹奔驰的千里马，一刻也不停留。

自性在心

我有明珠一颗，久被尘劳封锁。

今朝尘尽光生，照破山河万朵。

——柴陵郁禅师

【作者】

宋柴陵郁禅师，亦称茶陵郁禅师，生平不详，白云守端禅师是其弟子，他因过桥摔跤而开悟，写下这首有名的悟道诗。

【题解】

回归自性，回到每一个人的心里，才是求道的不二法门。许多人太在意别人的看法，听信别人的标准，再好的道理都不是自己的，反会遮蔽自己的本性。白云禅师的“我有明珠一颗”，来自生命的自信，“心”是自家的宝贝，是每一个人在世界上独一无二的地方，必须要真实地活出来，这是那么理所当然的事。

人人心中有一颗明珠，是每一个人明明不昧的心，做人做事，最后的归依处都要回到自家的心里。

这首禅诗是柴陵郁禅师摔跤后的悟道诗，禅师的禅风灵巧活泼。

他座下的弟子白云守端禅师时常持诵这首诗，却参不透其中禅趣，后来白云禅师转往跟随杨岐方会禅师求道，仍不能开悟。

这一天杨岐方会禅师问白云禅师，要他叙述柴陵禅师的悟道经过，白云禅师说出柴陵禅师这一首悟道诗，不想杨岐方会禅师听了，哈哈大笑便走开了。

这一笑把白云禅师的困惑笑出来了。

就像一个听话的好学生，什么都以老师的看法做标准，不敢逾越分寸，结果成了别人的影子。

只有在有困惑疑心的时候，来自每一个人内在的“疑情”出现了，有了疑情，是进入禅门的第一步，参禅功夫，以疑情参问为第一要务。

白云禅师第二天就问杨岐方会禅师，他询问自己是不是说错了什么？以致引起禅师大笑？

杨岐方会禅师回答说：“庙前玩耍把戏的小丑，做出种种唬人的动作，无非想博人一笑，观众笑得越大声，他们越开心。我不过轻轻笑你，你就重重地放不下了，岂不比不上那些小丑？”听了杨岐方会禅师的回答，白云禅师如梦初醒，一直以来，他太在乎别人的心，没想到竟然把自己的本性淹没了，自己明明不昧的心长久被隐藏，他终于在杨岐方会禅师的教导下，放下长久以来的执著而开悟。

这首禅诗告诉我们，人生所做种种事情，要有自己发自心地的流露，像民歌里的男女对唱，男有情来女有意，总是活泼泼的，不要太呆板，太呆板就会失去生命的禅趣。禅机活活泼泼，一扬眉一瞬目，一投足一言笑，女的唱歌故意挑逗，表示看不起他，就像杨岐方会禅师的哈哈一笑，引起白云禅师的动容；又如男的答唱，还他一手，说眼前的姑娘是个丑小鸭，以后嫁不出去，没人娶。唱着唱着，民间的山歌唱出了少男少女的爱悦之心，那是多么自然的心底事，一点小小的疑惑，都让眼前的人更真实也更丰富，更重要的是，他们互相带领出真实的男女之情，知道他们彼此相爱。

禅师的问答也如此，应机开悟的接引，让人生的自信生出来，让生命不再害怕。

禅的风光，有一颗灵巧的心相应。

白云禅师这首禅诗“我有明珠一颗”，来自生命的自信，“心”是自家的宝贝，是每一个人在世界上独一无二的地方，必须要真实地活出来，这是那么理所当然的事。

万物之动在于一个“机”字，人生一切的变化，万物之机为我受用，于是“万物之机”都是“我身之机”。

“我身之机”，有着主体的生命，是人生一切行事的主人，生命机缘的发动，完全根据每一个人心中的一颗明珠，一个人心中嘹亮，明珠光芒四射，万物之机，收入在“一心不乱”的举手投足之间。

可以是歌舞，可以是砍柴挑水，话尽山云海月，晨昏夕照，都是心中这颗明珠显现。“今朝尘尽光生，照破山河万朵”，何等气魄，何等快乐！

人心活出来了，不被外境所转，不计世间毁誉得失，笑骂由他，不受影响，如《西游记》里翻江倒海的孙悟空，孙悟空象征人心，心念一动，像筋斗云飞在天上，人人欢呼“好本领”。一旦人心去除物外的灰尘，如同擦亮的明珠，明珠光照万里，谁说人生不能风风光光？

随它好，随它坏

云岩寂寂无窠臼，灿烂宗风是道吾。

深信高禅知止意，闲行闲坐任枯荣。

——草堂禅师

【作者】

草堂禅师，系北宋禅僧，初参禅时，以雪窦山重显禅师为师，后得云门宗旨，传法于越南，是越南佛教草堂禅派创始人。

【题解】

万事万物的境界，无论“繁荣”或是“衰败”，各有不同的成因，有好有坏，都是相对的。人间枯荣有时，唯有不执著于任何一边，超越相对的观念，不受任何限制，才能享受悠闲的生活。草堂禅师一声“知止意”，在悠悠的白云端，游方的僧人闲坐闲行，有的事情不妨随他坏，色即是空；有的事情也不妨随他好，空即是色。造化万端，荣枯都是天姿，是生命的初机。

这首禅诗，背后有一个故事。

有一天，唐朝药山惟俨禅师和弟子云岩道吾二人参禅，看到外面有两棵树，一棵长得茂盛，一棵却枯死了，他先问道吾："枯者是？荣者是?"意思是"枯的好？还是荣的好?"言下之意，生死枯荣，好坏不能太早下断语，常常见仁见智，观点不同。

道吾禅师回答："荣者是。"

药山禅师立刻说了一首诗："灼然一切处，光明灿烂去。"把天地的生机说活了，如同《诗经》的"桃之夭夭，灼灼其华"，点出万物生机的光芒万丈，欣欣向荣。

药山禅师再问云岩，云岩禅师的回答和道吾恰恰相反，他说："枯者是。"

药山禅师也立刻应一首诗："灼然一切处，放教枯淡去。"两首诗，都有着"灼然一切处"，但是境遇不同，一棵树欣欣向荣，一棵树枯死了。枯死的一棵树，药山禅师只那么一句"放教枯淡去"，成了寂寂中出发的禅机。

药山禅师这段"枯"、"荣"的公案还没有结束，刚巧有高沙弥来访，药山禅师也问他同样的问题："枯者是？荣者是?"高沙弥回答得更高明："枯者从他枯，荣者从他荣。"药山禅师听了以后大呼："不是，不是。"药山禅师碰到了没有分别心的高沙弥，他一语道破的"不是，不是"，"不是荣，不是枯"，将"荣"与"枯"的相对观念，一下子截断两边，确认大道没有差别相，也没有分别心，生与死，荣与枯，都是一体两面。

一般人容易在是非、善恶、生死之间徘徊，药山禅师以"枯"、"荣"象征了生命的两种形态，枯荣有时，但是大道的生命却是一体的。

宋草堂禅师根据这一则药山禅师的公案，写下这首禅诗。

第一句"云岩寂寂无窠臼"，指的是云岩禅师的禅机，他接引弟子，用的是"枯"这个字，将人世贪爱恋火一起熄灭，于是"放教枯淡去"，人生无知无欲，大死一番之后，会生起新意。

第二句"灿烂宗风是道吾"，道吾禅师接引弟子，循循善诱，以一个"荣"字，接出明心见性的神光，钵里饭，桶里水，如同"一切有情，依食而往"，生命的信心有了，光明灿烂的大道，随之而来。

禅诗第三句、第四句要连着看："深信高禅知止意，闲行闲坐任枯荣。"这一句诗应该是“高沙弥”的禅机了。

高沙弥在药山禅师两声“不是”“不是”之后，似乎回到最先的那一句话：“灼然一切处。”什么荣，什么枯，时节因缘不同，只要历历在目，“活中有眼也同死。”不要着相，“荣好”也要去，一去就是大死一番；“枯好”也要去，一去就是洪波滔天。两样天地风平浪静，都一样是大好山河。

所以药山禅师与高沙弥的境界，已超脱荣枯，跳出三界，“荣者任他荣”、“枯者任他枯”，枯荣之间，不分别了，便是实相。

草堂禅师一声“知止意”，在悠悠的白云端，游方的僧人闲坐闲行，有的事情不妨随他坏，色即是空；有的事情也不妨随他好，空即是色，造化万端，荣枯都是天姿，是生命的初机。

草堂禅师喜欢“不落窠臼”，喜欢“光明灿烂”，更喜欢“灼然一切处”的荣枯自在。

人生快意，不都该如此吗？

劫火煮茶

禾山普化忽癫狂，打鼓摇铃戏一场。
劫火洞然宜煮茗，岚风大作好乘凉。
四蛇同箧看他弄，二鼠侵藤不自量。
沧海月明何处去，广寒金殿白银床。

——中际禅师

【作者】简介

中际禅师，生平不详。

【题解】

人生不能狭窄，自我执著以后，成了井底之蛙，面对岁月的折磨，日月的摧残，在人生的劫难中不得解脱。

如果人生不被恼怒所苦，从从容容，以平常心，换一种态度，把劫火拿来煮茶，看天地四季变化，是岁月造化的足迹，太阳的晨昏夕照不足惧，月亮不再困于大海浮沉，反而飞升在造化的金殿中，以天空的白云作眠床，“无常”也变成了永恒的乐章。

禅师的一句话常常惊天动地，一个简单的道理，一语道破。

中际禅师一声“禾山普化”，道出生命的晨钟暮鼓，一场人间的道场，有了轰轰烈烈的天地立判，大道不小器，总是发聋振聩，如晨钟暮鼓一般。

庄子有“小”与“大”的比喻，“井底之蛙”意味着“小”，“东海之龟”象征着“大”。跌宕自喜、逍遥自适的小青蛙，走出井底天地，它发现无边的东海又大又深又广，小小青蛙的世界完全不能想象。

真正的“无知”是谦虚的，因为天下之大，自己不知道的事情太多，对于自己一厢情愿的想象，常常只能看成一种参考，不能当做真理，尤其一件事情还没有发生的时候，自己的想法只是一个大概的方向。事情的因缘太多变化，往往一个小变化就改变一切，于是说出自己“知道”什么，永远比不上“不知道”真实，比不上“不知道”亲切。

所以人生真正的智慧，是一切事物相应的智慧，一点点的知道是“小知”，若自以为是，“小知”就是障碍人生的妄念，使自己成为井底之蛙，在大智慧之前无地自容。于是人生最重要的功课，要去除“小知”，在损之又损时，如一面明镜擦拭干净了，进入“无知”的准备状态。明镜照物，光来影现，真正的智慧现前，成为自然的正知正见。这样的过程无为自然，但是亲切真实，庄子称为“大知”，佛教称之“无知之知”，是人生不知道的亲切。“知者不言，言者不知”，把人生过往的小知小见一起来打破。

“禾山普化忽癫狂，打鼓摇铃戏一场。”

这一场天地大戏可是乾坤颠倒，有如战场上的敌我历然，智慧不容一点瑕疵，必须真正的“无知”挂帅。这当中的成毁，有如“大鹏鸟”直冲云霄，天上看向人间，人间寒暑有了不知的亲切，在“不知”的脚下，立即脚踏实地，一步一履，自有相应的分明，行走江水之上。

走出观念成见的鬼窟，许多自以为是、盖棺定论的认知，一下子粉碎，被禁锢多时的天性、天真被释放出来，扬眉顺目，化成了“闲来无事”的造化天成。“禾山普化忽癫狂，打鼓摇铃戏一场。”一场人生的好戏就此展开，针对任何意识的事情，反向思考，晨钟暮鼓，日月颠倒，才是真正的“无为”，相应于一切事物。

因为无为逍遥自在，这样的境界可愉快了。中际禅师看人生的痛苦，都是解脱：“劫火洞然宜煮茗，岚风大作好乘凉。”

佛陀形容人间的痛苦，有“贪”、“瞋”、“痴”三毒火，“贪”、“瞋”、“痴”一转过来，化成了“戒”、“定”、“慧”，一般人的喜与不喜，总是刀刃的一体两面，“迷”受苦，“悟”了便是清凉。照中际禅师的说法，人间炼火可以“煮茶”；火烧“洞然明白”之时，可以品味一泡上好的茶香。一般人动辄吹扬的欲火情风，撩乱多少情海生波。但是，水深火热地走过来，“岚风”化成了山深水绿的清凉世界，有隐者在山水之荫的乘凉快意。

只要时机一到，悟得了大自然的法则，体会混沌初开的造化之机，一切不在明白里，却什么都明白。“四蛇同箧看他弄。”纵使春寒秋霜冬雪之苦，中际禅师认为只是四季不同，如神秘无常的巨蛇，人间的生老病死，在用心观照之下，无常是充满变化的永恒。

“二鼠侵藤不自量。”中际禅师将“日”、“月”比作侵蚀岁月长藤的两只老鼠，生活中的蹉跎，是那么不知不觉地盗我心性，蹉跎我的时光，侵蚀我的生命。可也不必担心，日月二鼠永远敌不过一心不乱的智慧，在事情上用心，守住当下的美好，也就不无所惧，日日是好日，长长久久。

“沧海月明何处去，广寒金殿白银床。”

在仰望天上的明月时，大道无比清凉。清凉月落在闲情中，人性不灭绝，月光照亮了现在，也让我们现在不明白，一步渐远，忽然渐渐明白了，一步渐近，因缘大事，事事总是无碍。春天来了，不必外面徘徊，“门掩落花春鸟啼。”造化为金殿，白云作眠床，四时寒暑，日月生辉，是自然的规律；世间的生活，缘起缘灭，都是生机的乾坤之道。

只要一步踏着，一步过去，“沧海月明珠有泪”，这泪水是人世沧桑的心酸，可是中际禅师不那么认为，他擦去眼泪，给了人们一片全新辉煌的净土。这诗句的最后，广寒金殿白银床，何等清凉，多么平安。

一朵花的秘密

世尊有密语，迦叶不覆藏。
一夜落花雨，满城流水香。
——《五灯会元》

【作者】

《五灯会元》，中国佛教禅宗史书，20 卷。宋淳祐十二年（1252）杭州灵隐寺普济编集。有宋宝祐元年（1253）和元至正二十四年（1364）两个刻本。“五灯”系指五部禅宗灯录：①北宋法眼宗道原的《景德传灯录》；②北宋临济宗李遵勖的《天圣广灯录》；③北宋云门宗惟白的《建中靖国续灯录》；④南宋临济宗悟明的《联灯会要》；⑤南宋云门宗正受的《嘉泰普灯录》。

【题解】

不执著在语言文字中间，任何事物，都有真实的体会，一切佛法，本自现成，有生机的地方，便是真正的佛法。

所有生命因缘，因为生机的接引，有了佛陀“拈花微笑”的故事。一声惊雷，下了一夜落花雨，许多人太执著，看花开，不懂花落，不知道花落时，象征一般人的执著心放下了，平常心生起来，日常生活更加美好。

这首诗，指的是“拈花微笑”的故事。

在佛陀四十九年说法以后，他在印度的灵鹫山山顶的平台上，面对追随的弟子，开始了最后一堂课。

释迦牟尼出家苦行，在菩提树下悟道，他的智慧教导，要从“苦”字开始，对于所有的学生，“苦”是人生最直接的亲身经验，人人有生老病死，一生不免数不清的苦果。

细数“苦”的成因，释迦牟尼提出了“十二因缘”的理论，所有的苦来自十二种互动的因缘。十二个因缘互为因果，第一个最直接的原因是“老死”带来的恐惧心理，当年老生病时，“生老病死”是身体最现实的体会，人人会老，人人会死，人老了，生病了，人死了，不知死亡的归宿，感觉多么不愉快，生命终点的悲哀与恐惧，多么令人无奈。

什么事情都有前因后果。

顺着因果推理，人生有苦，因为对“生命”有所期待，对“生命”的期待，往往自以为能够“拥有”什么，因为执意“拥有”，欢喜“有所得”，害怕“有所失”，患得患失的心一出现，人生无常的结果，使人生堕入痛苦烦恼的轮回。

再往上追究，人生“拥有”的感受从何处来？原因是一个“爱”字，为“爱”而拥有，也由于爱的动机在心里，便有下一步“争取”的动作，人生欲求便一辈子不会停止了。

人情世故，也许“爱”是最难解释的心理活动，每个人感受不同，与生俱来的生活习性不同，更内在的心灵世界和每个人的价值观不同，“爱”是多么内在的自我经验，它巧妙地成为每个人执著的自我，是一切内心欲求贪爱的起点。

如何看待自我，是连续的还是断灭的？是单独的个体还是群体之中的个人？“自我”在人生的意识中，是永恒还是无常？是实实在在的主宰还是流水般的不定？千古以来，人生的“我是谁”已成了大哉问，是生命最关键的问题，也最不容易解开。

释迦牟尼一路引导人生自我择寻，到了最后的时刻，他指出人生痛苦的根源，真正的原因是“无明”，因为对于自我的“无知”，以为自我不变，却不知观念中认知的自我，并不是真正的自我，一旦执著起来，都是水中捞月，雾里乾坤。

因此，“自我”在思想中有两个位置，一个是无知无明的自我，以为自我可以与事物独立分开；另一个自我是开放的，虽然有生命的主体性，但是与事物并不对立存在，成为因缘和合的一部分，像一粒小小的水分子，属于大海的一部分，与天地万物相融相摄，客观地互相依付而存在。

终于到了最后一堂课。

所有的弟子都已经了解“痛苦来自无知”的道理，之前都是“有言说”的，“灵山会上”，释迦牟尼开始他“无言说”的教法，回到生命诞生的一刹那，进入禅机，让弟子张开眼睛，打开所有生命的感官。最后一次，仿佛第一次的初机相接，没有名字，没有文字，没有你我的对立，没有内在外在的分别。

释迦牟尼拿出了一朵不知名的花，一句话不说地坐着，看着面面相觑的弟子，看到了一边微笑的大弟子迦叶。

大弟子迦叶一生苦行，他懂释迦牟尼一朵花的故事。不，它不是故事，是生命花开，是人生每一时刻的花都开了。

师徒二人没有一句多余的话。

释迦牟尼欣然地说：“吾有正法眼藏，涅槃妙心，实相无相，微妙法门，不立文字，教外流传，付嘱摩诃迦叶。”

释迦牟尼一生的求道，这一刻有了知己。

“一朵花”是一个物质吗？在语言文字的世界，花会开，花会谢，有生有灭，但它也是一个秘密，在一个“初机相接，未有文字”的生命成熟的过程里，一朵花是不可想象的生命流动，不生也不灭，所谓“花发今年枝”，一朵花在春风乍起的树枝上摇曳，没有任何对立，眼睛看着，心中满满的，口中说不出，也不必说。

一朵花在天地间本来不是秘密，但在语言文字的世界，却要秘密一点好，以免言过其实，少了滋味。

原来，“世尊有密语”，一朵花就当成佛陀的秘密吧；“迦叶不覆藏”，迦叶尊者微笑时释迦牟尼看见了，师徒之间，一朵花不再是秘密了，微笑当然也不是。

可是，千古的绝唱，响彻云霄。

“一夜落花雨，满城流水香。”

生命不必等待，禅诗的小秘密，是一夜的“落花雨”，而满城流水香，守着禅悟的花香。

“一夜落花雨，满城流水香”是生命的小故事，花开花落，天地四季流转，一朵花开，一片生机，一朵花谢，有了禅宗历史上，释迦牟尼与迦叶尊者师徒之间“拈花微笑”的美丽传奇。原来，生命的流传，到一处用心的地方歇息，它的名字叫灵山。

自由人

丘壑容高卧，烟霞久作邻。
禅扉睽祸福，呵护自由人。

——僧璨禅师

【作者】

僧璨禅师是禅宗三祖，以“心不安”请益解脱之道，经二祖慧可接引，教他自证其心，终于传承禅门禅法，成为禅宗三祖。着有“信心铭”传世，记载了禅宗初期的思想。

【题解】

若我们也化身一只天地间的小鸟，鸟飞虚空，不留下脚印，就能逍遥自在，自由地在丘壑之下，在烟霞之上，在那一念不生的滋味里。

僧璨禅师高高兴兴，心里踏实，他在“禅扉”中高卧，与天地万物为侣，人间祸福一点也不怕，不挂在心，也不引以为意。

被呵护的自由人，绝对地在一扇小禅扉之前，与天地万物约会，邻家的小女生，小狗小猫，飞上树的大公鸡，都是常客。

禅宗三祖僧璨写了《信心铭》，有一句话就是："至道无难，唯嫌拣择，但莫憎爱，洞然明白。"对于有心求道的人，了解了这十六个字，在生活之中，碰到任何人生横逆的事，都不会失去对生命的信心。

这一首禅诗，一开始就展开了天地自然的风景，"丘壑"是一处青山翠谷，"烟霞"中有几户小小人家，看出去，一派悠闲的天空。

任何一个人，在他人生最好的时候，总是心中有青山绿水的时候，如一个人置身自然之中，什么事都想不起来了，言语都是多余，这时的人生，才是最享受自我与天地的一刻。

人生最大的没有选择，是碰到生死存亡的时刻，禅师的禅法，常在言语中，一句话把弟子逼到语言的死角，张口结舌的弟子，在无言中，置于死地而后生，面对困境的义无反顾，突然之间，一丝觉悟的心灵之光游了出来，灵光乍现，茅塞顿开。

更多的时候，人生悟识的开启，是回到自然里，超越了狭小的自我，超越了毁誉是非，超越了祸福好坏，超越了等待，回到生命不必等待的时节因缘中，"缘起"的时刻，"丘壑容高卧，烟霞久作邻。"僧璨禅师一路行脚，哪一处不是落脚的地方，胸中丘壑，心里烟霞，一个人忘了自己的手脚，也忘了俗世的牵累，一开了头，一路上都明白，没有憎爱。

禅诗又说："禅扉睽祸福，呵护自由人。"

原来禅师也有孩子对母亲的依恋，这两句诗，写出了"禅扉"那一扇解脱之门，也是生命自在的呵护之门，脱离了人生的是是非非。

一般人有了言语，有了选择，选择的"是非"，常以自我作为标准，有"是"的认同，有"非"的差异。因为是非的认知，产生"善"与"恶"的不同感受，善恶的情绪发动了，爱憎的行为发生，成为情绪的出口，结果，"爱之欲其生，恨之欲其死"，生死轮回的人生变成每一个人的悲剧。

古语说："是非成败转头空，人生几度夕阳红。"

对于僧璨禅师，是非之心不起了，人生明明白白，离开生死的是非心，一切不分别，像一棵参天的大树。

枝枝叶叶都是阳光，阳光移动着，树上的小鸟浑然不觉，树枝上每一刻都是永远，小鸟追逐着穿梭于林梢，每一分秒，都是无尽的真实。

若我们也化身一只天地间的小鸟，鸟飞虚空，不留下脚印，就能逍遥自在，自由地在丘壑之下，在烟霞之上，在那一念不生的滋味里。

僧璨禅师高高兴兴，心里踏实，他在“禅扉”中高卧，与天地万物为侣，人间祸福一点也不怕，不挂在心，也不引以为意。

被呵护的自由人，绝对地在一扇小禅扉之前，与天地万物约会，邻家的小女生，小狗小猫，飞上树的大公鸡，都是常客。

自性具足

吾心似秋月，碧潭清皎洁。
无物堪比伦，教我如何说。

——寒山子

【作者】简介

同前《生死双美》作者简介。

【题解】

这首诗，用秋月照在湖面上，比喻内心的平静，在平静的心中，享受了每个人本性的圆满自在。寒山子在这首诗里，用了比喻的方法，借着碧潭的清净，映照皎洁的月光，指出本性的具足与妙用。

有人说，寒山子是文殊菩萨的化身，他出家为僧后，隐居在寒山的岩洞里，偶尔到山下的国清寺吃些残肴剩菜。他出口成章，形貌枯萎，却自得其乐，一般人不了解他，称他为“狂子”。

我们在他的这一首诗中，透过他的生平事迹，寻觅一位得道的高僧，似乎外表看不出端倪，世间人称他寒山子，他是寒山之子，隐居的寒山成了他的名字。

他与拾得二人，在国清寺成了两个活宝，平常时候，寒山子下山到了国清寺，走进寺院便抚掌大笑，或是喃喃自语，行止疯疯癫癫。

寒山子一生传奇，出语奇特，在平常人的说话世界，寒山子常说些无厘头、不相干的言语，却像庙前院落的竹扫帚，扫尽人间落叶。

寒山子隐居在寒岩之下，他的死亡也很传奇。传说中，有一官吏慕名上山拜访，他见了官吏，大喝一声“贼退”，然后隐没在寒岩的石缝里，石缝从此密合，寒山子从此消失，他的一生就此结束。

寒山子的话，人家听不懂，寒山子的行为，人家看不懂，但寒山子隐没石缝之后，官吏请国清寺僧寻找寒山子身前遗物，他们发现寒山子孑然一身，没有留下任何东西，反倒是在林间，在岩石上，在树叶上，在村家屋壁上，找到两百多首寒山子写的禅诗，于是编辑成书。

官吏为诗集作序，怀念寒山子：“吟唱悲哀，僧俗咄捶，都不动摇，时人自耻，作用自在，凡愚难值，即出一言，顿情尘累。”

寒山子的诗，一直流传至今，他的诗心，像高高的阳光，斜斜地射进岩洞的石缝中，有一处恬静悠远的祥和舒畅，也像月光照在潭水上。

他写下：“吾心似秋月，碧潭清皎洁。”

写这首诗的时候，寒山子没有举头看月，原来清澈的潭水映着月光，一刻刻都是永远，月静水波更加清丽，像蓬莱仙境，像他的心。

“无物堪比伦，教我如何说。”

这时候，一切都不必说了。

原来，一切都是“心”在说话，心没有舌头牙齿，没有手脚，但有一颗“感悟”的实在。寒山子的诗，不是写出来的，是一只黄莺般的歌声，是秋水潺潺的细诉，也是一阵风起，吹出了天下分合的大事。

寒山子一生最深的觉悟，是他在寒岩高山深壑中，看到了山景，见到了心情，一刻放下，无牵无挂。

于是，望月怀人，望月思乡，寒山子在寒岩月光中，悟到了禅心，碧潭是具足的自性，皎洁得没有事物拖累，清澈得一句话也不必说。

去除分别之心

无来无去本湛然，不居内外及中间。
一颗水精绝瑕翳，光明透满出人天。

——拾得禅师

【作者】

同前《不着文字相》作者简介。

【题解】

自性本自具是，有绝对的美，不在相对里，只要去除人生分别之心，有大海一样的视野，看待人生事物，人心如如不动，便能从心所欲，无入而不自得。

“拾得”禅师的名字，是丰干禅师取的，他是丰干禅师云游时，在外地捡回来的一个小孩，这名字也有“缘起”的意义，人间一切是因缘，每一个缘起都像现前的一切，具足美好，身在其中的机得，不是“捡来”的是什么？

瞎猫碰到死老鼠，一句俗话用在生活的禅法中，“拾得”有缘起的简单易知。

缘起的世界，如大海中的一滴水。

拾得这首禅诗“无来无去本湛然”，一开始说出大道的本来清净，没有任何相对的事物足以形容，像“空”的境界，不生不灭，不垢不净，不增不减。在绝对的天地之始中，一切的生命，向着阳光生成，因为天成的东西，无一物不美，增一分太多，少一分太瘦，所以不增不减。大道也如大海一般辽阔，一望无际，不生不灭。大道的垢与净，只是海之深浅，岸之远近，载沉载浮地辉映着晨昏夕照。

在绝对的美中，“不居内外及中间”，是生机起落的不可执著，一切都在变化，任何生长的契机，都如流水一般，只有应着流水的“随波游浪”，才是生命的创造。

一般人心中执著，抗拒变化，要求“不变”是真实，误认“变化”是虚幻，费尽心机，在“永恒”的观念中打转，为自己编织了天堂的美景，但是“永恒”何处寻？外求不是，内求不是，中间也不对，四面八方都没有踪迹。

如果“饥不择食”，结果自欺欺人，一切落得一场空虚，永恒的寻觅，人世间只是迷惘加上迷惘。

拾得知道，一切万法，是因缘和合而生，因缘的无来无去，当然不在内外与中间。

只有人心灵灵不昧的自觉，是一颗摩尼宝珠：

“一颗水精绝瑕翳，光明透满出人天。”

原来，人人本性具足，一点不须外求，人之所以为人，能通彻天地万物，灵灵不昧的自觉是最可爱的自知之明。

拾得的自信，在微妙的心性上，孩子呱呱坠地，有了天地开始，赤子之心，像一颗水晶纯粹无瑕的明彻，孩子眼前，天地万物不同，所有的不同形态，都是天地的机遇，生机的不同变化，但生机与孩子的心都是同步，手牵手，一起走过人间可爱有趣、无言无语的欢乐。

为天地之始与生命之初的契机，拾得禅师的这一颗摩尼的宝珠，照亮了千秋万世，人心是永远的阳光，在人天之上，光明灿烂。

无情说给无情听

可笑奇，可笑奇，无情说法不思议。
若将耳闻声不现，眼处闻声方得知。

——洞山良价禅师

【作者】

同前《修行的“说”与“做”》作者简介。

【题解】

这首诗打破了人间思维的矛盾，进入大道圆融一体的境界。大道不限囿在自我的感情里，自然而然，不可思不可议，打破了一切的对立，圆融自在。无情的人没有世俗的贪恋之情，因为有自然之心，可以听到大自然的鸟语花香。

“皆大惊喜”，禅诗就要从这四个字开始。

洞山良价禅师这首禅诗，“可笑奇，可笑奇，无情说法不思议。”真是一首不寻常的诗。

也许与这诗对应的，只有老子的“天地不仁，以万物为刍狗”，说得那般痛快淋漓。

禅师的诗句，常常把人世贪爱，扣在如刀口般锋利的悬崖上，一刀下去，一边粉身碎骨，一边佛国净土，洞山良价禅师的“无情”与老子的“不仁”，正是那样的刀刃。

禅诗未说破之前，钟未鸣，鼓未响，只要一困惑一低头，就是万丈深渊。

但是面对这一首禅诗，洞山良价禅师一句“无情说法”点破了难题。“无情说法”，表示自然的风光，“说给无情的人听”，无情的人没有世俗的贪恋之情，因为有自然之心，可以听到大自然的鸟语花香。

在洞山良价禅师与老子的心目中，自然的天地，春生夏长，秋收冬藏，一切自然而然，纵使遇到了秋霜冬雪，也是天地的爱育之心，不须人间的仁爱与多情。在天地之前，“万物为刍狗”，有如季节的岁时荣枯，一点也不停留。

有“雪中芭蕉”的诗句，将精神寄托在物象上，原来，天地消息，“无情”、“不仁”都是好句，直探天地造化的不可思议。

洞山良价禅师这首禅诗的后两句：“若将耳闻声不现，眼处闻声方得知。”

诗句似乎矛盾，耳闻声音是天性，怎么听不到了，要“眼处闻声方得知”，完全违背经验法则？但这正是佛法“因缘和合”的妙用，这种眼听的禅机，只有禅诗才有。

洞山良价禅师平常接引弟子，有“鸟道”、“玄路”、“展手”三种特殊的方式：

“鸟道”的教法是，“寄鸟道以寥空。”鸟飞的时候，天空上不会留下脚印，脚下无印，也不逢一人。所以洞山良价禅师言说教法，也不留下任何踪迹。

一旦弟子心识有残留物，有所执著时，洞山良价禅师“鸟道”的教法就出现了。

他大喝一声“眼听！”大喝一声“耳看！”

立刻打破弟子的执著心，弟子当下起了悟识。

如同王维诗："萋萋春草秋绿，落落长松夏寒。"春天的草秋天绿了，夏天的松树带来了冬天的寒意，似乎也不符合季节的变换，但王维诗中指出天地相通，天地有着一体的精神力量，与洞山良价禅师的"耳看""眼听"如出一辙，去掉人生长久以来依赖文字语言的思辨习性，在弟子思虑尚未生起时，"打蛇随棍上"地逼着弟子往更深一层的觉受去体会，因体会不落言诠，"如人饮水，冷暖自知。"弟子进入心识觉受的观照，一旦当机，便会洞然明白，懂了精神寄托于物的逸想，不会摸不着头脑。

洞山良价禅师第二种教法叫"玄路"。

对于求道的人，一切渐次修行的方法，不必去高山深谷，反而在一般生活中更恰当，洞山良价禅师指出："坐卧经行，莫非玄路。"

"玄路"之所以"玄"，因为修行的道路，路途颠倒，机关密布，常常使人进退失措，脚下没有前进之处。"鸟道"在虚空中，步步无处所，仿佛修行人的"心心不融物"，因为一落下脚，便是堕落。但是鸟道的高妙，到了"玄路"时，却必须一步一脚印，通得玄路的颠三倒四，无中生有，才能过了机关，在崎岖艰险中，一步一步实修实证。

洞山良价禅师第三种教法叫做"展手"。

我们想一想，早上起床，自己伸懒腰的模样：一展手，天地开阔；一展手，胸中舒畅；一展手，人生没什么大不了，没什么放不下。

洞山良价禅师的"展手"与一般人的"拳手"相对，他展手示人，是师父接引弟子的空性，是接纳一切、物来而顺应的明镜之心，是"我这里一法也无"的谦虚与自信，人生两手空空，回到生活的不沾不滞。

一般人却两手满满，紧紧握拳，忙于争斗，什么也放不下。

"展手"与"拳手"的人生多么不同。

"可笑奇，可笑奇，无情说法不思议。若将耳闻声不现，眼处闻声方得知。"

我们再欣赏一下洞山良价禅师这首禅诗，体会一下他接引弟子的"鸟道"、"玄路"、"展手"三种特殊的教法，他的不堕痕迹，他的教人踏实，他的教人生顺着天地自然的天性。

生命不同，修行之路，明暗之机也各自不同，每个人身心一体，所以眼睛能听见，耳朵能看见，活出生命的气象，生命最亲切的问候在内心深处，如同西方海伦·凯勒不能看不能说不能听，却写出了励志的文章；乐圣贝多芬晚年耳朵聋了，完全听不到声音，却用他的心声，谱出了感人的“田园交响曲”，有风声，有鸟语，有世道人心。

洞山良价禅师一“展手”，写了一首寓意深长、脍炙人口的禅诗，他空空地写，却在大自然的道路上，为四季添了颜色，仿佛一位参访天地秘密的禅僧；他无情地听，识得个中禅机，然后，再说给其他无情的人听。

随时，任运

自笑老夫筋力败，偏恋松岩爱独游，
可叹往年至今日，任运还同不系舟。
——拾得禅师

【作者】

同前《不着文字相》作者简介。

【题解】

拾得禅师这首诗，提醒世人在年老体衰之后，凡事不要强求，要随顺自然地过生活，逍遥自在，如小舟不必系在岸边，纵浪千里，随时任运。

拾得禅师自称："自笑老夫筋力败。"

平常在诗句中，看拾得禅师就觉得他是长不大的孩子，但这一首诗，他"自笑老夫"，才知道拾得禅师也有老的时候。人到年纪老了，身子骨由不得人，"筋力败"可是一点不假，力不从心的感觉，若不亲身经历，不知道人世的谦虚，一时之间，言语间的"天下"收敛许多，与天地闲情玩耍的心，增加许多。

诗僧丰干禅师点化了拾得禅师，拾得禅师本来就是被丰干禅师捡回来的小孩子，丰干禅师一生的禅风只有两个字"随时"。如《易经》六十四卦中，"随卦"的"天下随时"四个字。丰干禅师当年"随时"，捡回了"拾得"这个小孩，造就了寒山拾得这一对疯疯癫癫的和尚道侣，连带的，我们看到拾得禅师长大了，老了，他会自己笑自己，看到自己的筋骨不行了，但越是这样，"随时"呀，他反而把自己丢向大自然的荒山野道上。

他的第二句诗是："偏恋松岩爱独游。"

正因为筋力败了，常在松岩之下，一方面瞻仰苍松，一方面脚踏岩石，在一个人独游的时候，看取脚下崎岖的山路，一路在苍松之下。人生再老，老不过一棵透着红皮的参天老松，老人与老松都成了天地小儿。既是小儿，苍松的志气，岩石的筋骨，也会鼓励拾得禅师效法它们，没时间去想自己的龙钟老态。

的确，在大自然的造化里，是非成毁系于一念之间，一声号令，丰干禅师的"随时"，拾得禅师做到了，他没有在苍老的悲哀中杀了别人，杀了自己，没有霜雪的肃杀天气，也没时间擦拭别人的眼泪，他只是在山林之间徜徉，在白云底下悠悠小憩。这时，他用了另一句诗，把丰干禅师的"随时"作了注解：

"可叹往年至今日，任运还同不系舟。"

人生要任运自然，真正的自然，是什么都不想的。但是，拾得禅师仍觉得，他短短的一生，从过去到现在，他的任运自然，还是不够彻底，做不到真正的"天下随时"。真正的"天下随时"，是与时间一起走过，与四周的环境呼应，"月高松影响，风急雁行低。"在不露痕迹的时光里，拾得禅师的诗句又有了"松风令飕飕，片片云节起"的人间寒暑。

拾得禅师把自己融化了，在与造悟者同游的故事里，生老病死的人生，已经有了天地的命运，他心中好端端的，跳出了另一种人生："纵目千万里，溪潭水澄澄。"一点都不茫然，在澄澄的溪流上，拾得禅师这条小舟，不必系在岸边，纵浪千里，流着流着，与造物者同步，也完全的是他自己。

退步原来是向前

手把青秧插满田，低头便见水中天，
身心清净方为道，退步原来是向前。
——无德禅师

【作者】

无德禅师，俗姓俞，太原人，是临济子嗣，世称汾阳禅师。另一说，此诗作者是布袋和尚契此。

【题解】

农夫种稻插秧时，弯腰低头，倒退着身子，一步一步把秧苗插满水田。这首诗，借着农夫倒退插秧，告诉我们谦退的人生哲理。人世的真知灼见，必须回到大自然的法则里，人与人的相亲相和，要把自我抛却。所以一个人一“低头”时，谦虚了，自我消失了，心中的“我”越少，心中的“天”越大。

这一首禅诗我们太熟悉了，对于一般的人，没有种过田插过秧，不能了解“退步插秧”的道理，每个人走路都是向前的，哪有后退走路的呢？但是种过田、插过秧或看过农人种田插秧的人都知道，插秧的时候，是弯着腰，一步步后退地插下每一株绿油油的秧苗。

对于插秧的农夫，“退步原来是向前”一点也不奇怪，完全是真实状况的写照。

这一首无德禅师的作品，据传说，是他看了一位画师的草稿，所得到的灵感。

这位画师正要完成一幅“龙争虎斗”的佛寺壁画，作为修行人去除妄念、降龙伏虎的依据。无德禅师看了以后，他觉得龙虎虽有形状，但气势不足，一般画龙下扑之时，龙头必然高高抬起，身体蜷曲；画虎的时候，虎要向上飞跃，势必将身躯下伏，后臂抬起，如此才能蓄势待发。

一幅降龙伏虎的壁画如此，在无德禅师的看法里，参禅更是如此。

于是无德禅师一句诗语，把参禅悟道拉回到平常的农事中去了解。这首禅诗不仅启示了禅门修行的要领，更给辛勤躬耕的农夫的一生“德不孤，必有邻”的赞许与肯定。

也有人说，这一首禅诗是弥勒佛化身的“布袋和尚”所写。布袋和尚一生传奇，他有一首诗偈：“吾有一躯佛，世人皆不识。不塑亦不装，不雕亦不刻。无一块泥土，无一点彩色。工画画不成，贼偷偷不得。体相本自然，清净常皎洁。虽然是一躯，分成千百条。”

布袋和尚指出人人自有佛性种子，每一个种子在八识心田上，有如生活的每一件事，只要认真用心去做，便像农夫插秧一样，禅学的修行，不就是“手把青秧插满田，低头便见水中天”吗？

人世的真知灼见，必须回到大自然的法则里，人与人的相亲相和，要把自我抛却。所以一个人一“低头”时，谦虚了，自我消失了，心中的“我”越少，心中的“天”越大。农夫的“低头便见水中天”是极自然的事，禅师的“低头便见水中天”是悟了禅机，八识心田的佛种子立即发芽，开出新绿。

新生的佛子，是“六根清净”的，“身心清净方为道”原是这么美好的事。

一般人，如果“眼耳鼻舌身意”六根不净，人生感官对外在的接触，立即落入无知贪爱，被“眼耳鼻舌身意”六根面对的六尘“色声香味触法”所蒙蔽。六根六尘在进入心意识中，成为“六识”：眼识、耳识、鼻识、舌识、身识、意识，在心灵世界，因为内心意识的发动，像梦境一般，有了颠倒梦想，其中妄念最大的是“自我”，因为自我起了贪欲贪求的心，从此人生陷入生死轮回的人间苦海。

这一首禅诗告诉我们，参禅要从身心开始，要从六根开始，要从自己内心的“意识”开始，要在八识心田中，要落实在生活里。

当一次又一次身心感官意识交会的时候，好好观照自己的心田，看见自己的起心动念，洞彻自己身体的习气与欲望，然后向着相反的方向，逐步对治自己，日子久了，把染污的身心洗净，发现自己的法身，看见自己的佛性，人世自度自戒，“退步原来是向前”，当身心清静了，有了生命自在的美好时光，终能体会禅诗最后的果实：一片金黄色的稻穗低下了头，迎风摇曳。

这首诗是农夫的诗，从农夫“低头”开始，直到享受香喷喷的米粒香，“谁知盘中餐，粒粒皆辛苦。”都让人回味稻子成熟的滋味。

这也是一首禅宗修行的诗，是无德禅师也好，是布袋和尚也好，他们都有一个“退步”的智慧，“低头”的禅机，修行人一定要知道。

过去、现在、未来

三间茅屋从来住，一道神光万境闲。
莫作是非来辨我，浮世穿凿不相关。
——潭州龙山禅师

【作者】

唐潭州龙山禅师，生卒年不详，属马祖道一法系，是禅师中的隐士，人称“隐山和尚”。

【题解】

三间茅屋指人生的过去、现在、未来。一般人生活在过去的贪爱、未来的幻想中，现在的生活又不能脚踏实地，在是非穿凿附会中，浑浑噩噩地度过了一生，导致了生活的烦恼痛苦。只有放下这一切，领会心灵的智慧寂静，痛苦的生活才可以得到解脱。

唐龙山禅师一生隐居深山，从不出世。直到有一天，洞山良价禅师与友人行脚，经过龙山时，在溪流间看到菜叶，知道有隐士居住，便循迹而往，见到了相貌奇异的龙山禅师。也许“清静法身”是不在乎来去。

龙山禅师见到洞山良价禅师，他询问洞山良价禅师，怎么找到他的？没想到洞山良价禅师反问他：“有路无路且不管，你老又从何而来？”也许洞山良价禅师看到龙山禅师是一位在深山隐居数十年的苦行禅师，想着必定有不同的禅机，不同的林下风光，可以互相切磋。

龙山禅师回答说：“不从云水来。”

洞山良价禅师接着又问龙山禅师年岁，龙山禅师只回答说，山中无日月，春秋与他不相干。

调皮的洞山再问：“是这座龙山久，还是龙山禅师久？”言下之意，洞山良价禅师问龙山禅师的“法身”，究竟有没有修成正果。

龙山禅师回答：“不知道。”

倒是洞山良价禅师忍不住提出最后一个问题，他问龙山禅师：“你究竟见到什么，能在这里住山？”他不死心地询问龙山禅师的修行经验，言下担当，他似乎认为，一个常年住山的禅僧，像建寺时开山立基的大和尚，若没有道行与修行时内心的见地，没有资格住山开山。

龙山禅师听了，只简单说了一个比喻：有两条泥牛，打斗着闯入大海。龙山禅师“泥牛”的比喻，正是“泥菩萨过江，自身难保”，言下之意，也告诉洞山良价禅师和他同行的僧人，他们的行脚，仍在是非当中，心静不下来，殊不知，他们正是那两条纷纷扰扰的泥牛，不知教诲，还在那里打闹，身在言语的危险而不自知，一旦闯入大海，泥牛溶解了，他们一行二人的行云流水，没有见性，只是泥牛入海，不如好好住山，观照自己。

龙山禅师的“泥牛入海”，倒是提醒了洞山良价禅师，在洞山良价禅师告别请益时，龙山禅师临别赠诗：

“三间茅屋从来住，一道神光万境闲。莫作是非来辨我，浮世穿凿不相关。”

龙山禅师这首禅诗，真是指点了洞山良价禅师所做的一切。

龙山禅师的前两句诗中：“三间茅屋”，指的是人生的“过去”、“现在”、“未来”，许多人一生住在这三间茅屋内，不断的“贪恋未来”，“回想过去”，“蹉跎现在”，不知不觉地在“穿凿是非”中过了一辈子。

他提醒洞山良价禅师注意自己的问题，问过去、问现在、问未来，都是“三间茅屋”的因果轮回，只有自我超脱，跳脱三世，回到“不落三世因果”的本性天然之中，回到内心的智慧，去经验一道神光的闲情，生命的境界才能提升。

甚至行脚过千山万水，仍然思虑营营，逞口舌之能，陷溺在“是非来辨我”的迷情里，人世的应对，也就变成“浮世穿凿不相关”了。

俗人没有“神光”，心境不能相契，穿凿附会的心境多了，境随心转，心随境迁，人心被外境搅动，一刻不得闲，一生在轮回痛苦中。

龙山禅师送走了洞山良价禅师，然后，他一把火烧了三间茅屋，走进更深的高山，从此没有人再见过他。

这首禅诗成了千古绝唱。

龙山禅师是悟道的高僧，他的一生，只留下了这一首禅诗，在他看来，参禅行脚最高明的境界，是参禅时体会了“万境闲”的那一刻。

那时，禅板蒲团都不要了，三间茅屋可以一把火烧了干净，心中青山悠远无尽，一层一层绵延，时节因缘到来，一点也不停留。

他也教导我们不要在“是非”“穿凿”中过日子，没有亲身经历，过不了有血有肉的生活，没有生命自信的“神光”，没有生活中打成一片的“万境闲情”，我们只是自身难保的“泥牛”，愚蠢造作中，消沉在无常的大海，永世不得出脱，永远走不出自己来。

骑马与骑驴

他人骑大马，我独骑驴子。
回顾担柴汉，心下较些子。

——王梵志禅师

【作者】

王梵志禅师，原名梵天，初唐诗僧，诗集已佚，独存有《敦煌》残卷。

【题解】

人生不要羡慕别人，不要一味以自我为中心，要知足常乐。往往人生换一个观点，比上不足，比下有余，就不会那么痛苦了。

王梵志像太阳一样，他活在故事里。

王梵志的通俗诗，最早散见在一些史书和诗话之中，在唐宋期间广为流行，他的大量诗作被发现在敦煌藏经洞内，其中五言诗的手本诗卷，就有二十八种之多。

在这首“他人骑大马，我独骑驴子。回顾担柴汉，心下较些子”的通俗诗中，似乎任何人一看了就明白，没什么奇特之处。

可是我们闭起眼睛，会出现一幅人生常见的画面：在一条路上，有一个人骑着高头大马，正好与一位骑着驴子的老汉并行，这时后面紧跟着一位担柴夫，三个人摆在一起了，谁最得意？谁最尴尬？

一般人想象时，一定是骑驴的人比较尴尬，“驴”也多少有骂人愚笨的意思，但禅诗往往出现相反的思考。这位骑驴的老汉很聪明，他本来骑着驴子，在大大宽宽的路上正优哉游哉，一路行走，突然骑着高头大马的年轻人，有富贵人家的傲气，呼啸而过，使骑驴子的老汉矮了半截，这不打紧，肥壮的马蹄声，也把他的瘦驴吓得脚软了，原先一点悠闲意味，再也使不出来。

正在不知如何是好的当头，突然之间，聪明的老汉和驴子同时往后面一看，正有一个辛苦担柴的挑夫，在阳光下，赤着脚，汗流满面地奔走着赶路，这时老汉终于舒了一口气，又恢复了闲情，说一句快乐的话：“比上不足，比下有余。”

王梵志的诗作，难怪那么令人喜爱，一方面他写诗的取材多数与一般贫穷人家的生活有关，另一方面也因为他的诗句写到最后，都有几句硬朗的句子。

譬如，他有一首“贫穷田舍汉”的长诗：

“贫穷田舍汉，庵子拯孤凄。两穷前生种，今世作夫妻。妇即客舂捣，夫即客扶犁。黄昏到家里，无米复无柴。男女空饿肚，状似一食斋。里正追庸调，村头共相催。襆头巾子露，衫破肚皮开。体上无裈裤，足下复无鞋。丑妇来恶骂，啾唧搦头灰。里正被脚蹴，村头被拳搓。驶将见明府，打脊趁回来。租调无处出，还须里正陪。门前见债主，重重逞苦灾。如此硬穷汉，村村一两数。”

在这首诗的最后，他用“如此硬穷汉”写出社会底层的穷人。

王梵志形容穷人，本来生活就够贫穷了，整日为别人工作，回到破落的家中，草屋难避风雨，无柴可烧，无米可吃，衣服头巾破了，无布可补。偏偏又遇官府催讨租税，穷汉缴不起租税，竟被抓到官府严刑拷打，等回到家来，又有债主咒骂相逼，自己的儿女因为饥饿拼命啼哭，现实的生活，真是逼得穷人无路可走。但是，他们仍在贫穷中挺住了，硬穷汉子，没有作出违背自己善良的事。

禅师说禅机，总在“日用生活”当中，砍柴担水都是神通妙用，诗僧王梵志的这首长诗中，一样是生活日用，可是更彻底了，一个“贫穷田舍汉”，他的“硬底子”，面对贫穷而不屈服，这才是禅机的神通妙用。

这真是耐人寻味的“禅机”，王梵志在“他人骑大马”的诗里，以“比上不足，比下有余”说出穷人的智慧，看似一般人自我调侃的安慰话，却真是生活中的真理。

人生彼此计较，总在固定的标准上衡量，人比人气死人，生出许多无谓的“贪心”、“瞋心”、“痴心”来，这时不如回头一看，“担柴汉”连驴子都没得骑呢。比上不足，比下有余，知足常乐，心中想开了，痛苦减轻一大半。

不过，诗僧可不止这么看，如果用另一套标准，担柴汉出了劳力，也行走得辛苦，但是心安理得，在“日出而作，日入而息”的生活中，每天卖出柴火，赚足自己和家人的生活费用，足够日常所需，因为有了自己奋斗的意志，“担柴汉”也和“硬穷汉”一样，是生命的硬汉。

而骑驴的老汉不同了，有那么一点小聪明的自以为是，一开始被骑大马的年轻人比下去，“骑马”与“骑驴”何干？偏偏有心计较，为什么骑驴的比不上骑马的？可见老汉自信不够，必须找到垫背的才心中好过，这不过是自欺欺人的无知。

骑大马的人有骄气，让骑驴的老汉自卑，他捉弄老汉以后，又有什么可以得意？得意只是一瞬间，事后不能留下什么。

还是在后面的担柴汉好，一直向前，可以永远抱着希望，路途虽然辛苦，可是辛苦有代价，辛苦可以养活自己，辛苦可以不必胡思乱想，辛苦可以督促自己勇往直前。

贫富与生死

城外土馒头，馅草在城里。
一人吃一个，莫嫌没滋味。
——王梵志禅师

【作者】

同前《骑马与骑驴》作者简介。

【题解】

城外的坟墓是所有人生的归宿，人世虽有贫富贵贱，在死之面前，却人人平等。所以人应该在活着的时候，好好体会生活的滋味，过好当下的日子。

诗僧王梵志的生平，史料记载很少，只在《桂花丛谈》、《太平赝记》以及《云漫友谊·蜀僧喻》中有一些记载。

我们先欣赏他的这一首禅诗，再回顾他的生平，一定有不同的滋味。

“城外土馒头，馅草在城里。一人吃一个，莫嫌没滋味。”

此刻我们看了诗僧王梵志的通俗诗，从遥远的唐代到了今天，当年写诗的禅僧，如今也只是个“城外土馒头”了，所有城里的人，在没有逝世之前，人生种种，只是准备着馒头里的馅草；当人生入土，人人不免，一场云雨来去，各人的滋味不同，别嫌，也别在意。

据说，王梵志是衢州黎阳人，母亲林檎树本来是主人王德祖的婢女，她生下王梵志，所以随了王德祖的姓。王梵志的名字，有一个传奇又有些哀伤的姓氏。

在王梵志的诗中，他的生活分为两个阶段，前半段很舒适：“闻管便下种，听雁即收禾。闷遣奴吹笛，闲令婢唱歌。”过的是富贵人家的日子。

但他人生的后半段，生活十分艰苦，有“我饥饿欲死”与“无衣使我寒，无食使我饥”的穷困，也有“四海交游绝，眷属永远疏。东西变济着，到处即安居”的流落他乡。少年荣华似锦的日子，一下子沦落到无衣无食，无依无靠，这种由富而贫的生活使他亲身体会了人情冷暖。他有一首“吾富有钱时”的诗作：

“吾富有钱时，妇儿看我好。吾若脱衣裳，与吾迭袍袄。吾出经求去，送吾即上道。将钱入舍来，见吾满面笑。绕吾白鸽旋，恰似鹦鹉鸟。邂逅暂时贫，看吾即貌消。”

王梵志在这首诗中，将自己一生从“有钱时”到“暂时贫”的人生处境，透过自己家中妻儿的对待，现身说法。

他贫困时，妻儿看不起他，脸色难看，冷嘲热讽，与当年他过着富裕生活时妻儿“满面笑容”、一片和气，真是不可同日而语，人情冷暖，连妻儿都不免，更何况一般不相干的外人。

我们从王梵志的禅诗“城外土馒头”开始，看到王梵志“莫嫌没滋味”的叮咛。

“贫”“富”滋味不同，可是在王梵志的诗里，他却没有对富贵人家的媚态，反而有一种“硬家汉”自得其乐的豁达。

他一生不求做官，却喜欢“看客只宁馨，从你痛笑我”，温馨与人，却不在乎别人笑他。

他也“不羡荣华好，不羞贫贱恶。随缘适其间，自得恣情乐”，在真正的现实生活中，他体会着“平常心是道”的生活，不是口中说说，心中想当然，而是真正身历其境，在贫困中也自得其乐。

王梵志这一首禅诗，“馅草在城里”，意味着人世虽贫富贵贱，但是不同的人生遭遇，在死亡面前，人人平等，你我都是“城外土馒头，一人吃一个”。

尽管如此，一样的馒头，生前包的馅草不同，个中滋味也就不同。

我们在王梵志这首诗中，看到他一生中“不以物喜，不以己悲”的志气，也看到他为天下贫穷的老百姓写下这些“硬家汉”的苦日子，为天下苍生请命。

他的禅诗，以“不守经典、皆陈俗语”为人称道，他有悲天悯人的禅心，他的禅机，对应了一个时代的贫穷；他的禅诗；以“死”字开头。

纵有千斤金，不如林下贫

我见世间人，茫茫走路尘。
不知此中事，将何为去津？
荣华能几日，眷属片时亲。
纵有千斤金，不如林下贫。

——寒山子

【作者】

同前《生死双美》作者简介。

【题解】

世界上的多数人，在“名闻利养”的追逐中，一生狗苟蝇营，不得解脱，不知人间荣华富贵转头成空。寒山子这首禅诗，多玩味几分，想一想自己，不久会发现，一点烦恼的事都不必上心头。因为，走出生死困境，不被现实捆绑，生活里自然的禅机随处可见。

看见寒山子这首禅诗，最先映入眼帘的是“我见”两个字。

“我见世间人”，对于一个隐居寒山道的禅僧，似乎脱离凡尘的隐居生活，使他多了一种空间观看人世，经过的人间种种，蓦然回首，是多么心平气和。世间人的一切，分明地知道了，才知道如何帮助世间人“由迷转悟”。

有人说，人生不过是“过眼烟云”，这话说得对也不对，积极的人生看待云烟，云烟多变，风花雪月，自有季节应景的生命不同；但消极的人生看见云烟，云消雾散，生命无常，充满了悲哀的心，觉得生死不定，人生虚幻。

唐诗有一首诗僧子兰的“短歌行”，写着：“日月何忙忙，出没住不得。使人勇壮心，少年如顷刻。人生石火光，通时少淤塞。四季倏往事，寒暑变为贼。偷人面上花，夺人头上黑。”一句“夺人头上黑”，对于“朝如青丝暮成雪”的垂老之人，青春已经白驹过隙，人生繁荣转眼消逝，在流动的岁月前，不由得人不叹一口大气。

寒山子以简单的几个字“我见世间人，茫茫走路尘”便说尽了。

仿佛在悠悠片云之下，一年春去秋来，日暮黄昏，对着夕阳西下，想起前尘往事，一个人孤单地看着自己的一生，一路行走奔忙，不知为何来去。令人不解的是，为什么人生总在“物是人非”的时候，才看到自己的过往？但是过去的自己，已成了历史的遗迹，永远也回不了头。

“不知此中事，将何为去津？”

再问一问，人生所为何来？所有的答案都令人迷惘，但这样的问题关乎生死，最不能怀疑，因为身在其中，在不断向前的时刻，“将何为去津”是一种人生的抉择，不由得人逃避。

最后，生从何来？死往何去？是人间无语问苍天的矛盾。

“只在此山中，云深不知处。”总是当局者迷。

可是，每一个人生命有限，哪堪一日一日地蹉跎，做尽所有“不知所为何来”的傻事？

屈原有“天问”。

佛教禅僧修行，追随“佛陀祖师”。

一旦醉生梦死，南柯一梦，不论再真实，醒来仍是南柯一梦。

今日的虚幻，累积了明天的虚幻，过去种种譬如昨日死，那不是譬喻，而是真的，人生一蹉跎，白发换黑发，也是真的。

人生不能不知道自己，岁月的历史长河，沧桑多变，要从“生死事大”开始。

寒山子是明眼人，一声“不知此中事，将何为去津?”他把“生死大事”的觉悟，化为不胜唏嘘的无奈之外，还有一种真诚对待自己的生命、来自天地无心的自问。

先从自然造化找答案。自然造化悠远长久，老子说：“人法天，天法地，地法道，道法自然。”“自然”是所有人生的见证，知道自然的“是什么”，有人生的自知之明，再用一双自然的眼睛看人间“为什么”、“要什么”。一旦经过生死，只见那人间繁盛的帝王之家，豪宅大院的历史门墙，如今已是野田与废墟，人世相亲的娇妻美眷，世代的家门恩爱，也早已化为白骨一堆。

知道了盛衰不足惧，生死不足畏，寒山子洋洋洒洒地又说出了两句叮咛：“荣华能几日，眷属片时亲。”

一切人世间的事，要自然地去看待，不能太过在意，不如轻描淡写地应了，恰如诗僧元寂写的酒诗：“酒秃，酒秃，何荣何辱？但见衣冠成古丘，不见江河变陵谷。”寒山子知道“荣华能几日，眷属片时亲”的人间，一念转过来，他又写下“纵有千斤金，不如林下贫”的诗句，给了生死最后的答案。

寒山子轻描淡写，“不如林下贫”是他生命的写照。他做了一生最自然的事，以诗明志，这诗写得一点不带火气，他将“千金斤”与“林下贫”对了句子，人人喜欢黄金屋，但谁又守得了黄金屋，反而不如他在“寒山道”的逍遥自在。虽然一贫如洗，但与天地自然为伴，与万物为侣，以造化为师。寒山子的“不如林下贫”，这“贫”，不是少了千金的贫，而是一位禅师的悟道，他在生活中，知道了“过去心不可得，未来心不可得，现在心不可得”，“贫”是无所得的心中无碍与全然的放下。

我见世间人，茫茫走路尘。
不知此中事，将何为去津？
荣华能几日，眷属片时亲。
纵有千斤金，不如林下贫。

再看寒山子这首禅诗，多玩味几分，想一想自己，就会发现，一点烦恼的事都不必上心头。因为，走出生死困境，不被现实捆绑，生活里自然的禅机随处可见。

无、有

尘劳回却事非常，紧把绳头做一场。
不是一番寒彻骨，争得梅花扑鼻香？
——黄檗希运禅师

【作者】

黄檗希运禅师，福建人，谥断际禅师，自幼出家。早年因参谒百丈禅师而悟道，后在高安黄檗山传法，临济义玄禅师便出于他的门下。唐宣宗大中年间，宰相裴休将他的语录编成《黄檗山断际禅师传心法要》与《黄檗断际禅师宛陵录》传世。

【题解】

黄檗希运禅师修禅着重一个“无”字，要把“无”参透了，便知道一切事物的因缘假合。黄檗希运禅师在这首诗里，以傀儡戏的“假”，唤醒了梅花扑鼻香的“真”。生命一旦解脱了，跳跃自在的生活，是每一个“无”字的不同因缘，是每一个“有”字背后，人生花开花谢的馨香，如同梅花经过严冬锻炼，发出扑鼻的香味。“无中生有”，“因有还无”，世间的劫毁中兴，也是“有”与“无”两个字，一般人错爱了“有”，贪恋不已，如果反过来，“有”与“无”为伴，“无”的不知名的亲切，才是人间最可喜可贺的事。

人生的百尺竿头何在，上了百尺竿头又要如何向前进步？关键在一个“忘”，要忘记百尺竿头上的一切，让生命造化的“因缘”做主，随缘去发生，去成就。

黄檗希运禅师的这一首禅诗“不是一番寒彻骨，争得梅花扑鼻香”，是家喻户晓的诗句，指出人生无论经历任何困境，有如一枝寒梅，只有“寒彻骨”才有“扑鼻香”，这是自然的规律，天助自助，人生也一样，没有修炼不行。

黄檗希运禅师接引弟子，总是举赵州和尚的“无”字话头，要求弟子日夜不停地参究下去。一旦参话头的功夫深了，忘记自我，整个人融入了“无”字里，生活完全被“无”字渗透笼罩，物我打成一片。“无”像吹毛剑、断玉刀，可以把一切意识中的“有”切断，在忘我的“一心”世界，物我双忘，世间种种，变得更为真实。

黄檗希运禅师的“无”字公案，是他接引弟子的入手处，一般人喜“有”不喜“无”，不知“无中生有”才是真理，了解佛教的“因缘法”，一切因缘所生，不是本有，称之为“无”。但是因缘聚合，现起世间种种，称之为“有”，从“有”来看，世间一切所有皆很幻化，佛教《金刚经》说得很透彻：“一切有为法，如梦幻泡影，如露亦如电，应作如是观。”

世间“一切有”，都是“有为法”，因为人生造作，应运而生，殊不知有为法的缘起，一定是“有生必有灭”，生灭无常，一旦执著，便落入轮回噩梦，永远不得解脱。

如果人生能在“有”的世界，加一个“无”字，将执著“一定有”的心思，多出一个“无”的“不一定”，“有”中有了“无”，“无”中还有“有”，一切都是因缘的道理。

黄檗希运禅师是一位徜徉在“无”字海洋的禅师。

他清楚地看到，每一个“无”字旁边，“有”是那么虚幻的出现，缘起的，随时缘灭了，生与灭如此迅速，一点也不能执著。

偏偏一般人生活在贪恋的锁链里，虚幻加上虚幻，活在颠倒梦想的轮回苦痛当中，总是走向死亡的幽谷，不能解脱。

所以，希运禅师在这首诗里，分别说“有”说“无”：

“尘劳回却事非常，紧把绳头做一场”指出，“有”的境界如同一场傀儡组成的幻象剧场，“你”、“我”、“他”都是粉墨登场的傀儡演员，舞台上看似自然的演出，背后却一直有双看不见的手，控制一端看不见的绳子，引导我们在现实世界，或哭或笑，连我们最贴身的举手投足，语默动静，以为是自己当家做主，其实仍然被后面的双手操弄。到头来，错过的失落，无常的灾苦，一波一波的虚幻情境，因为执著“有什么”而放不开；当家做主的自己，成为“有”的阶下囚，一生贪爱，患得患失，生命的“控制”使得生命的诧异欢喜也不见了。

黄檗希运禅师将“有”化为“尘劳”，尘劳在人心，是每一个人的妄念，要将尘劳妄念放开，必须找到“紧把绳头”的那一双手，寻找到控制绳子的那双手，下工夫对治，才能真正地解脱、自由。

生命一旦解脱了，跳跃自在的生活，是每一个“无”字的不同因缘，是每一个“有”字背后，人生花开花谢的馨香，如同梅花经过严冬锻炼，发出扑鼻的香味。“无中生有”，“因有还无”，世间的劫毁中兴，也是“有”与“无”两个字，一般人错爱了“有”，贪恋不已，如果反过来，“有”与“无”为伴，“无”的不知名的亲切，才是人间最可喜可贺的事。

“尘劳回却事非常，紧把绳头做一场。不是一番寒彻骨，争得梅花扑鼻香?”黄檗希运禅师把严冬的寒冷，看作所有生活的考验，一切的“有”，终将归于“无”的大海，“争得梅花扑鼻香”，正是“无”的境界。如同吴承恩写的《西游记》，唐三藏师徒三人，千辛万苦，经过八十一场劫难，去西方取经，临终的时候修得正果，取得的却是一本“无字天书”。这“无字天书”是修行的根本，与黄檗希运禅师这首禅诗一样，一枝扑鼻的梅花香，把生命的“有”与“无”也写活了。

回到“闲情”

年老心闲无外事，麻衣草履亦容身。
相逢尽道休官好，林下何曾见一人。

——灵澈禅师

【作者】

灵澈禅师，唐朝会稽人，俗姓汤，字澄源，于云门寺出家。好诗文，与柳宗元、刘禹锡是好友，后来行脚到吴兴，又与诗僧皎然结为好友。晚年归越，元和十一年圆寂。

【题解】

人生要有自己安身立命之地，回到每个人生长的土地上。禅机是心中闲情，在日常生活里如鱼得水。这篇禅诗，是灵澈禅师与韦丹刺史的酒后酣作之诗，韦丹刺史表达归隐山林之意，灵澈禅师指出“心中闲情”才是真正的山林，不必外求。

有一位夹山禅师，弟子问他修行的境界时，他回答：“猿拖子归青嶂里，鸟衔花落碧岩前。”言下之意，属于深林的猿猴，回到深林中，衔花的小鸟，回到原来筑巢的岩壁，一切万物，应该回到属于自己的地方，像落叶归根，游子返乡。

要读懂禅诗，在平常的诗句中，要不露痕迹地找到几个关键词。夹山禅师回答的“青嶂”与“碧岩”，两个鲜明的意象都有“绿意”，像是春天的颜色，意味着生机所在，生机是所有生命的归宿。

夹山禅师真正要说的是，回到所有生机所在的地方，就是人间最高的境界。

佛教说“平常心是道”，告诉我们每个人一生所系。一生中最重要的事，一定是生活中最平常的希求；成长的小秘密，带来生机的平常生活，就是大道所在。

灵澈禅师终于在自己年老的时候，体会了生机就在眼前的平常日子，便写下这一首禅诗。

“年老心闲无外事，麻衣草履亦容身。”因为“无外事”，灵澈禅师把自己的闲情放在年老的心境里。年纪大了，更珍惜一切，他回到日常的衣食住行中，一切的生活打点，都是自己的“分内事”，平常的生活，要求不多，够了就好。“年老心闲无外事，麻衣草履亦容身。”他穿着麻衣和草鞋，能行脚能御寒，也足够容身，因为有一颗随遇而安的心，对生活要求非常简单，与世无争，于人无求，清净淡泊的一切，只因为“闲情”在心，没什么放不下。

在灵澈禅师的看法中，“相逢尽道休官好，林下何曾见一人。”身在官场的人，虽然受尽官场的苦，扭曲多少天性，每每相逢的时候，总是述说着，希望归隐山林，自由自在，但真正放下的官场中人，却是少之又少。

因为灵澈禅师在庐山东林寺时，与洪州刺史韦丹是忘年之交，经常写诗唱和，互相往来，“诗以明志”。有一天，韦丹刺史写了一首诗给他，有意归隐山林，灵澈禅师看了以后，便写了这首禅诗回赠，他说出“闲”这个字，不在“言语”而在“心”。

所以他在诗中，形容了自己年老的“闲情”以后，语带提醒地告诉韦丹刺史：

“相逢尽道休官好，林下何曾见一人。”

言下之意，辞不辞官并不重要，心境的转化与决心，才是关键所在。

我们在这首禅诗中，看到千古为官的悲哀。

他们在官场的权势中，趋炎附势，在镜花水月中追求名利，弄得身心疲乏，人人自危，所为何来？志向由不得自己，人性淹没，直到下一个大浪来时。苏东坡说，“浪淘尽千古风流人物”，官场生涯如空似幻，比一般人的感受更加无常。

灵澈禅师以“官场”比喻人心执著的“自我”，每一个人的自我执著，不也是官场中人，人心不得“闲情”？如官吏放不下权势，一旦眼前空虚、老去无人、心力交瘁时，人间无常幻灭，再回头，已经来不及了，一场南柯大梦，都成虚空。

这时候，再想一想灵澈禅师“林下”的叮咛，一位充满闲情的隐士，优游在山林之间，那里是一处心灵的桃花源，虽然少人来往，但那林下的风光，午后初夏的阳光，照见不闻人声的柴门竹篱，小桥流水人家，都是季节的闲情，却不见一个官场中人来享用它。

猿猴回到青山，小鸟回到碧岩，年老的灵澈禅师回到自己的心，但那位韦丹刺史，如今在哪里？他快乐吗？

自　在

松下数椽茅屋，眼前四面青山。
日月升沉不住，白云来去常闲。
——憨山德清禅师

【作者】

憨山德清禅师，俗姓蔡，字澄印，号憨山，法讳德清，金陵金椒人。生于明世宗嘉靖二十五年，年十二岁入报恩寺出家，十九岁参礼栖霞云谷大师，受具足戒，二十六岁北游参学，于五台山证悟自在三昧，五十岁以后在岭南一代弘法，发扬禅宗法要。明熹宗天启三年示寂，世寿七十八岁。有《憨山大师梦游全集》五十五卷传世。

【题解】

我常自然，无知无欲，无为而无所不为，憨山德清禅师把一切化开来，一首禅诗，有着天地的闲情，他抛开言语，让白云去说话，倾听天地与日月的生成。

于是，憨山德清禅师回到了“言端”、“语端”，一时之间，他独坐倾听了自己心中那了然一切的闲情。生命毕竟是积极的，流水一般只能向前；向前的绵绵不尽，总是青山常在，绿水常存。

憨山德清禅师，把“青山”比作了“道山”，在大道好还、岁月悠悠之中，一切人世隐在青山之后，青山依旧在，人世也常存，没有许多患得患失的事。

憨山德清禅师喜欢把自己融入一片闲情当中，如同一个无知无欲无为的闲人，在什么事情都没有发生之前，没有那么多这个那个的念头。

“松下数椽茅屋”，轻描淡写，几笔就刻画了一位山中的云僧。云僧居住的地方，在高山之上，与浮云古松为伴，一片白茫茫的几间茅屋，云深不知处，不必问“云在”，不必问“人在”，禅师清静无为，没有任何人间的念头。

“松下数椽茅屋”，好似那三间茅屋，亘古以来，好端端在那里，白云覆盖，小鸟归巢，一枝古松，千年的岁月，山居的憨山德清禅师，像母亲怀抱的婴儿，喜怒哀乐一点也不能影响他，每一时刻，他看尽了“眼前四面青山”，在青山的环抱中，他快乐地歌唱：“高淡清虚是我家。”“无心于道道自得。”

憨山禅师在不一样的家里，他家里的“云墙”上，看得到日月升降，清晨夕照，“日面佛”，有太阳的庄严，“月面佛”，知道月亮的阴晴圆缺，日月交辉，寒暑的季节，一节一节生出天地秩序与四时美景。憨山禅师简单地吟着诗句，徜徉其间。

“日月升沉不住，白云来去常闲。”

人间自由自在，往来的得失心没有，“闲情”的人生多么幸福，禅心恬静，回到眼前。

如果人生回不来，耽误在心念口说的不悠闲，眼前的幸福便错过了。

针对一般人的分别心，对治的办法就是，遇到事情，学着“不去分别”。

“大道无难，言端语端，一有多种，二无两般。”

禅师看天地万物，“不一”指的是，天地万物有不同的时节因缘，时候一到，任何天地的大事与生活小事，都在不同动静的发展中，形成自己的形态与特色。

“不二”指的是，万物一体都在大道的生成劫毁之中，有新芽发，有黄叶落。问一问，这枯叶究竟是“荣”还是“枯”？盛开的花朵不久凋谢，荣景也该把花谢的枯萎包含进去。

原来，生命自然的成毁，是万物成形之初与事件的发生之后：万物成形之初有“机”，事件发生之后有“缘”，一机一缘，展开来时，机中有缘，缘中有机，像《易经》的太极图一样，阴中有阳，阳中有阴。老子说：“万物负阴而抱阳。”

所以事物的荣枯要一体看，“不一”是天地造化，“不二”是万物一体。庄子说：“与天地万物为一体，与造物者游。”他懂得太极图的道理，懂得人生奇妙的机缘，懂得“不一”、“不二”的天地之机与万物之缘。

松下数椽茅屋，眼前四面青山。
日月升沉不住，白云来去常闲。

领悟了老子、庄子的思想，我常自然，无知无欲，无为而无所不为，憨山德清禅师把一切化开来，一首禅诗，有着天地的闲情，他抛开言语，让白云去说话，倾听天地与日月的生成。

于是，憨山德清禅师回到了“言端”、“语端”，一时之间，他独坐倾听了自己心中那了然一切的闲情。生命毕竟是积极的，流水一般只能向前；向前的绵绵不尽，总是青山常在，绿水常存。

他也在读了僧肇禅师“物不迁论”时，写下一首禅诗：“死生昼夜，水流花谢。今日乃知，鼻孔向下。”

憨山德清禅师看到了自然流逝的光阴，看到了人生无常，在一呼一吸之间，他与青山之上的日月白云，同个“鼻孔”出气。这时日月不停运转，白云自由自在，青山碧绿，他的心中绝了消息，白云僧在三间茅屋里，在古松之下，在一片闲情中无悲无喜，和尚在明白里，一句话也说不出。

白云深处坐禅僧

孤猿叫落中岩月，野客吟残半夜灯。
此境此时谁得意，白云深处坐禅僧。

——永明延寿禅师

【作者】

永明延寿禅师，五代时浙江杭州人，俗姓王，字仲玄，号抱一子，二十八岁出家，后参学天台德韶禅师，悟得玄旨。最初在雪窦山传法，后来吴越王钱俶闻其名，礼聘禅师至永明寺弘法，世称永明法师。高丽国王亦慕其名，派遣三十六位僧人来求法，其门下有两千余人，有《宗镜录》一书传世。

【题解】

这首诗描述永明延寿禅师开悟的禅境，他在异地的山居岁月，一个夜晚，忽然洞彻心扉，心中所有杂念消失，心境有如行云流水，得意自在。人生要以流水为鉴，永明禅师的“禅境”，从静中出发，在事上用心，到头来，什么都没发生，也不记得，只是自己又更进了一步，又长大一些。

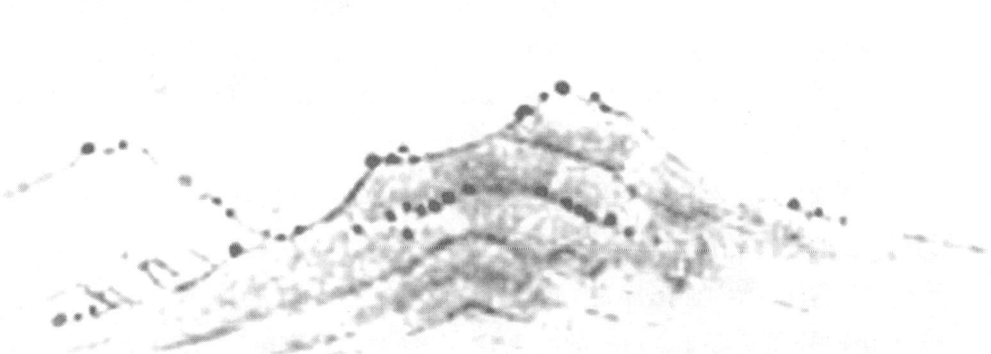

五代永明延寿禅师，也称永明智觉禅师，是法眼宗的子嗣，在五代吴越王时代，因为吴越王钱俶闻其名，礼聘他到永明寺弘法。他融合了禅宗与净土宗的教法，强调禅净合一的重要，影响后世深远。由于当时吴越王钱俶笃信佛教，大兴佛法，唐朝佛教八大宗派的弟子，因为北方佛教没落，纷纷南下吴越，永明智觉禅师建“宗镜堂”，集合八大宗派佛弟子，辩论佛法，折合唐朝佛教“天台”、“华严”、“唯识”等不同宗派的思想，著有《宗镜录》，为后世研究隋唐五代佛教思想留下宝贵的文献资料。

“以心为宗，以悟为则”是永明禅师的教学宗旨。

他这一首禅诗，虽然写的是山居的禅境，却处处可见“以心为宗”的妙用。“悟境现前”，心中平静，他曾在山居诗中，写下“最好静中无一事，翛然养得道业长”，永明禅师心目中的“道业”，是在静中得来。

这一首山居诗，似乎永明禅师更自在了。

禅师的前两句：“孤猿叫落中岩月，野客吟残半夜灯。”其中“孤猿”对“野客”，“叫落”对“吟残”，“中岩月”对“半夜灯”，诗句字里行间，一种说不出的顺畅，有极为开阔的意境。

“孤猿”指出心中的一点情缘，“野客”好似不经意的一点觉悟。

情缘在禅定中休息了，山上的月亮也不再引人夜晚遐思。

一片寂寥中，“世情”疏远了，野客的“道情”变得悠长，心中一点灵明，安静的心，照得室内一片光明。

人生容易耽搁在“世情”当中，能定下心来，“此境此时谁得意”，永明禅师多么相信，人生要在静中行事，才可以无思无虑。

人生回归大道，寂然有序的生活，忙处须闲，淡处须浓，看世情稍纵即逝，人生幻化，无穷无尽，这时，最好的修行，就是让人生静下来，细细体会自己，把自己看成“白云深处坐禅僧”，一点不被红尘打扰。禅僧不是樵子钓客，悠然的有自己的道心。

永明禅师有一次在林间禅坐，进入定境，不知名的小鸟将入定的永明禅师当成树枝，在他的衣褶中筑巢。

他真是这样一位“白云深处”的“坐禅僧”。

他的禅坐习定，是坐在自己的心性上，是绝对的“安闲”，心中没有忙碌的事，心心契合，狂心熄灭。

永明禅师曾举过一个公案，他形容“雪窦山”：“迅瀑千寻，不停纤粟，奇岩万仞，无立足处，汝等诸人，向什么处进步?”

意思是，每个人面对自己瞬息万变的心中意识，在妄念纷飞中，如何寻求解脱?

只有当下断念，一时心静，大彻大悟以后，像《西游记》里“孙悟空”纵身一跃，跳进水帘洞里，原来人生的洞天福地，完全在心静中得来。永明禅师教人习定，是“汝等诸人，向什么处进步”的教诲，生活中的禅定，是“进步向前”，是充满生机的，不是枯坐的看静，枯坐的看静的修行不知定中旨趣。

他问弟子，在奇岩万仞之上，一道飞瀑，不停留任何一粒小米，无立足之地，参禅的人，要如何在高山瀑布上修行?

他让枯坐看定、执著“定乐”的弟子慌了手脚。

有人问永明禅师：“如何是永明妙旨?”永明禅师指出“在事上用心”、“在事上检校心”的重要。他一天做一百零八件事，每做一件用心的事，都增加自己的福分与智慧，这智慧不必与人交涉，如同参禅的时候息了妄想，不再耽溺于等待，无所畏惧，不必外求。原来，永明家风的“何处进步”，一定要在事情上修行，在事情上用心，不停下来，就是向前，都是“白云深处坐禅僧”的自在。

自在的白云僧，过的是云水的生涯，因为一刻不停，一举手，一投足，语默动静，一切都化成“步步寒华结，言言彻底冰”，如灰烬一般。

这样的境界，不在过去里。

“此境此时谁得意?”

他教导我们，仰望天上白云就知道了。

天上人间，对白云来说，悠悠的，什么分别都没有。

他也形容这样的定静：“欲识永明旨，门前一湖水。日照光明生，风来波浪起。”

白云深处，人间水塘，在人生不经意的地方，有一个生命的大地之眼，一望无际地看尽人间事物，事物反着看，动着看，因缘地看，才不会成为枯坐的古镜。

人生要以流水为鉴，永明禅师的“禅境”，从静中出发，在事上用心，到头来，什么都没发生，也不记得，只是自己又更进了一步，又长大一些。

他那活泼泼的禅机，有了“日照光明生”的智能，接着下一个因缘，“风来波浪起”，又有了时节因缘的随顺。一般禅师令人不解的修行秘语“眼睛听”、“耳朵看”，到了永明禅师的诗句中，多了“牛胎生象子”、“碧海起红尘”、“会要在不会处取”，这些禅语原是“此境此时谁得意，白云深处坐禅僧”的永明家风，在“事上用心”就明白了。

“一湖水”的境界

欲识永明旨，门前一湖水，
日照光明生，风来波浪起。
——永明延寿禅师

【作者】

同前《白云深处坐禅僧》作者简介。

【题解】

这四句禅诗，是永明禅师开示的家风，指出永明禅法的精义。“门前一湖水”指人生觉照的重要。人生心性觉照一起，切断了所有分别的意识，人人脑海的相续妄念，一旦脱落、妄念不生时，所有分别心也不生了。分别心不生，人间情执不同的攀缘纠缠，也立即脱落，一片因缘空灵清净，永明禅师说，那就是“一湖水”的境界。

“欲识永明旨，门前一湖水。”这是一句极耐人寻味的诗句。

永明禅师当然不是告诉我们，他家门前有一处湖泊，而是告诉我们，永明的家风是什么。这门前的一湖水，也是比喻的句子，要我们好好参参这“一湖水”究竟指的是什么。

佛法常把人生的无明烦恼叫做“业障”，无明烦恼的影响叫做“业风”，人的心识昏乱称为“波浪”，只有禅悟以后的智慧，像升起的日出，可以让业风停止，波浪不兴，回到一片宁静的大海，像一面镜子，觉照时，消融所有的分别对待。

从大海与波浪的比喻，我们看到永明的宗旨指出了“觉照”的重要。

真正的觉照必须来自本心，人生了悟自性以后，心智如大海一般，所见事物，才会自然整体地呈现，如《大学》一书指出，一个人“用心”的时候，“真积力，久则入，一旦豁然开朗，事物表里精粗无不到”，一切事物都明明白白。

在永明禅师的诗句中，有“牛胎生象子，碧海起红尘”的矛盾句子，与“用眼听”、“用耳看”一样令人不解。

不过，从“永明旨”的“一湖水”来分析，人生心性觉照一起，切断了所有分别意识，人人脑海的相续妄念，一旦脱落、妄念不生时，所有分别心也不生了。分别心不生，人间情执不同的攀缘纠缠，也立即脱落，一片因缘空灵清净，永明禅师说，那就是“一湖水”的境界。

禅宗四祖道信禅师曾说：“夫百千法门，同归方寸，河沙妙往，总在心源，一切戒门定门慧门，神通变化，不离汝心，一切烦恼业障，本来空寂，一切因果，皆如梦幻，无三界可出，无菩提可求。”

永明宗旨也以“觉照”为根本。

可见永明家风，这“一湖水”的功夫不同于一般人的习定，先要知道“一切因果，皆如梦幻”。有人问“永明宗旨”是否也如梦幻，永明禅师这“一湖水”的梦幻，却有着“日照光明生，风来波浪起”的生活荡漾。

象征智慧的光明与烦恼的波浪，在永明禅师的一湖水中，一点分别也没有。

当湖面水波不兴、一念不生的时候，一切很分明，因为无心而觉悟，因为不知而真正地观照，因为无缘而可以相应，因为无差别法而有全体大用，久久天地自成一片，寂寂无人处，“门前一湖水”常在。

永明禅师这“一湖水”，虽然只是三个字，却举出生命觉照的“法尔自然”，一切任心自在，时节因缘到了，自然成熟。

一般人不能觉照，只因为被习气遮住了，以自己的身心世界作为执取的“我相”，因为“我相”生出了爱恶之情，随情造业，随业果报，一旦落入生老病死的不同阶段，一波一浪，更是波涛汹涌，人生陷在轮回的业障里，不断沉沦，不能解脱。

“欲识永明旨，门前一湖水。日照光明生，风来波浪起。”虽然只有短短四句，却是治病的良药，可以破除人生习气。每一步路可以成冰，每一句话冰冻到底，人生习气歇息以后，人生的光明面出现了，觉照的“门前一湖水”，风平浪静，天地都在里头。

发从今日白

拥毳对芳丛，由来趣不同。

发从今日白，花是去年红。

艳冶随朝露，馨香逐晚风。

何须待零落，然后始知空。

——法眼文益禅师

【作者】

五代法眼文益禅师，俗姓鲁，余杭人，生于唐僖宗光启元年，七岁时出家，十八岁参学佛教戒律之学，后又研究石头希迁禅师“参同契”，并出入儒家经典。后参访长庆禅师，嗣法于罗汉桂琛禅师，为青原下第八世。法眼文益禅师是法眼宗的建立者。法眼宗是五宗里最后成立的宗。虽然它的寿命不长，但影响却非常深远，它的根本不仅深植于中国的佛学，而且在整个中国传统的文化里。周显德五年示寂，世寿七十四岁。今有《大法眼文益禅师语录》一卷及《大法眼文益禅师语要一卷》传世。

【题解】

这是一首“无常诗”，外观一点也看不出来，法眼禅师借“牡丹花”暗喻人生无常，留下无尽的人生感慨。他也提醒我们，不要等到最后的零落，才知道什么是一场空。

法眼文益禅师成立了法眼宗，是禅宗流传的五家宗派成立最晚的一支。他的禅法简单而绵密，主张“一切现成”、“即心即佛”。他重视生活现场，一切不假外求。

这一首咏牡丹诗，是法眼文益禅师受君王之命，临时吟咏牡丹花而写的一首禅诗。诗中抒发了一种人生无常的感慨，面对盛开的牡丹花，权贵的人，身穿华美的毛衣，有着牡丹花开的富贵自得。但是这种情景，能有多久？

人面牡丹相映成趣，本是美好的情景，法眼禅师却从另一个角度，看到人生无常，引发人生的自我觉悟。

“拥毳对芳丛，由来趣不同。”禅诗中的“趣”字，是整首禅诗的核心。人生看现在，看眼前，观察一切因缘变化，“趣”是每个人手上的钓竿，眼前的“牡丹花”出现了，法眼禅师从牡丹花的“颜色”开始入诗，写下“发从今日白，花是去年红”的句子。

这两句诗，看似一点也不起眼，但是联想“红”色、“白”色，却可以兴起人生不同的感触。落入人事上，对于富贵中人，唯一不能自外的便是“衰老”。法眼禅师一句“发从今日白”，正因为对着盛开的牡丹花，花正年轻，才惊觉人变老了。“发从今日白”，任何老人，看了这首诗句，也不禁有所感伤。

今日白发才冒出来，明天又多添几根，不久“白发三千丈”，不承认自己老了也不行。

法眼禅师也能让牡丹花有些羞愧，“花是去年红”，意味着牡丹花也老了。

天地万物，缘聚缘散，无论如何恩爱，都不免明日的离散，人一样，花也是。

新人总是换旧人，不多久，新人又旧了。现实的人事，若不能忘情，不免轮回。李白说：“长绳难系日。”禅诗说：“人生如不系之舟。”人生是这样的“无常”，任何美好的事物都留不住，功名利禄，美色当前，都是转眼成空。

“艳冶随朝露，馨香逐晚风。”这是法眼文益禅师眼中盛开的牡丹花。

盛开的牡丹花多么美好，但如何光艳照人，也不免如朝露一样，花香向晚，不久就日落西沉。好景不常在，是时间的规律，也是每一个现在最无情的事实。

法眼禅师在这首禅诗中，在诗句的用字遣词上，让我们看到富贵的气象，但他扣住“无常”的主题，便可以借“花”喻“人”。人间的富贵如牡丹，“花是去年红”，人的老态，却是“发从今日白”。法眼禅师神来之笔的“今日”“去年”，把无常的时光交代了，没有“拈花微笑”那般喜气，却应了《金刚经》：“一切有为法，如梦幻泡影，如露亦如电，应作如是观。”

赏花的禅师，在盛开的牡丹花上，看到了生死无常。

法眼禅师在诗句最后，巧妙地点了题：“何须待零落，然后始知空。”

一个“趣”字，一个“空”字，是整首诗的灵魂，知道“空”之“趣”，才是真正的赏花之道，与佛陀灵山会上的“拈花微笑”相映成趣。

一个“空”字，解与不解，有心情的差别，因缘如此，花开花谢，强求不得。

观看一朵牡丹花，法眼文益禅师的笔下，一切美景在无常中，不可觅，不可寻。

所谓“若论佛法，一切现成”，法眼禅师打通了过去、现在与未来的隔阂，把牡丹花放在心上细细观照，不假外求，返回心源。牡丹花下死，做鬼也风流，法眼禅师的风流，令人惊艳，无以想象。

佛法在世间

佛法在世间，不离世间觉。

离世觅菩提，恰似求兔角。

——慧能禅师

【作者】

同前《何处惹尘埃》作者简介。

【题解】

佛法是入世的，不能脱离人生，一旦脱离了人生就不是佛法，虚幻而不实。所以真正的修行，要好好守住人间的道场，离开世间觉悟的生活，毫无禅法可言。

“佛”是“觉者”，是在生活中觉悟的人，“佛教”的目的，在于“觉有情”，要帮助所有的众生觉悟。既然“觉有情”是帮助所有的人，便不能离开人间。

因为一般人“迷”而不“觉”，迷失在人世间的“有为法”当中，不知一切世间法，都是有得有失，一执著，都是虚幻。

佛教思想在东汉末年传入中国，当时中国社会正处在极度的困苦当中，不但帝王家痛苦，老百姓痛苦，一般的士大夫更是忧心忡忡。

开始接触佛教时，中国社会，上至帝王下至民间，都把佛教当成西方信仰“浮屠”的宗教，如一般有神论的信仰一样，释迦牟尼可以保佑大家，救苦救难，属于“救赎”性质的神祇。老百姓更在那个时候，祭拜再来下生的“弥勒佛”与大慈大悲的“观世音菩萨”，甚至日渐流行的西方净土信仰，也将“阿弥陀佛”当成了西方极乐世界的信仰中心。这一切的佛教东传，似乎都有一个共同的目的，便是帮助世间的人解脱痛苦，离苦得乐。

因此，佛教的教义，是离不开世间的。

禅宗六祖慧能禅师的这一首禅诗一开始把“世间”说出来，“世间”指的是尘世，也可以指“过去、现在、未来”的三世，三世因果的人间，是诸佛的道场，这方面，六祖慧能继承了佛教的一贯的思想，强调“觉悟世间”而不是“随顺世间”，有如佛陀悟道后，提出“苦集灭道”四圣谛的佛法，教世间人解脱痛苦。

四圣谛的佛法，最重要的是认识“苦”。佛教有八苦之说，“生老病死”是四种身体的苦，另有三种心里的苦，人起“贪心”的时候，有“求不得苦”；人起“瞋心”的时候，有“怨憎会苦”；人起“痴心”的时候，有“爱别离苦”；当身心一起受苦时，人生七情六欲发动，有“五蕴炽盛苦”，身心被大火燃烧着，成为自我的人间地狱。

佛教对人生的分析，有“六根”“五蕴”之说，“六根”是身心的六种感官，“五蕴”指的是人生觉知的五大部分，分别有“色受想行识”。其中“色”是外在世界，“受”是心里的感受，“想”是心念想象，“行”是一个人行为造作的实践力，“识”则是心意识内在的认知与了解能力。佛教的“五蕴”，很细致地从功能的分类上，把人生的理智与感性分成五大部分，五蕴的功能，互为因果，不可分别存在。

如果一个人迷惑了，执著人生“五蕴”的某一个部分，将其当成了唯一的

“自我”，分别心把完整的身心割裂了，人生自然苦痛不堪。佛陀看出人间痛苦，都是执著自我的苦，“五蕴炽盛苦”说得清清楚楚。

从认知世间的痛苦开始，佛法的“四圣谛”，是佛陀悟道以后初转法轮的教法。所谓的“转法轮”，“法轮”是有系统性的佛法，能指出一件事物的前因后果，佛法“四圣谛”的教育，从认识痛苦开始，尊重痛苦的来由，面对痛苦的经验，找出痛苦的根源，对症下药，终于解脱了痛苦烦恼。

“四圣谛”的第二个真理，是“集谛”。

既然痛苦是世间存在的事实，究竟痛苦怎么发生，冰冻三尺非一日之寒，要找出痛苦的原因，佛陀提出“因缘”法则，以十二因缘为例：“无明缘行，行缘识，识缘名色，名色缘六入，六入缘触，触缘受，受缘爱，爱缘取，取缘有，有缘生，生缘老死苦。”

将“缘”当成动词看，十二因缘指出了人间痛苦真正的原因，人生最终的痛苦是“老死苦”，因为有生命的期待，生命期待的苦，因为人生贪欲，总想拥有什么，拥有了又担心失去。人生患得患失的苦，在于之前的贪取心，贪取的苦，又是自我的爱染与执著造成。十二因缘，顺着因果关系发展，一环扣一环地探讨，终于找到痛苦最后的原因。原来，形成痛苦最根本的原因，来自人生的“无知”，十二因缘里称之为“无明”。

“集谛”的结论出现，人生所有的痛苦来自无知，无知就是“迷”，打破无明，恢复人生自然的智慧，才能将痛苦消除，如同阳光普照，阴暗便不见了。

佛教第三个真理是“灭谛”。

“灭谛”是消除痛苦的方法，佛教举出“三学增上”的教法，是人生智慧的三种学习。三学是“戒学”“定学”“慧学”。“戒学”对治“贪心”，“定学”对治“瞋心”，“慧学”对治“痴心”，所谓“因戒生定”、“因定发慧”，佛陀智慧的教法，在三种人生参学的次第，循序渐进，不断“增上”，断除烦恼，智慧心生，印证人间的解脱道场。

佛教第四个真理是“道谛”。

“道谛”是人生解脱的大道，有八个方向，所谓“八正道行入涅槃”，分别有“正见”“正思维”“正语”“正业”“正命”“正精进”“正念”“正定”。

佛教的“涅槃”是成佛的境界，是离苦得乐的解脱。

如同生病的小儿，吃了医生的药方，身体痊愈了，又回到活蹦乱跳的时候。

“道谛”的人生解脱，从“正见”开始，到“正定”结束。

佛法在世间，不离世间觉。
离世觅菩提，恰似求兔角。

真正的“正见”不离“世间”，进入涅槃的菩提心，“涅槃即世间”“世间即涅槃”，佛法必须在世间成就，“佛法在世间，不离世间觉”，真是一点也不假，离开世间觉悟的生活，毫无禅法可言。

“看脚下”是佛法在世间的脚注，慧能禅师将“四圣谛”的佛法，融入禅法之中，他提出了不离世间觉的生活禅，真正的修行，要好好守住人间道场，一旦脱离世间，“离世觅菩提，恰似求兔角。”兔子身上没有角，正如乌龟背上没有毛，兔子长角，乌龟长毛，都是颠倒梦想。《金刚经》说：“一切有为法，如梦幻泡影，如露亦如电，应作如是观”，六祖慧能的“不离世间觉”，要从觉悟“兔角”“龟毛”开始。

山前一片闲田地

山前一片闲田地，叉手叮咛向祖翁。
几度卖来还自买，为怜松竹引清风。
——法演禅师

【作者】

法演禅师，俗姓郑，四川绵阳人，三十五岁出家，临济宗白云守端禅师弟子，曾住持东山等处寺院，世称蕲州五祖法演，著有《法演禅语录》三卷传世。

【题解】

这是一首“发明心地”的禅诗，俗话说“如人饮水，冷暖自知”，往自己的心性处探寻，法演禅师说：“作么生是自知底事。”人由迷转悟，像买回了自己曾经出卖的田地，回到自己的心性中，就是明心见性。

先欣赏这一首禅诗的文字吧！

不管人人心中的一块田地是贫瘠是丰厚，我们看见一个小孩子，叉手行礼反复问着祖父，山前一片空闲的田地是谁的？祖父说，这块田地卖了多回，又被买回来，为什么总是舍不得卖了它？因为田地上有可爱的松竹引来清风。

一片田地祖父传，孩子的天真询问，祖父的无穷疼惜，他们共同关心的岂是外面的田地，互相问答，都直接指向心中。

在这首禅诗中，有几个意象是非常清楚的，“山前一片闲田地”指的是禅师悟道以后的生活；“叉手叮咛向祖翁”，祖孙之间的对话，其实是禅师的互相接引，平常话便是禅机；“几度卖来还自买”，原来“迷”与“悟”、“道心”与“凡心”，由迷转悟，明心见性，都是自家底事，冷暖自知，别人帮不了忙；“为怜松竹引清风”，松竹和清风不可分开看，有了松竹才有穿林而来的清风，清风比喻开悟，要在“松”与“竹”的劲节中才能引来。

法演禅师这一首开悟诗，心中的这一块田，原是人人具有的自性，《五灯会元》云：“大凡穷生死根源，直须取自家一片田地。”这一片田地有如婴儿初生之时，丝毫没有差异，在意识分别生起之前，是湛然清净的，但在分别意识生起之后，我执、我爱，衍生出了心性的贪求，于是一片好田成了忙碌的竞技场，不得清闲。

参禅悟道，就是要买回这一片失去的田地。

在涅槃经里，曾用“三块田”形容芸芸众生的根性：第一块田是“渠流通畅，没有沙石瓦砾，种一得百，好比菩萨智慧明了，饶益众生，功德难量。”第二块田是“虽然沙石瓦砾，但是水渠险难，收成减半，譬如声闻器小，只能自度，不能度人。”第三块田是“水渠多礁石，险象环生，种一得一，如同阐提之人，缺乏信根。”

涅槃经的三块田，原来分成上中下三种等级，一般阐提之人的田最差，做了许多坏事，只能一步一忏悔，消除业障。第二块田，是小乘“声闻”、“缘觉”的境界，因为器识小，只能做个自了汉，没有慈悲心，自度而不能度人。只有大乘菩萨的第三块田，是禅师修行的目标，“明心见性”时，一片田地杂念绝迹，杂草除尽，无一污染。

这三块田地也可以当成禅师的修行经过。

法演禅师十五年行脚访道，最初参礼迁和尚，得到佛法的“毛”；后来云游四海，遍参缁门尊宿，得到佛法的皮；再后来到浮山法远禅师那里请益，得到佛法的骨；最后在白云守端禅师那里参透禅机，得到了佛法的髓，从此才敢与人为师，应机弘化。

法演禅师修学禅悟的过程，分为“毛”、“皮”、“骨”、“髓”四个阶段，如同农夫种田的“春生”、“夏长”、“秋收”、“冬藏”的修行次第。

山前一片闲田地，叉手叮咛向祖翁。
几度卖来还自买，为怜松竹引清风。

所谓“无生田地，有种有收”，禅法有如清凉的松风竹韵，自己是主人翁，安心自在，“一片闲田地”是每个人心田的快乐闲情，是生活的美丽岁月。如果我们忘了自己的心田，起心外求，将自己的一片田地荒芜了，不加修治，久了就会失去本性，失去自己的生命之本。

一钵千家饭

一钵千家饭，孤身万里游。
青目睹人少，问路白云头。

——布袋和尚

【作者】

布袋和尚，生平不详，传说是五代僧人契此。

【题解】

内心隐逸的世界，虽然在尘世当中，也如青山绿水，看人间一切幻化，都是白云山头。布袋和尚直指人心，以为人身就是道场，不去分别，不去执著，天地就是我的全体，生死的荣枯，在大道看，只是浪起浪落，回归大海，一际平等，人人心中都有佛性，可以分身千百万亿，毫无差别。难怪布袋和尚的布袋空无一物，却什么都有。

传说中，布袋和尚是五代游方的僧人契此，他的大肚子是后来弥勒佛的原型，我们从弥勒佛“皱鼻”、“大肚”去想象布袋和尚，他不但长相怪，行为也怪——大晴天时穿高脚的木屐，大雨天时反而穿上湿草鞋。

平常他到市场乞食，不管荤素，入口就吃。他没有一定住处，随处睡觉，但是冬天在雪地睡眠，他的身上竟然不沾雪花。他背着布袋，喜欢盘坐，笑脸迎人，所到之处，都能给人家带来好运。

有人问他，为何常背布袋？

他回答：“包纳乾坤。”

他那空空的布袋，象征了灵明的人心，既然人人都有，“十方法界都含尽，惟有真如也太迂。”带着布袋，包括了十方法界，比嘴巴说“真如”两个字实惠多了。

他自称：“我有一布袋，虚空无挂碍。打开遍十万，八时观自在。”

布袋和尚与寒山拾得一样，不讲大道理，却游走十方，自由自在，写的禅诗也简简单单。

曾有人问布袋和尚：“有行李否？”

布袋和尚立刻回答：“一钵千家饭，孤身万里游。青目睹人少，问路白云头。”

他的布袋，不是普通的布袋；他的行李，也不是普通的行李。这一位在路上乞食、笑眯眯、胖嘟嘟、袒胸露乳、长相邋遢的野和尚，不知道的人，真会错过了他。

布袋和尚一句“一钵千家饭”，是大道在心中，大道也无处不在。

布袋和尚讲起大道：“大道无名，大音无声，大悟无道，大真无外，大觉无妄，大似无我，大寂无定，大用无为，大法无乘。”一个人了脱凡圣的分别情，不陷溺其中，“大”之所以为“大”，因为“空无一物”，才能行遍天下。布袋和尚“契得此义”，他抢先用了大道的名字，给自己取了一个“契此”的名字。

在布袋和尚逝世之前，他曾赞叹弥勒菩萨：

“弥勒真弥勒，分身千百亿。时时示时人，时人自不识。”

有人以为，布袋和尚暗示他是弥勒佛，所以后人以他的画像，当成弥勒佛来供奉，印度原始的弥勒佛瘦瘦的，到了中国社会变成胖胖的，传说就因为布袋和尚的缘故。

布袋和尚还有一首诗，收在《指月录》里：

“吾有一躯佛，世人皆不识。不塑亦不装，不画亦不刻。无一滴灰泥，无一点彩色。人画画不成，人偷偷不得。形相本自然，清净非拂拭。虽然是一躯，分身千百亿。”

布袋和尚直指人心，以为人身就是道场，不去分别，不去执著，天地就是我的全体。生死的荣枯，在大道看，只是浪起浪落，回归大海，一际平等，人人心中都有佛性，可以分身千百万亿，毫无差别。

一钵千家饭，孤身万里游。
青目睹人少，问路白云头。

布袋和尚用“青目”形容隐居深山的视野，以看青山的眼睛看红尘，人间红尘成了青山，溪边明月也成了隐逸之地。

布袋和尚的布袋象征人心的闲情，可以吞吐乾坤，可以是一只鸟叫，也可以是一声雷鸣。

“一钵千家饭”，总是少不了吃的，“万里游”都在“脚下”。

“青目睹人少”，仿佛人在闹市，而无“车马喧”。“问路白云头”，寻访那一处歇脚之地，路边的行人，都是岭头白云。

心中无事，何处不自在，布袋和尚以为，心是“十方世界最灵物”，要自在，要无为，要不分别。他又有一首诗：“是非憎爱世偏多，仔细思量奈我何？实却肚皮须忍空，豁开心地任从他。若逢知己须依分，纵遇冤家也共和。若能了此心头事，自然证得不波罗。”

我们在布袋和尚的布袋里，拿出每一首劝勉世人的禅诗，只有一个重点：“若能了此心头事。”这是人生一辈子的功课！

色身与法身

色身败坏世常情，一点灵光到处晶。
涧水如蓝花似锦，法身何处不分明。
——南堂静禅师

【作者】

南堂静禅师，生平不详。

【题解】

这首诗，以“色身败坏”对比了“坚固法身”，要人生在无常变化当中，抛开执著，体会心中灵明的悟识，但也不能在知见中打转。法身并不神秘，原在平常生活当中，高山流水，眼前的景物，都是法身。南堂静禅师这首诗，细细参详，似大海波浪，有一瞬间的力量，一点灵光，使潮汐的色身，换来了“涧水如蓝花似锦”的法身，法身坚固，历历分明，比一般世人“瞎子摸象”的虚幻、在语言文字中的比手画脚，有趣得多。

这首禅诗，是大龙禅师与弟子问答时，弟子问他：“色身败坏时，坚固法身是什么?”弟子将“色身”与“法身”一分为二，败坏与坚固的成毁又一分为二，面对弟子的问题，大龙禅师只回答：“山花开似锦，涧水湛如蓝。”然后就不多说了。

禅师关心眼前的“机”，眼前的“事”，对“分别心”产生的意识名相，一点也没有兴趣。

因为“色身”在名相上很清楚，指每一个人生老病死的身体，但色身败坏，与心中觉情，要如何区别？佛法以“觉悟”为宗旨，没有“色身”何来觉悟？所以色身败坏只是一句台上的戏词，不能当真。

“法身坚固”也要应机地说，法身是智慧身，是一个禅僧觉悟的结果，如果想成是个固定的存在，便错解了法身的坚固，反倒是苏东坡说得好：“青青翠竹都是法身，郁郁黄花，无非般若。”在山河大地、山高水清的觉悟中，天地的机遇，就是法身，而昨日之事，是今日之机，昨日也是法身，一切来自“因缘”，在一切缘起处，色身败坏也是坚固法身，要这样理会，才能识得因缘，法身坚固，也才了解得亲切，法身的当时之事，眼前之机，不是分别心虚构的名相。

“山花开似锦，涧水湛如蓝。”

大龙禅师说的法身多么亲切：山花开了，像大地剪裁的新衣，在顾盼之间，蓝蓝的溪涧流水，清净得一尘不染。

有大自然最亲切的面貌，有大自然的啄啐之声。

后来南堂静禅师将大龙禅师的诗句加上灵感，写下：

色身败坏世常情，一点灵光到处晶。
涧水如蓝花似锦，法身何处不分明。

从师徒接引的小小公案，到一句简单明白的禅诗，一代一代禅师的薪火相传，像母鸡孵化小鸡时的“啄啐之机”，母鸡带小鸡，已经是后来的事。

人生色身败坏无常，看作小鸡孵化之后，剩下的蛋壳。

小鸡成熟时，蛋縠先承受了里面小鸡的第一声“啐”，把声音传给了母鸡，然后有了母鸡啄开蛋壳的第二声“啄”，在一啐一啄之间，毛茸茸的小鸡破壳而出。雪窦禅师说：“子母不相知，是谁同啐啄。”天地之机，在一枚圆圆的蛋縠之上。

龙山禅师接引弟子，南堂静禅师参悟了禅师的公案，都是“如鸡抱卵”的故事。

于是，人生参禅，要参蛋彀一般的色身，色身要安住在“一点灵光到处晶”的山河大地上，一声戏台锣鼓点子开了场，对了板眼的舞台，正好看见“涧水如蓝花似锦”的好风光，“生旦净末丑”角色不同，“手法身眼步”，让人眼花缭乱，但都在一个“兴”起的“法身”上，留下永恒的叫好声。像佛陀座前的“菩提树下”，那一场生命觉悟的舞台，面对“色身败坏”的困境，佛陀发下誓言：“若不觉悟，誓不起身。”他终于悟道，觉悟了“法身坚固”：没有“色身败坏”怎么知道“法身坚固”？

“色身败坏世常情，一点灵光到处晶。涧水如蓝花似锦，法身何处不分明。”南堂静禅师这首诗，细细参详，似大海波浪，有一瞬间的力量，一点灵光，使潮汐的色身，换来了“涧水如蓝花似锦”的法身，法身坚固，历历分明，比一般世人“瞎子摸象”的虚幻、在语言文字中的比手画脚，有趣得多。

若无闲事挂心头

春有百花秋有月，夏有凉风冬有雪。
若无闲事挂心头，便是人间好时节。

——无门慧开禅师

【作者】

无门慧开禅师，俗姓梁，号无门，杭州钱塘人，生于宋孝宗淳熙十年，卒于宋理宗景定元年，世寿七十八岁。禅师嗣法于月林师观禅师，为南岳下第十八世，属临济宗之法系。今有《无门慧开禅师语录》二卷传世。

【题解】

一个人心中没有妄念，一切好办，心中无事，天下便无事了，真正的好山好水在眼前。黄龙慧开禅师参的“无”字公案，原来是“无事”，无事的人生才有闲情，一处闲情看人间看天下，面对日常生活中的横逆困顿，也只是另一种风花雪月，另一种生命情调。

这首禅诗真是耳熟能详，人人能解。

诗句最妙的一句“若无闲事挂心头”，指出所有人间烦恼的根源——心不得闲，因为妄念太多了。

这首诗出自黄龙慧开禅师“无门关”第十九则。

黄龙慧开禅师，世称无门和尚，杭州钱塘人，年轻时遍历名山道场，寻师访道，始终无法得契机，后来参礼黄龙派月林师观禅师，月林禅师教他参“无”字话头。

慧开禅师每天对着“无”字苦苦参究，“蚊子”叮“铁牛”一般，一直参不进去，六年下来，无是无，我是我，找不到契入之处。

慧开禅师后来在佛前立誓：“参不透无字话头，决不休息。”

这样的决心，有如释迦牟尼在菩提树下禅坐立誓“若不开悟，决不起身”一样，下定决心的禅师，勇猛精进，不敢放逸。有时疲惫至极，就在大殿走廊上经行，甚至以头颅撞柱。对于这样严格的修行，慧开禅师表白了自己修禅“克期取证”的决心。

有一天，慧开禅师在法堂内经行，仍在参着“无”字话头，寂寥中，传来一阵绵绵密密击鼓的声音，突然间，他的疑团全部消失了，当下开悟，透出了无门关。

黄龙慧开禅师因为苦参“无”字话头开悟，他接引弟子特别着重“无”字法门，历代禅宗重要的公案，他选择其中的四十八则，编为《无门关》一书，并且自作序文：“大道无门，千差有路；透得此关，乾坤独步。”

黄龙慧开禅师把赵州禅师“狗子无佛性”的公案列为第一。

《金刚经》也有“无相颂”：“无人相、无我相、无众生相、无寿者相。”一个“无”字，把《金刚经》所有的意旨包括了。

黄龙慧开禅师的这首禅诗，正是生活里“无”字公案的批注。

“若无闲事挂心头”意味着一般人心中有太多的妄想，等闲之事，便能搅乱心智，烦恼痛苦排山倒海而来。“有”与“无”最大的不同，一个是“刻意”，一个是“无心”，刻意了，什么都不自然，反倒是“无心”有了造化之机。禅宗的“无”不是什么都没有，也不是刻意的模糊，而是“因缘所生法，我说即是空”，相对于“有”而有了“无”的境界。

在慧开禅师的看法中，“无”的旨趣，就是平常心的生活：肚子饿了要吃，累了要睡，热天拿扇子，冬天取火炉，生活的点点滴滴，再平凡不过，真正的日子，仍要回到生命的本源，如孩子的一无造作，不管人间的是是非非。

这一段，慧开禅师的老师月林禅师一声“何处见神见鬼”说得最真切。

一个“无门关”，佛来佛斩，魔来魔斩，鬼神全部消融在“无”的因缘里。

鬼神都是妄念，留不住，行住坐卧才是生活最真切的部分。

当年赵州禅师问南泉普愿禅师：“什么是道?”南泉禅师回答说：“平常心是道。”赵州禅师又问：“道可有趣向?”南泉禅师回答：“拟向便是乖逆。”赵州禅师再问：“如何了解道?”南泉禅师回答：“道不属于知，也不属于不知。知是妄觉，不知是无记。”

黄龙慧开禅师因为这段南泉禅师接引赵州禅师的公案，他知道“无”字公案，一旦参透了，不只可以荡相扫相，如野火一般，同时也是春风春雨，化育生机。

其中南泉禅师说的“平常心是道”，在黄龙慧开禅师听来，平常人家的生活就是“春有百花秋有月，夏有凉风冬有雪。若无闲事挂心头，便是人间好时节。”过着幸福的生活，一点也不困难。

“平常心是道”这句话，最早见于马祖道一禅师的语录：“平常心是道，无造作，无是非，无取舍，无断常，无凡无圣。只今行住坐卧，应机接物，尽是道。”

长沙景岑禅师也说：“要眠即眠，要坐就坐，热时取凉，寒时向火。”

临济禅师也主张“无事是贵人，但莫造作，只是平常。”

正因为这“平常”两个字，无门慧开禅师写了这首千古绝唱，他告诉我们，世人不能享受人生的美好时节是因为心中有事；修行的方法很简单，让心中无事，特别是“心中无闲事”就够了。人人一切过得去，唯一过不去的是心中有事，因为心中有事，才万般放不下。

真正的好山好水在眼前，黄龙慧开禅师参的“无”字公案，原来是“无事”，无事的人生才有闲情，一处闲情看人间看天下，面对日常生活中的横逆困顿，也只是另一种风花雪月，另一种生命情调。

桶底脱时大地阔

桶底脱时大地阔，命根断处碧潭清。

好像一点红炉雪，散作人间照夜灯。

——大慧宗杲禅师

【作者】

大慧宗杲禅师，俗姓奚，讳宗杲，字昙晦，宣州宁国人。生于宋哲宗元祐四年，十二岁时出家，十七岁受具足戒，后来读各家语录，出游四方，归于圆悟克勤禅师门下，为南岳下第十五世，属临济宗杨岐派法系。禅师于宋孝宗隆兴元年圆寂，世寿七十五岁。今有《普觉宗杲禅师语录》二卷传世。

【题解】

这是大慧宗杲写的一首“赠别”诗，赠别的对象，不是友人，而是他自己的俗世。禅师开悟后，他的心境自由自在，人生最大的束缚是生死问题，他已从自我束缚的生死中解脱，增长了智能。

大慧宗杲禅师的禅法，俗称“看话禅”，与曹洞宗的宏智正觉禅师的“默照禅”不同。

看话禅重在一个“疑”字，在任何成形的语言文字之初，先将已生成的语言文字用“疑情”来勘破，当语言文字脱落时，还原到语言文字初起原始的心意，这才是寻到根源处的悟识，如流水最初的泉眼，寻到活水源头，人生的觉悟才活得起来。

“参话头”便是用“疑情”当方法，让已生的语言文字起死回生，如同赵州禅师说：“才有言语，是拣择？是明白？”言语一旦落入分别意识的拣择里，便是死句；言语是明白，方可以指点迷津。

“桶底脱时大地阔，命根断处碧潭清。”禅师用的是极凌厉的句子，一声令下，让“桶底脱落”，让“命根斩断”。桶底脱落，也称漆桶脱落，是将一个人长久的习气消除；命根斩断，将一个人的自我粉碎。自我习气一消失，云散天青，自有阳光普照，大地更加辽阔。

心中的烛光点亮，阴暗就不见了。

但是“命根断处”却不容易懂，一个人的命根一断，还有人世的呼吸吗？还能体会世间的一切吗？人生护惜自己已来不及，断了命根，一切都没有着落。

这句诗，大慧宗杲禅师找到生命痛苦的根源，一般人形成习气最根深蒂固的祸因，来自心里意识执著的自我。平潭秋月，心性本来如明镜一般，但一阵习气风起，波涛汹涌，自我执著，心一乱，妄想不断，一切成了虚妄，什么事都看不清，看不真，情执都是假的。

一如《西厢记》写出了男女情执，热恋中的男女，情真意切不免患得患失，等到热情消退，一切成空。《西厢记》写情执开始的时候，“怎当他临去秋波”，却在“一见钟情”之后，情动而来，情尽而去。感情微动之色，要分别的时候，常常“一步渐远”，便知道缘分已尽。但有时“招楚客于三年，似曾相识”，有时“倾汉宫于一顾，无可奈何”。原来，人生的命根是情执，情执就是自我，自我的贪爱瞋恨多疑，常常使自己陷入痛苦的深渊，除非斩断自我这命根，否则不能回归本性的清净。

所以“命根断处”便是“情执断处”，自我情执一断，人生的三种痛苦——“求不得苦”、“怨憎会苦”、“爱别离苦”，也随之脱离。再看人间男女，男女情爱，一旦浓得化不开时，整个身家性命，为之魂牵梦系，出脱不得；情感一旦停滞，人心情志随之黯淡无光。只有无情的斩断自己，大死一番，才能绝处逢生，脱离生死苦海。

桶底脱时大地阔，命根断处碧潭清。
好像一点红炉雪，散作人间照夜灯。

好个“好像一点红炉雪，散作人间照夜灯”，大慧宗杲禅师真是过来人，脱离生死苦海的禅机，总是无情胜有情，一片生意盎然，明明白白。

大慧宗杲禅师大彻大悟，他回到语言之初的心境，那是一盏人间的“照夜灯”，既没有语言文字的分别，也没有明白不明白，只是自然自在的心性，感受南风吹来的清凉，不被外境拨动。

他内心有如一朵花开，像红梅为人间的夜晚指路，仿佛鲜活的禅机，告别了俗境，从束缚中解脱，了却生死的命根；如温暖的明灯，一化开来，照亮了人间，也用在人间。

无事可商量

南台静坐一炉香，终日凝然万虑忘。
不是息心去妄想，都缘无事可商量。
——守安禅师

【作者】

守安禅师，唐末五代时僧人，生平不详。

【题解】

这首诗指出真正禅定的境界，不是一个人整天不思不虑，或是去除妄想，最重要的是心中无事，在闲情中，没有什么烦恼。无思无虑，不生不想，一个“无”字，我们禅坐在本性的觉悟上，不是坐在岩石上，自然的本性是流水，是不停留一处的“忘”，是无心的“忘”，是“凝然”的定境中自然生出的蓬莱仙岛，各种境界现前时都不乱，像恋爱的人在等候的时候，一分一秒，无穷无尽的真实。这真实，一点都假不了。

这首禅诗，最动人的句子，是“都缘无事可商量”。

我们都有心静的时候，心中一静，情思相遇，仿佛心有灵犀一点通，什么都不必想，如同相爱的男女，“相视而笑，莫逆于心。”什么事也不必说，不必商量，因为心中无事，做什么都恰好。

赵州禅师曾说过一段话：“至道无难，唯嫌拣择，才有言语，是拣择？是明白？老僧不在明白里。”

赵州禅师为所有修道人提出了“狗子有佛性也无”的大哉问，为千古的佛门公案增加了一处人间更深的觉悟。本来，成佛之道在人，现在“人”换成了“狗”，人有佛性不稀奇，狗有没有佛性？这反而耐人深思，参禅的弟子先看到了自己的“差别相”，为什么狗没有佛性？为什么狗不能成佛？

赵州禅师指点了千古传奇的“无”字公案，学禅的人，先从“无”字开始参，直到参透佛陀证悟“无上正等正觉”的境界，天地万物无不平等，芸芸众生无不平等，万事万物无不平等，七宝楼台，一砖一瓦，每一件事上的因缘无不平等。

一切因缘和合，从因缘看“无”，最容易了解，万事万物，分析起来，终归开始是“无”，中间是“无”，结尾也是“无”。参“无”字公案，一路到底，如同在流水上修行。

因此赵州禅师的一句“老僧不在明白里”，换来了守安禅师的“都缘无事可商量”，云水悠悠的生涯，没有明白不明白，也不必多事地说个明白。

禅师教弟子说话，先从“参话头”开始。一般人说话，不知哪一句开头好，这是“话之初”，禅师叫做“话头”，只要发自内心，来自生活，拿定自己的主意，机缘成熟，自然脱口而出。守安禅师接了赵州禅师的“无”字公案，参透了“无”字话头，写了这首禅诗。

“南台静坐一炉香，终日凝然万虑忘。”他不从“说话”教人，却要人生懂得“寂寂”两个字，如明镜照亮自己，像静坐时的一炷好香，过往成灰，未来不染，现在一点豆样星火，随着袅袅云烟，一点痕迹都不会留下。

在“终日凝然万虑忘”的时候，一心“凝然”，人生与情境相融，一旦“万虑忘”，自然不起妄想，思虑的绳子脱落了，枷锁一离身，心中自在，难以言语。

许多人，常常有问题要问，临要问了，心中一打开，或是“百闻不如一见”，问题自然消失，或是问到了那里，突然忘了问题，因为原来的问题不重要了。

所以真正的“太上忘情”，守安禅师用“不是息心去妄想，都缘无事可商量”，做了批注。

没有了语言文字，思虑莫名其妙不见了，看心看净的念头不再生起，一切做着做着，心中觉悟了，心眼自然亮起来，眼前的人与事，直接面对，没有头脑的拣择，不再分别计较，当然“无事可商量”。

像小孩玩耍的时候，只是玩，什么也不想。吃饭的时候，满嘴都是饭粒；洗澡的时候，一边洗澡一边唱歌，一点烦恼都没有。孩子的天真，看人世都平等，太阳月亮晨昏夕照，不同光景，都有自己的名字，一刻刻都是永远。

“不是息心去妄想，都缘无事可商量。”守安禅师说得真好。

无思无虑，不生不想，一个“无”字，我们禅坐在本性的觉悟上，不是坐在岩石上，自然的本性是流水，是不停留一处的“忘”，是无心的“忘”，是“凝然”的定境中，自然生出的蓬莱仙岛，各种境界现前时都不乱，像恋爱的人在等候的时候，一分一秒，无穷无尽的真实。这真实，一点都假不了。

守安禅师莫不也熟悉那恋爱的时刻？一句“凝然”，说出了生命的气相，万虑妄想，都成了次要又次要的事。

白云深处拥雷峰

白云深处拥雷峰，几树寒梅带雪红。
斋罢垂垂深入定，庵前潭影落疏钟。
——苏曼殊

【作者】

苏曼殊，近代作家，诗人，翻译家，广东香山人，学名玄瑛，出家后，号曼殊，是著名诗僧。

【题解】

这首诗描写西湖山光水色，也象征了禅僧入定时的宁静，山寺幽静远离人间，一枝美丽的寒梅，有如禅僧心中的禅机。

“白云深处”是禅诗喜欢用的诗句，对于禅僧而言，“白云”真是有特殊意义的，佛教“缘起”的思想，用“白云”比喻再恰当不过，白云悠悠，行走时与风雨同步，或逆或顺，或浓或淡，在晨昏自然中，颜色时而不同，于是“云水僧”，成了禅师求道的脚步。

禅师参访，不乘马也不骑驴，他的行脚在云端上。

这时，不禁忆起吴承恩笔下的《西游记》，孙悟空驾着筋斗云，原来，唐三藏师徒一行四人到西方取经，一路的修行，也套了“白云深处”的云水生涯。

苏曼殊这首诗，似乎是在一次斋饭过后，进入了深深的禅定意境中，好似一个人的身心，化成了白云深处的雷峰塔，如同永明延寿禅师写的“白云深处坐孤僧”。他是白云因缘的主人，这因缘性空的“空寂”处，因为“缘起”的禅机，把禅师从化身的雷峰塔上，一声雷鸣，拉回了现实世界，他看到早春的寒梅醒了，在白白的雪地上，点起一抹艳红的花容，似为雪地的枯景点上一层胭脂。

大自然的生意，在雪地上看得真切极了。

苏曼殊是一位传奇的诗僧，他十二岁时在广州长寿寺剃度出家，继承了禅门曹洞宗的衣钵，后来到日本早稻田大学读书，多才多艺，能诗文，善绘画，并精通梵文，曾著有《梵文典》，但是他英年早逝，在三十五岁时病逝上海。

苏曼殊的传奇生涯，包括他放浪形骸、不拘世俗的行事风格，芒鞋破钵，疯癫度日，贫穷的时候，曾将自己的金牙敲下来典当。在清末民初那个革命的年代，他以一僧人身份混迹世俗社会，但他不流于世俗，一直保持一代诗僧鲜明的个性。

苏曼殊，法名“博经”，法号“曼殊”，剃度后自号“元瑛”。有人说他“元瑛”的号取自于《红楼梦》里的“神瑛”侍者。苏曼殊一生多情，也有人称他为情僧。

而这首诗，似乎在“几树寒梅带雪红”的诗句中，也让我们看到一枝红梅在槛内槛外徘徊。《红楼梦》中，贾宝玉出家以后，也戴着红色斗篷，消失在白色的雪地上。

苏曼殊一样多情，在他的这一首诗中，他写下“白云深处拥雷峰”，心中如此空灵悠悠，底下却生出了“几树寒梅带雪红”，好比“空即是色”，心中仍有不舍的凡情。

可是他进入禅定以后，“斋罢垂垂深入定”，他的云水生涯终于安静。这诗句最后，“庵前潭影落疏钟”，钟声入潭，影波摇荡，自然地与白云唱和，这情景可是苏曼殊的禅境，好比“色即是空”。

这首禅诗，苏曼殊点题在一朵“寒梅带雪红”上，一枝红梅，终究与白梅不同，白梅素艳无心，但雪地红梅，却象征了扰扰的红尘，身在其中，苏曼殊看到了红尘的美，开着天地之始的花香。

持戒与坐禅

滔滔不持戒，兀兀不坐禅。

酽茶三两碗，意在镢头边。

——仰山慧寂禅师

【作者】

仰山慧寂禅师，唐末五代僧，俗姓叶，韶州怀化人，与沩山灵佑禅师共同创立沩仰宗，于袁州仰山宣扬禅法，谥号智通禅师。

【题解】

这首禅诗，是弟子访问仰山慧寂禅师时，二人一问一答之后仰山慧寂禅师写的一首禅诗。

弟子问他："和尚还持戒否?"仰山慧寂禅师回答"不持戒"；弟子又问"还坐禅否?"仰山慧寂禅师回答"不坐禅"。

因为弟子不能理会，于是，仰山慧寂禅师写了这首诗指点他，指出禅境不在持戒与坐禅，而在于平常生活里的用功与用心，日用生活都是禅机。

仰山慧寂禅师在这首诗中，以“不持戒”、“不坐禅”，破除了一般禅修者“看静观心”的“死禅”，要修行的人往“活禅”的地方去。

香岩禅师曾形容“死禅”是“悄然机”，修行的人要走出活路，“不堕悄然机”是当务之急。但是，“真正的悄然机”是什么？

一般人沉思静虑，耽在心念的身心走不出去，固然是“悄然机”。

但是，一位有了禅味法喜的禅师，若离不开他自己的定境，仍执著名相，只有对于身边事物的小知小见，不能随顺自在，这时，无论“持戒”、“坐禅”，只是一些人生的体会，没有在真正的生活上落脚，在仰山禅师看来，这也是堕入“悄然机”。

仰山禅师知道，万物不可分割，在天地混沌初开、天地始判的时候，万物初生茁壮，一切不可说，是非不生，分辨的知解也不存在。万物的每一个生长因缘，都必须细细端详，如同烧的一锅好菜，在炎热的夏天，三两树下，几处人家，儿孙辈听老人家的说古道今。

来参访仰山禅师的陆希声居士，有备而来，话一出口就是机锋，既然禅师修行在生活当中，身为佛弟子，要不要持戒？要不要坐禅？陆希声居士的询问，直捣禅境，仰山禅师脱口说了这首诗：

滔滔不持戒，兀兀不坐禅。
酽茶三两碗，意在镢头边。

“滔滔”两个字，指的是天下滔滔，也是洪水滔滔，更是人心妄念的滔滔不绝，在惊涛骇浪之下，一个“持戒”的和尚，若没有生活的智慧，如何镇得住滔滔而来的虚妄之心？常常一念执著的持戒心，也会不诚意，执心持戒，从妄心的角度，不免明知故犯。

所以仰山禅师说了：“滔滔不持戒。”

他的不持戒，是持戒与不持戒都不分别，自然妄念不生，天下本无戒，只是时节因缘的对应不同，缘起各异。

参禅的弟子在行为上不持戒，有的往“心地”走，以为坐禅便能开悟，这条路离得更远。

仰山禅师一句“兀兀不坐禅”，兀兀如枯木，是一个人的心如死灰，若禅僧

"坐进此道"，可就进入死胡同里，离开生活的天性更加遥远。

禅坐，要坐在每一个人真如本来的天性中，要在生活里"一心不乱"，坐禅才有价值。一旦坐禅有了目的，把"坐禅"的调门拉得太高，平静的安心，忽然脱离寻常生活，一个"兀兀"突然，化为槁木死灰，"坐禅"少了生气，多了骄气，自以为修行的定境高人一等，最后的定乐，反而让人耽溺，永世不得出脱。

有了身心的"不持戒"、"不坐禅"，身心不被污秽困住，也不被清净困住，"因戒生定，因定发慧"，佛教的"戒定慧"三学增上，不断落在生活上，原来仰山禅师透过生活的智慧，提升了"持戒"与"禅定"的层次。

智慧的生活就是"明心见性"的生活。

仰山禅师又一句"酽茶三两碗，意在镢头边"，将生活的滋味写活了。

禅诗里，"吃茶去"，要识得个中滋味，真人真事，常有禅师的痛快。

"意在镢头边"，我们仿佛看见在田埂上，扛着锄头的仰山禅师，好端端的人世，用口说的靠不住，不如仰山禅师的锄头公案，做得多，做得实在，更见用心良苦。

一般人实践的功夫不足，虽然持戒，却心念滔滔，持戒犹如不持戒，若是心乱意乱，一味坐禅，也是一枝枯木，成不了大事。

仰山禅师在这首禅诗中，要我们懂得真实的生活中"终日凡夫，终日道法"，日常生活的饮食起居，有锄地的大事业，有品茗的千载知己，好好享受茶香与稻香，才是人生最快乐的事，不要误入歧途，像执著持戒与坐禅的修行人，走错了路，成为生活的门外汉。

一树春风有两般

一树春风有两般，南枝向暖北枝寒。

现前一段西来意，一片西飞一片东。

——佛印禅师

【作者】

佛印禅师，宋代僧人，与苏东坡经常论辩佛法，二人私交甚笃。生卒年不详。

【题解】

看似矛盾的语言形容事物，有时并不矛盾，更深入地想一想，反而有机会成为真理的入手处。人生从觉悟的自性海中，流露出平等的智慧，眼前一切都是平等的，宇宙万物没有物我的分别，没有内外的不同。

佛印禅师与苏东坡是好朋友，在他们两个人的心目中，人是最可爱的，人可以好，可以坏，可以哭，可以笑，可以讨厌，可以喜欢，可以说说话，也可以不理他，他们就是这样的朋友，一佛一儒，一官一俗，他们看人与人，绝对没有分别心，也没有大小眼。加上他们天性喜欢交朋结友，上自王公大臣，下至乞儿妓女，无不可做朋友。

佛印禅师自幼饱读经史，博学多才。熙宁年间，因准备参加礼部考试，前来京师暂住。那时，东坡在直史馆任职，佛印慕名来访，受到礼遇，他们一见如故，互相敬重，又经常一起论文赋诗，成了莫逆之交。

关于他们，有一段脍炙人口的故事：一天苏东坡打坐入定，出定以后，以为自己开悟了，挥笔写下“稽首天中天，豪光照大千。八风吹不动，端坐紫金莲。”苏东坡心中满怀感谢，对着生命中那一处不知名的天地俯伏而拜，一时之间，天地充满光明的定境，他自己也在平静的禅喜当中，萦绕在心中的种种情绪都不见了，“利、衰、毁、誉、称、稽、苦、乐”的心情云消雾散，有如坐在紫色的莲花上，心不动，天下不动，七情六欲也不起了。

传说中，苏东坡写了这首诗，请童子送给佛印欣赏，一方面也有请佛印印证的意思。佛印看后批“狗屁”两个字，苏东坡看后大怒，拿着禅诗过江与佛印理论，没想到佛印住处人去楼空，只在山门前留下两行字，“八风吹不动，一屁过江来。”

苏东坡当下知道，原来自己还远没有到达“吹不动”的境界。文字是文字，人是人，风马牛不相干，这常常是读书人的毛病，也是巧言善辩者的致命伤，更是佛门说的“文字障”。

所以参禅不能停留在口头文字上，要实际印证，功夫深了，经得起考验才算数。

这个故事姑且当成一个故事，佛印这首禅诗却真正指出了人世的颠倒与真相。人世如果少一些“分别心”，语言文字的相对性便不会困扰我们。

细读佛印禅师的这首诗，“一树春风”来临，明明是春暖花开，为什么有两般情调？

每一棵树的枝叶，因为生长的关系，一定会迎向东南西北不同的方向，但是春风吹过了整棵树，如何选择划分南枝与北枝？又如何知道南枝暖、北枝寒？

有如一位禅师说："南山起云，北山下雨。"明明是南山下雨，北山起云，乍看之下，有一点不合常理、不合逻辑。

但是我们仔细想一想，真正春天来临的时候，料峭春寒的季节，一阵子寒，一阵子暖，不就是春天的特色吗？佛印说的"一树春风有两般，南枝向暖北枝寒"有什么不对呢？

大自然在任何季节，进行的轨迹，常走相反相成的方向。老子以"反者道之动"指出了大自然的规律，即使南山下雨、北山起云，在一片大大的天空里，云雨的变化又何尝会划地自限？

所以看似矛盾的句子，往往最真实，一般人忽略了语言的特性，不知道用"正"、"反"两方面推敲一句话真正的意思，如同孔子说的"扣其两端"，人生便会常常陷入语言的独断里。

所以，我们仔细参究佛印禅师的这首禅诗，字字都是增广智慧的禅机。

一般人的观念里，物是物，我是我，物我彼此对立，关系也是主客不同，常把人事物一分为二，定出阶级。这样的观念完全起源于分别对待的心识活动，不能完全了解事物的真相，也因而生出了种种人生的偏见与纠葛，衍生出人生的执著，造成许多无谓之争、意气之斗。

佛印禅师在诗的前两句，先剔除了我们的差别心，一旦差别心在自我矛盾中消失，一个人突然之间，头脑的思辨使不上了，言语文字柔软了下来，思想概念不能使用，像是开车的人在车子抛锚的时候，只能下车走路，一旦双脚踩在地面上，土地的感觉出来了，小草的柔软知道了，凉风习习的春意就在四周，自己尘封在观念里的心也被唤醒了。

人生从觉悟的自性海中，流露出平等的智慧，眼前一切都是平等的，宇宙万物没有物我的分别，没有内外的不同。

融合的境界就是生命的升华，佛印禅师最后说出："现前一段西来意，一片西飞一片东。"这种人生的欢喜随意，在佛印禅师的指点之下，好似中国人称呼天下万物，有一个通俗的名字，叫做"东西"，原来眼前任何事物，"一片西一片东"，以大道的眼睛去体会总是不错的。

知识、知见

门外青山朵朵，窗前黄叶萧萧。
独坐了无言说，四看妄想全消。
——憨山德清禅师

【作者】

同前《自在》作者简介。

【题解】

如何消化所有的知识，把不同的理论学说消融在一起，定出客观的修学次第来？悟道的人要从“了无言说”出发，知见的妄想才会消失。

“憨山德清”是禅师的名字，七岁时，钟爱他的叔父病死，他开始思索生死去来的问题。这一个疑问的种子，使他走上了探讨人间真相的道路。

十二岁时，他辞别双亲，到了报恩寺拜谒西林永宁和尚诵习经教，同时学习儒学及古文诗赋。后来，他背诵了《法华经》，并且熟读了道家的思想。

在憨山禅师学习的机缘里，他精通释、道、儒三家学说，后来极力主张三家思想的调和。他写过《道德经解》，其中一段话说出了他对儒释道三家思想的见解与三家学说修行的次第：

“为学有三要，所谓不知《春秋》，不能涉世；不精老庄，不能忘世；不参禅，不能出世。”

我们体会一下中国文化的精髓，生命实践的智慧，若不能“涉世”，一切只是空谈，没有起点。一旦涉世以后，人心沾黏执著，常常留恋在过去、现在、未来之中，种种功名利禄，忧伤悲喜，一切放不下，这时老庄的道家思想，恰恰教人“忘世”，人生能忘了自我，遇到事情，比较不会停留，不会贪恋。

这还不够，生命毕竟是积极的，如流水一般，只能向前，这向前的故事，不是孤芳自赏，而是像流水一样滋润了大地上一切的生命，因此佛家的“出世”思想，便落实在“参禅”的生活当中。

憨山大师还说了一句话，他推崇孔子的《论语》是“出世的光明”，所有人生的光明是心源的智慧，可是绝对脱离不了生活与生活的每一天。

好了，如果一个禅师读了那么多的书，精通了各家各派的思想，他要如何会通呢?

门外青山朵朵，窗前黄叶萧萧。
独坐了无言说，四看妄想全消。

在憨山大师这首诗里，“门外青山朵朵，窗前黄叶萧萧”象征的语言里，“门外”、“窗前”都是开阔的，都有无边的风光与景致。开门一见青山朵朵，用朵朵的形容，比喻一重一重绵延无尽的山头，像一朵一朵的云彩，用来形容各种学说，各个思想领域的一家之言，不能执著，不能定于一尊，都如天上的浮云一般来去而已。终究，任何启发人生的思想学说，在下一刻的变化中，春去秋来，“黄叶萧萧”，一定要随秋风吹落。

自然的季节里，谁不喜欢春天，但谁又能拒绝秋天呢？

于是学人的“知识”、“知见”、自以为是的看法，也必须随着季节起落，任何学说都为了启发人类的眼睛而存在，像我们指着月亮的时候，知识是手指头，顺着手指看到月亮以后，谁还会抓着手指不放呢？

同样的，知识帮助人类，启发生活的智慧，一旦功成，必须身退，这就是憨山德清禅师对于知识的态度。他在“门外青山朵朵，窗前黄叶萧萧”的诗句中，说出了对待知识的第一步，开门见山，推窗远望，各有不同的心境。

憨山德清禅师接下来看到了知识真正的价值——天下学问，若不能为我受用、指点迷津，学多了，却不能消化，也是负担拖累；人一聪明，容易满足在知见的观念世界，久了习惯了，颠倒梦想的生活，成了思想投射的虚幻泡影。

活用知识，要擒贼擒王，先把每个人心中最大的一块“石头”搬开，那个大石头就是每个人的“自我”观念。

若我们以禅师的名字来比喻，把“青山”换成“憨山”，这“憨”之一字，以憨山禅师而言，是大死一番以后的觉悟。

当年憨山禅师在天界寺学习禅法，云谷禅师教他念佛公案，他发奋参究，因为用心太急，背脊上忽然生出痈疽，红肿巨大，痛彻骨髓。后来他发愿诵持《华严经》十部，圆满三个月的禅期后，第二天清晨竟发现痈疽已然痊愈。往后一个月，他恍如置身梦中，不见身心世界，即使往来行动，也有如禅坐一般。

原来一个人大死一番之后，没了言说，我执顿消，一个“憨”字，就是这首诗后面两句：“独坐了无言说，四看妄想全消。”

一个在意知识的人，一定以为知识就是一切。憨山禅师也曾自以为是，他行脚的时候，随身仅携带一个钵，一路径往风雪处去，很得意地说自己是：“只此一钵，可抵万钟厚禄矣！”

但他行脚到京师时，看到身着衲衣、蓬头垢面的苦行僧妙峰禅师飘然而至，衣不蔽体，连一个钵也没有，憨山禅师当时觉悟，他丢了他心里的“钵”，他的“一钵”不见了，才发现苦行的人生是不苦的，褴褛的百衲衣，遮住身体就好，倒是一路走来，人心不苦，才能与天地相视而笑，莫逆于心，才是“雪里梅花初放，暗香深夜飞来。正对寒灯独坐，忽将鼻孔冲开。”

享用着雪地梅花的芬芳，我们用憨山禅师的梅花诗为“无言说”作了批注，此刻知识成了智能，“妄想全消”，生活净土，无一处不分明。

无　为

未到无为岸，空怜不系舟。
东山白云意，岁晚尚悠悠。

——皎然禅师

【作者】

皎然禅师，盛唐时高僧，俗姓谢，名昼，长城人，谢灵运十世孙。曾居于湖州杼山，因擅长书法，初期禅宗祖师碑文多出自其手，时与颜真卿、韦应物诗文唱和，今有《杼山集》十卷，“诗集”、“诗式”、“诗议”、“诗论”、“中序”各一卷传世。

【题解】

人生自然，只有无为才能融入大道之中，背离了大道，人生迷失，便像没系绳索的小船，任水漂荡，流离失所。原来，东山的白云，在那样无为的自然当中，可以让幸福从日出到日没，从岁初到岁末，即使“岁晚”的时节，把酒话桑麻的情景，依然有生命的喜气。人间没有奇特事，白云悠悠，就在自己无为的心头。

皎然这首禅诗，告诫所有心中执著的人，一个人的患得患失，有如“不系之舟”，在人生苦海上漂呀荡的。

贪求无厌，无所依托，到头来两手空空，什么事情拿不起，放不下，心中没个准，没有归去的地方，好像“孤魂野鬼”，一辈子不知道所为何来，也不知做什么好，成为随波逐流的小舟，心中不定也不安。

这时候，皎然禅师双手放在背后，突然吟起诗来。天地悠悠，他望眼天上的浮云，浮云与世无争，居住在无拘无束的天空，一点也不急切，一点也不必担心受怕，白云看起来优哉游哉的样子，不就是人生最美好的境界吗？

“未到无为岸，空怜不系舟，东山白云意，岁晚尚悠悠。”他说出“无为”两个字。

对于季节而言，春天的云非常浪漫，一切事情进行得缓缓的，有最蓬勃的生命力，要急也不急，要快也不快，要慢也不慢，这样的“白云意”是何等光景，有如春天的浪漫不羁，有生机，却没有压力。

皎然禅师用“东山”指出看见白云的地方，所谓“东山飘雨西山晴”，东山象征的春天有许多的不定，这不定却是孩子一般成长的故事，是生命一种“无为”的摸索，为了什么也不为什么，因为心中不起执著贪念。人一不贪，心中释然，放轻松了，做的任何事都是顺水推舟，自然而然，庄子的话是：“与造物者同游，与万物为一体没。”

皎然禅师看见东山的白云，在大大的蓝天之上，看琐琐碎碎的人世，当然不足挂齿，人间的“有为”，追逐小小的得与失，成与败，在输赢之间，终究是人生的可怜。

“未到无为岸，空怜不系舟。”皎然禅师兴起的同情心，“空怜”二字，无法对任何人说。

世间人太“有为”了，太在意自己了，知见太多了，爱的放不下，恨的提不起来，颠倒梦想的人生，一辈子都在捕空捉影。在时间的匆匆流逝当中，生老病死的轮回不断，无常复无常，人人走不出来，又不知如何是好。

人年轻的时候，总是追逐名闻利养，但是随着年华老去，有为的意志消磨了，人生一旦进入人生衰老的第二个阶段，世间权力与名利的空虚感立刻排山倒海而来。

显然的，人世的追逐系不住人生的幸福。

然后生命老去，在死亡的阴暗中，也抓不住任何依靠的港湾，生命再度流离失所。

“不系之舟”，皎然禅师的一首诗句，说出了多少生命的负担与沉痛。

原来，东山的白云，在那样无为的自然当中，可以让幸福从日出到日没，从岁初到岁末，即使“岁晚”的时节，把酒话桑麻的情景，依然有生命的喜气。人间没有奇特事，白云悠悠，就在自己无为的心头。

皎然禅师另外有一首歌咏秋云的诗句：“秋风落叶满空山，古寺残灯石壁间。昔日经行人尽去，寒云夜夜自飞还。”

一个晚秋之夜，诗人投宿山寺，只见秋风落叶飞舞，在残灯下窥看石壁，看到许多过客在石壁上留下的诗句。人生无常，不就好比落叶纷飞，但是秋天的寒云仍会再来，安慰孤寂的旅人。

高淡清虚即是家

高淡清虚即是家，何须须占好烟霞。
无心于道道自得，有意向人人转赊。
风触好花文锦落，砌横流水玉琴斜。
但令如此还如此，谁羡前程未可涯。

——贯休禅师

【作者】

贯休禅师，俗姓姜，字德隐，金华兰溪人。生于唐文宗大和六年，七岁时出家，后嗣法于石霜庆诸禅师，为青原下第五世。诗作险奇，兼工书画，人称“诗僧”。禅师于后梁太祖乾化二年圆寂，世寿八十一岁，今有《禅月集》十二卷传世。

【题解】

一心清静，观照空明，心中无事，所到之地无论城市山里，都能随遇而安，都是禅的境界。贯休禅师这首“山居偶作”，他在“高淡清虚”的家里，一心向着自然。一个人道心重时，俗情自然转轻，得与失也就少了，“从他人说从他笑，地覆天翻也只宁。”他的这首诗提醒我们：山林风光正是自己的心。

“家”在哪里？“家人”在哪里？

每一个人，从小长大，除了自己的身体，“家”是人生第一个经验，无论贫富贵贱，亲切的“家人”是所有人美好的回忆。

贯休禅师这首诗里，他对于“家”的形容与一般人不同，“高淡清虚即是家”，他的家是他生长的地方，禅师用了“家”这个概念，形容所有人生所处的环境。许多人对自己的环境不满，生出许多的苦痛来。这苦，这痛，无止尽的烦恼，使得人生成为苦海，生命成为炼狱，在生死的轮回中，没有出脱的时候，日子一天比一天苍白，一天比一天不快乐，到头来，人生老去，充满惆怅，人事就不堪回首了。

偏偏在生世最悲哀的时候，每一个人在心里会找到他一生最温暖的回忆，想要回到那里，因此，“家”是千古文人墨客歌颂的地方。贯休禅师一开始点题，要我们好好回想，所有人心目中永恒的家园何在？是童年往事吗？是无知无虑吗？是母亲的怀抱吗？是童颜无邪的笑容？是童言童语不知天高地厚的无知与狂妄？或是更小一点，在襁褓中的婴儿，感受到母亲的温馨与人间的好意，在妈妈怀里放心地吃着睡着，什么事也不操心，不烦恼？

也许贯休禅师这首诗，正是从这些画面出发的，“高淡清虚即是家”，他的家是孩子的心情。

诗的第二句“何须须占好烟霞”，小孩子没有比较，从来不会嫌妈妈丑的，家里再穷的环境，也有玩耍的地方，因为孩子的心上“没事儿”，吃饱了，睡足了，玩够了，一天一天过着“欢喜的”日子，每一次“累了”，睡得好甜，每一次“醒了”，玩得好高兴。贯休禅师说他自己的心境“高淡清虚”，用孩子的心来形容最精准，从来没听过孩子要算命的，人生在外头，风雨飘摇，害怕了才要占卜前程，才会期待前程似锦，殊不知，“好云霞”不在外头，在每一个孩子欢喜的心里。

贯休禅师接着说出了“无心”与“有意”的不同：

“无心于道道自得，有意向人人转赊。”

禅诗的这一转语，一如“有心栽花花不开，无心插柳柳成荫”，孩子有天趣，不为什么，一切天成；大人的世界却相反，终日汲汲营营，患得患失，一事无成，做了许多多余且徒劳无功的事。

贯休禅师本人工绘画，他曾画过“十六罗汉图”，所表现的罗汉样貌，时人称颂“丑怪而庄严”，其实禅师的罗汉形象，一直体现着中国禅宗重视“行云流水”的个人风格，无论出世入世，“丑怪”反而少了人间分别心的眼光。

后来，唐朝发生排佛的“会昌法难”，贯休禅师从此隐居山林。“禅林境最奇，九年吃菜粥，此事少人知。”在山林最平淡的生活中，他形容那一段隐居的日子，写下他的心情：

风触好花文锦落，砌横流水玉琴斜。
但令如此还如此，谁羡前程未可涯。

他过着满足的日子，在恬静中触发了无穷的禅机，眼前的鸟语花香，耳边的溪声流水，使他完全忘了自己。一阵微风拂过，纷纷花且落，文锦片片都是眼见的繁华，而溪边的流水声，一点也不吵人，像一床碧玉的古琴，发出大地的声音。山林自然的季节变化，让他悠然忘我，他不在乎未来发生的一切，一般人眼中的前程，他只轻松地道一句：“如此只如此。”好好看现在吧，不必想得太多太远。

贯休禅师这首“山居偶作”，他在“高淡清虚”的家里，一心向着自然。一个人道心重时，俗情自然转轻，得与失也就少了，“从他人说从他笑，地覆天翻也只宁。”他的这首诗提醒我们：山林风光正是自己的心呀。

日用事无别

日用事无别，唯吾自偶谐。
头头非取舍，处处设张乖。
朱紫谁为号，丘山绝点埃。
神通并妙用，运水及搬柴。

——庞居士

【作者】

庞居士，名蕴，字道玄，中唐时衡州衡阳县人，曾参学于石头希迁禅师，深得赏识，以居士身份立在石头禅师门下。后又参学于马祖道一禅师，经彻悟后，成为马祖座下俗家弟子，有《庞居士语录》三卷传世。

【题解】

真正参禅开悟的境界，一定在日用生活中充满禅机，说话与做事没有取舍，世间荣华富贵不再分别，一切回归自然中，身心清净无尘，即使是生活中砍柴挑水的小事，也像天地间的大事，有无穷无尽的滋味，有不能想象的神通妙用。

真正的“神通”，是好好的过日子，说来平淡无奇。

人生最重要的事，是把生活的衣食住行，都安顿得好好的，饿来吃饱，眠来睡好，喜怒哀乐的身心，在生活的步调里悠悠的，缓缓的，心中满足，没有什么不好的时候，便是“神通”来临的时候。

许多人有“神通”的迷思，像一开始到禅宗丛林求道的学人一样，有着“成佛作祖”的伟大理想，殊不知这种追求“不平凡”的心理，正是学人修行的障碍。

马祖道一禅师提出了“平常心是道”，揭示了禅的修行的真谛，“平常心”的“平常”二字，要怎么体会呢?

常常越简单越容易的词，细想之下，却完全不懂了。

庞居士这首禅诗，恰恰把“平常”这两个字，应用在日常生活里，做了最高明的解释。

平常心便是日用生活里的自然心，如同赵州禅师，在弟子问他如何修行的时候，他只回答：“洗钵去。”禅师的修行，一旦离开了日常生活，就不是禅，人生若没有了吃饭和睡觉，人也不是人了。

“日用事无别，唯吾自偶谐。”庞居士这首禅诗，开宗明义，一开始便说白了：日常生活的事，参禅悟道的事，听起来不同，其实是没有分别的，二者和谐一致。参禅时能体会生活中的“平常心是道”，“偶谐”是禅机无尽的大块文章，这才是真正修禅的境界。

一般来说，参禅的修行者有所证悟，往往是根据了一些事物的征兆，其中最直接的便是生活上不同的感受。譬如，一下子眼前的事物打开，不同于过往，生活极为和谐，一件小事中都能发现天地宇宙的大气，人心变无为了，贪求的感觉也完全消失，心不高，气不傲，心情如如不动，眼前衣食住行都成了山河大地。

我们再看“偶谐”两个字，终于明白庞居士一开始就点出了禅机。

接下来的禅诗：“头头非取舍，处处设张乖。”庞居士指出日用生活的打成一片，不在是非心里。大道不可以有心求，也不可以无心得，生活的因缘，必须在“水到渠成”的时候，看一切事物自然而然地发生，不可强求，也不能拖延。

一般人的“取舍”，会造成“过”与“不及”的情况，但禅境来临的时候，不再取舍，说话做事没有取舍心，没有圣没有凡，没有净没有秽，当一切差别心都没有时，人也不累，自然轻松愉快，同时世间中一切的对立乖张的矛盾冲突，也跟着不见了，一切事物都很和谐，循序渐进，取长补短，相生相克，就像饿了吃饭、困了睡觉那么自然而然，甚至一个心念的自然生起，外在的事物正好相迎巧会，得来全不费工夫。

难怪禅师用“轻安”形容禅定的境界，禅定时的宾主历然，像母子之间的对话，有时轻声细语，有时震耳雷鸣，但都明亮，像一朵花开般的明朗。

有了主人翁“平等心”的体会，庞居士又带我们看看下一诗句：“朱紫谁为号，丘山绝点埃。”

用颜色区别富贵，在庞居士看来，“朱”是富，“紫”是贵，但是“朱紫”象征的人间富贵怎么比得上天地的富贵？天地的富贵千差万别，山河大地，都是胸中丘壑，一事一物，有鬼斧天成的新意，千差万别也浑然一体，如天外云山，一片青翠，反而人间的“朱紫”都是尘埃里堆出来的，经不起风雨的考验。庞居士告诉我们，只有走脱人间名利的枷锁与桎梏，回归无尘的自然，才是真正禅悟的境界。

心中无事，“何处楼台无月明?”

“丘山绝点埃”，这句诗也说出一样的心境。

一念心清净，所有烦恼不起，每天享受着“吃茶吃饭随时过，看水看山实畅情”的生活，这样的日子，从不要多说什么，生活就是了，多说无益。道悟禅师曾教导弟子如何接引生活：“你递茶来，我接。你端饭来，我吃。你行礼时，我点头。何处不是指示心意?”

苦口婆心的娘亲喂了小儿吃奶，一切恰到好处，自然地合适了，就是禅心。

“头头非取舍，处处设张乖。”庞居士这时要我们回到内心，仔细观照自己的妄念，去掉取舍心，面对自己的冲突与矛盾，回到日用生活中，自然地“饥来吃饭困来眠”，也自在地“要眠即眠，要坐即坐”，更能自由地“热即取凉，寒即向火”。这时，人生无论在哪里，都有平常心，与大道同在。

庞居士这首禅诗的最后一句是：“神通并妙用，运水及搬柴。”

传说中，庞居士悟道后，他将数万家产，抛沉在湘江之下，随后携带妻女躬耕隐居在鹿门山下，靠着编织竹器赚取微薄的收入，小小营生，他甘之如饴，生活简简单单，他过着他相信的生活，更难得的是，他的妻女与他志同道合。

“ 运水及搬柴”就是“神通妙用”，这话只有庞居士说得出来。

日用生活里成就的事，如人饮水冷暖自知，难怪他的老师石头希迁禅师问他："自见老僧以来，日用事作么生？"庞居士立即回答："若问日用事，即无开口处。"神通的事情不必说话，做出来，人人看得见。

他的家居生活："有男不婚，有女不嫁，大家团栾头，共说无生话。"原来，一家人其乐融融的生活，"共说无生话"，日子里的没来、没去、没事，都是不可思议的神通妙用。

“看心石”与“出走云”

松下禅栖所，苔滋径莫分。
青山春暮见，流水夜深闻。
不坐看心石，应随出走云。
猿猱非可问，岩谷白云曛。

——栖白禅师

【作者】

栖白禅师，晚唐越州人，曾居于荐福寺，一生如行云流水，生卒年不详，常与当时诗人姚合、李洞、曹松交往，诗词唱和。

【题解】

真正的禅境，不是枯坐着参禅，而是在日常的举手投足之间，体会自由自在的生活，禅门修行如行云流水，任运随缘，不可执著。

这首诗题名为“访山僧真胜上人不过”，栖白禅师描写了一位僧人空灵的生活。

诗的开始，我们从“松下禅栖所，苔滋径莫分”，看到了古松之下，有一位隐居在深山里的僧人，他简单地搭着一间茅棚，四周的山路上长满了青苔，已经许久没人来过。

栖白禅师访僧不遇，但是在僧人隐居之地，在那高高的大雄峰上，一望“无人”的情景，似乎应了禅宗的空灵境界。原来，参访的禅僧已经云游，行脚四方去了，对于行脚僧人，天地是吾庐，四海是我家，他看到的是真正的云水僧，不是枯坐“看心石”的和尚。

栖白禅师应该记得梁武帝第一次遇见达摩祖师的情景，梁武帝问达摩祖师：“什么是第一义谛?”达摩回答：“廓然无圣。”梁武帝又问：“我建寺斋僧有何功德?”达摩回答：“无功德。”梁武帝三问：“对我说话的人是谁?”达摩只简单地说了“不识”两个字。然后，他一苇渡江，到了少林寺，面壁八年，成为中国禅宗的第一位祖师。

达摩祖师与梁武帝的三问三答，一开始便落在禅宗空灵的境界上，其中“廓然无圣”的境界，不就是“松下禅栖所”吗？“无功德”是真正的答案，正是“苔滋径莫分”。

而“不识”两个字，不落在名相当中，有如栖白禅师的“访僧未遇”，山中无人，山僧不在，一首即兴的禅诗，成了千古的事。

这首禅诗写实得很，“松下禅栖所，苔滋径莫分。”真正的禅机也被这前两句话带起来，成为动态的禅意，古松之下，岁月悠悠，青苔之上，禅机处处。

所有的初机相接，一开始没有名字，也没有人知，“不知最亲切”时，初机混沌，一片乾坤朗朗，来往的路径被淹没，“脚跟下草已数丈”，似乎不再有行走的痕迹，从有到无，都是禅的初机。

这首诗，栖白禅师透过山僧的松下茅棚，形容了一位禅师的自由自在，很传神地点出了禅师追求随缘任运的生活，一切自有，各各成熟。

再欣赏栖白禅师的这首诗，访友未遇的栖白禅师，没有立即离去，他安静地留下来，开始看山僧隐居的地方。

“青山春暮见，流水夜深闻。”他的眼睛，被暮春三月的黄昏感动，青山绵延不绝，他似乎第一次真正地看到青山，他也是第一次在日头落下、月亮升起的夜晚，听到了流水声，这月夜的流水声，清晰地滴在他的心弦之上。

栖白禅师终于懂了，他拜访的孤僧，是一路行来的过客，过着行云流水的生涯，接着他可能顺着流水声，去到下一个色相庄严的所在。

“不坐看心石，应随出走云。”山僧不必看静观心，他禅悟的志气，一直向前，自有天地的接引。春意常在，流水长存，禅机如白云一样，岁月悠悠地向前走着。

“看心石”与“出走云”不同，“看心石”是死禅，“出走云”是活禅，“看心石”的看心观静是一时的方便，“出走云”的生机昂扬，才是风风光光的人生道场，云雨无穷无尽的滋润了天地万物。

“猿猱非可问，岩谷自云曛。”栖白禅师指出了禅门的“生死事大”。

在诗的最后，问心，看静，都多余了，猿猴不懂人声，也就不必问了。生死大事，由不得自己，顺其自然，只要任着白云深谷的阳光，灿烂地照耀于万物之上，晒晒太阳，不必想太多，一句话也不必多说。

先发望春台

万木冻欲折，孤根暖独回。
前村深雪里，昨夜一枝开。
风递幽香出，禽窥素艳来。
明年如应律，先发望春台。

——齐己禅师

【作者】

齐己禅师，晚唐高僧，俗姓胡，名得生，潭州益阳人，幼年在大沩山同庆寺出家，专心致力佛教戒律研究，后说法于龙兴寺，自号衡岳沙门。禅师喜作禅诗，好吟咏，今有《白莲集》十卷传世。

【题解】

早梅的暖意，早梅的幽香，冬雪里一抹梅花“素艳”的容颜，为人间点亮春天的灯火。齐己禅师相信，只要生机出来了，生生不息的季节，永不退转，像早春的燕子，明年还会再来。

“先发望春台”是这首诗最美的句子。

齐已禅师这首“早梅”诗，是他在袁州时的作品，“早梅”诗成后曾乞正于他的好友郑古。诗为五言，其中一句原先写的是“昨夜数枝开”，郑谷读后认为诗名题为“早梅”，百花中梅花先开，而齐已写的这枝梅花，又比其他梅花开得更早，所以将“数枝”改为“一枝”，凸显这一枝梅花的花开早。齐已禅师从善如流，将诗句改了，我们欣赏这首诗时，想一想这一段诗友的相知，平添了这一首诗的美好回忆。

齐已禅师比“诗僧贯休”少十余岁，离“皎然禅师”寂灭已六十余年。

宋《高僧传》记载，齐已禅师幼年入大沩山同庆寺出家，师仰山大师慧寂。

齐已禅师说：“禅外求诗妙。”他以吟诗为乐，充分享有诗禅的乐趣。他又在《送王秀才往松滋夏课》诗中写自己的生活：“静里余无事，歌眠尽落花。”

对于这样的一位禅僧，他的诗兴“江上传风雅，静中时卷舒”，何等自在！

在禅的宁静中，“一炉薪尽室空然，万象何妨在眼前。时有兴来还觅句，已无心去即安禅。”眼前的一切，都是他的诗禅世界。

万木冻欲折，孤根暖独回。
前村深雪里，昨夜一枝开。

我们欣赏这首“早梅”诗，看到了一位悠然、快乐地寻访春天生命力的诗人，在冬天来临的时候就出发了，走着走着，在前家的村落，一个大雪纷飞的日子，积压的白雪地上，一片严寒的景象中，以为什么都没有了，但是那么奇特地，他看到“第一枝”绽开的梅花。

风递幽香出，禽窥素艳来。
明年如应律，先发望春台。

这时诗人的惊喜难以想象，他的心里有了春天的温暖，是什么力量能唤醒一朵梅花的开放？

齐已禅师看见第一枝梅花，用“望春台”形容梅花的故事，真是神来之笔。

“万木冻欲折，孤根暖独回。”我们把季节的冬天比喻人生，许多时候，人生的冬天，常因为生活在颠倒妄想当中，七情六欲的挣扎，名闻利养的羁绊，以致人性不断沦落，这时候，禅师以梅花象征了他自己一生矛盾的心路历程。

齐己禅师另一诗句“江花与芳草，莫染我情田”，因为诗人心中的有情田，在人情最冷的时候，谁能带来人生的“孤根暖独回”？终于他发现，梅花是天地之间的第一枝最有力量也最温暖的花朵。

齐己禅师写下不少幽栖山林的作品，融摄着山中触目所及的各种景象，菊花、片云、观雪、秋空、听泉、落叶，许多幽寂的景象都比喻内心世界的宁静，“水底分明天上云，可怜形影似吾身何妨舒作从龙势，一雨吹销万里尘。”一句“何妨”指出人生的努力方向，天光云影是多幻的色身，“吹销万里尘”，拂去尘埃就对了。他也用“苔藓”暗喻心中禅悟的痕迹，“从教遍绿苔”、“静依青藓片”，在禅悟的体会中，如同王维“返景入深林，复照青苔上”的诗句，青苔的绿，是春天的踪迹。

齐己禅师也以“青山”象征生命的道场，大道不远，“旧山”“故山”是过去的经验，觅山修行，参访名山，青山是他永恒的依止，山中明月是他会心的地方，是生命的未来处。

他另有一首诗《寄明月山僧》写道：“山称明月好，月出遍山明。要上诸峰去，无妨半夜行。”谁能猜透心中的青山明月？齐己禅师却能遍寻诸峰，履痕成苔，一路走来，白云、飞鸟、流泉、攀猿，都是生活里活泼泼又真实的景象，云破山青，绿苔成荫，他幽栖山林，他的林下风流回到他自己的“本来面目”，吟咏他自己的“本地风光”。

我们再回到齐己禅师这首“早梅”诗：“风递幽香出，禽窥素艳来。”那么生动的摇曳生姿，与绿苔青山不同，意味着修行人“由迷而悟”，一出一入之间，生命透出了春天的讯息。

早梅的暖意，早梅的幽香，冬雪里一抹梅花“素艳”的容颜，为人间点亮春天的灯火，齐己禅师相信，只要生机出来了，生生不息的季节，永不退转，像早春的燕子，明年还会再来。

却把柴扉永夜开

或淡或浓施雨去，半疏半卷逆风来。
为怜途路无栖泊，却把柴扉永夜开。
——高峰原妙禅师

【作者】

高峰原妙禅师，俗姓徐，号高峰，吴江人，生于宋理宗嘉熙二年。十五岁出家，十六岁剃度落发，十七岁受具足戒，十八岁学习天台宗法要，二十岁入净慈寺。在寺期间，三年学习禅法，父兄来访皆不见，后来参“生从何来，死往何去”，进入忘我的境界。不久又参访雪岩祖钦禅师，参“无”字话头，终于大悟。继雪岩为南岳下第二十一世，属于临济宗杨岐派法系。元成宗元贞元年圆寂，年寿五十八岁，著有《高峰原妙禅师语录》二卷。

【题解】

人生停靠何处？人间的归宿如何？生命如此瞬息万变，唯一我们能做的，是找到顺应一切的智慧，像天上的浮云，云施雨时，或淡或浓，云逆风时，或卷或疏 。

我们看到路边的一棵树，树枝摇曳生姿，一片青翠，越是树老，粗壮的树干，斑驳的树皮，越是让人惊叹，真不知道一棵老树美好的景象，是怎么形成的。为什么老树如此沧桑多变，又让人百看不腻？

高峰原妙禅师，江苏人，俗姓徐。十五岁出家，十八岁学习天台佛法，二十岁以后学禅三年，二十二岁请益于断桥妙轮禅师。妙轮禅师教他的第一课是：好好地在生活中，参透“生死”这个问题。人生所为何来，似乎是一个不解的谜语，但是一个人不知生，又如何知道死亡的功课？人死了，又往何处去呢？

妙轮禅师的功课难倒了高峰禅师，他知道，人生的答案要自己去寻找，或是找人问一问，他山之石可以攻玉。于是他前往北硼塔，拜谒祖钦禅师。有趣的是，祖钦禅师也是明眼人，他知道，人生的“生死事大”，是所有人的问题，也是所有人的困惑，但是答案却必须每一个人自己找，别人帮不了忙，毕竟生命的个体，每一个人不同。

所以祖钦禅师接引高峰禅师，先从“无”字关开始参起，先把“无”这个字参透了，如同整理房间的人，在整理之前，先扫地吧，把地上清扫干净了，也许找到答案的机会比较大。

高峰禅师碰到的两个问题，一个问的是“生从何来，死往何去”，一个是“什么是无”，两个都是难解的习题，都是无头公案，任何的经验与知识都用不上，但是每一个人，一生在世，也是假不了的，究竟生命的价值与意义何在？

高峰禅师很认真地参这两个问题，也许先不急着找答案，不妨想一想这两个问题怎么来的，或许问题里面就有答案了。

在一天夜里，高峰禅师在梦中，忽然忆起妙轮禅师说过的一句话：“万法归一”，突然之间，他的疑问没有了。

原来人总是把自己想成和别人不一样，不知道每一个人只要回到自己，顺着人生的脚步，做自己就够了。

后来他遇见法演禅师，法演禅师也说了一句话：“百年三万六千朝，反复元年是遮汉。”所谓万变不离其宗，一个人不需要太多的外求，追求名闻利养，都是做了别人，原本的自己便死了，高峰禅师有了第一个“生死事大”的答案，便是回到自己。

“或淡或浓施雨去，半疏半卷逆风来。为怜途路无栖泊，却把柴扉永夜开。”我们回到这首禅诗，再看路边的一棵树，问一问“树是谁”这问题似乎有些愚蠢，但真是一个好问题，我们了解树吗？我们了解眼前的这一棵树吗？但是无论我们了不了解，一棵树仍然每天生长着，一刻也不停留。

我们在斑驳与逐渐茁壮的树身上，知道“或淡或浓施雨去，半疏半卷逆风来”的风风雨雨，天上的浮云与风雨相伴，下雨了，它时淡时浓；起风了，它时卷时疏，一棵树的秘密，是它不断的生长，开花结果，一朵云的秘密，是它总在变化。

我们也看一看自己，人生的风雨可以理解，但是人之所以为人，我之所以为我，每一个人的“本来面目”又如何？

“为怜途路无栖泊”，人生的归宿是什么？方向在哪里？

高峰禅师后来又参访了祖钦禅师，祖钦禅师看见他，便问他：“你拖一个死尸回来做什么？”祖钦的意思是，高峰禅师如果参透不了生死，与死尸何异，幸好高峰禅师已经开悟，他大喝一声，喝出了自己的生命气象，喝出了他自己的山河岁月。

经历过人生，他不再害怕岁月的考验与磨难，他知道自己，任何事物都打击不了他。

但这还不够，生命要往哪里去呢，人生的好，好在哪里？一个人知道自己，不再是行尸走肉，但是接下来要做什么？人生的价值与意义是什么？

祖钦禅师不愧是明眼人，他接下来又问：“万法归一，一归何处？”

这问题问得真好，“打蛇随棍上”，祖钦禅师的问题是，高峰禅师虽有生命的自信，但是，他知道自己接下来的人生道路吗？如同百尺竿头已经到顶了，修行的人，要如何更进一步？

高峰禅师又接受了祖钦禅师的教诲，让他的觉悟更深刻一些，后来在一次睡觉时，在不经意中，睡觉的枕头突然掉到床下，他梦中一惊，突然，“无”字公案呼之欲出，他“推枕堕地，廓然大悟”，终于明白了“万法归一，一归何处”，万里关山，人间海会，波波浪浪，终于落在一场生活的现实里，现在的生活就是一切归宿，心门打开，迎接每天的阳光，就对了。

高峰禅师这首禅诗的最后一句“却把柴扉永夜开”，写得多么简单，我们一生是痴汉，要做个明白人，最简单的一条路是，把心中关着的门打开就好了，大彻大悟，了脱生死；只有一个道理，好比另一首禅诗：“来不入死关，去不出死关。铁蛇钻入海，撞倒须弥山。”人生跌跌撞撞，没什么可担心，“为怜途路无栖泊，却把柴扉永夜开”，只要把心里的门打开，天下就是我家。

月明非为夜行人

一年春近又一春，野草山花几度新。
天晓不因钟鼓动，月明非为夜行人。
——云盖智本禅师

【作者】

云盖智本禅师，北宋时僧，俗姓郭，筠州人。他出家后，在筠州慈云愿受具足戒，后来云游各地，归于白云首端门下，成为南岳下第十三世，属临济宗杨岐派法系。他曾在潭州云盖山说法，著有《云盖本和尚语要》一卷传世。公元1115年（政和五年），升座说偈曰："未出世，头似马杓；出世后，口如驴觜。百年终须自坏，一任天下卜度归。"安坐，良久乃化。

【题解】

任何事物，都在自然的规律里，修行的人，参赞天地之化育，也应该循着自然发展，不可造作强求。

云盖智本禅师这首禅诗的开始就是"春天"，有了春天的思维，一片春意盎然，生命立刻有积极的生命情调。

我们看到春意，看到生机，这时人间的感慨突然消失，在一个更大的视野里，从天地看一切，一切变得坦然，如同大海万千的波浪变化，整个大海，却像镜子一样平静。

一年春天过了，一年一年的春天又过了，对于等待春天的人而言，总会自然而然地发现，春天从来不等人。有人说春天无情，但是春天来的时候，野地的绿草、山上的黄花全开了。

每年的春天来临，大地春色多么欣欣向荣，一点也不重复。我们从来不能解释生命的模样，为什么大自然的生命那么动人？特别是春天的时候，生机在每一棵小草上伸着懒腰，小花在春寒料峭的天气里抖擞着精神，一切是那样令人欣喜和振奋。春天尽管来了又去了，从来不会眷恋人间，看似无情，但是春天却巧妙地成就了不同生命的生长乐章。

禅师感受到春天勃发的生命力，他知道春天不是来了又无情地走了，因为生机总不停留，大自然的造化，时节因缘永远生生不息，从春天的眼睛看天下万物，如入无人之境，人也是万物之一，春天当然不必停留，因为明年会再来。

从春天看天地，从春天看明月，无穷无尽的宇宙像长江黄河不停地流去，我们快乐地看天地一切的变化，春夏秋冬来了去了，又来了又去了，禅诗说得简单明白："春有百花秋有月，夏有凉风冬有雪。"单单纯纯地看一看季节的故事，顺其自然是最美妙的选择。"一年春近又一春，野草山花几度新。天晓不因钟鼓动，月明非为夜行人。"

于是一天的开始，天亮了，不是因为僧人敲钟打鼓的原因，不是钟鼓与闹钟把天地叫醒。同样的，夜晚的月亮美丽，照着行人，月光照耀着大地，不是为了照亮夜行人的道路，但是一切都分享了天地的好意。

人生最大的困境，常常陷落在自我的局限当中。许多人身陷苦海，为何而苦？不外乎"生老病死"，为短暂的生命而感慨，因为"无常"而不忍面对人世的变化，结果人人都想要留住些什么，为失去的青春难过，为生命的凋零感伤。《红楼梦》里林黛玉的葬花，便是看到花园的桃花落了，想到自己的身世，越发感觉自己的可怜，桃花谢了，有知音的人埋葬它们，但是红颜薄命，到头来，又有谁去关心她的生死？林黛玉的苦，愈发的无奈，令人人为之动容。

禅师却不这么看待人世，禅师永远在寻找生命的春天。

云盖智木禅师写下这首禅诗，禅诗的开始就是"春天"，有了春天的思维，一片春意盎然，生命立刻有积极的生命情调。

我们看到春意，看到生机，这时人间的感慨突然消失，在一个更大的视野里，从天地看一切，一切变得坦然，如同大海万千的波浪变化，整个大海，却像镜子一样平静。

从天地看人间也是一样，天地好还，春夏秋冬的季节循环不已，大道也无穷无尽，不须为了渺小的身世感伤，不如把狭小的生命融入宽阔的大道中，与天地一体，与造物同游。

生命的真相，原是人间永远的春天，处处生机流露，野草山花充满许多人生的满足。

云盖禅师指出，大道不会因为人而显露，也不会因为人而停留，上天有好生之德，明月之诗，窈窕之章，都是天地的消息。一如苏东坡在《前赤壁赋》所写的那样："且夫天地之间，物各有主，苟非吾之所有，虽一毫而莫取。惟江上之清风，与山间之明月，耳得之而为声，目遇之而成色，取之无禁，用之不竭，是造物者之无尽藏也，而吾与子所共适。"

苏东坡是中国历史上被贬官到最偏远地方的诗人，他从杭州到海南，在身世的颠沛流离当中，从不气馁，反而放开心怀，所到之处，都留下令人怀念的故事。他自号"东坡居士"，仿佛一个农夫，在一块向阳的山坡上，辛勤地耕种。他永远不担心明天，日出而作，踏月而归，一路唱着山歌。

我们体会这一首禅诗，可以用豁达的心情调理自己，很简单地把自己换一个位置，换一个人生的角度，从春天的生机看一切万物，从天明的日出去体会人生，从柔美的明月领略悠远的宇宙。人世是沧海一粟，也是大海一滴，既然与大道同在同行，生世不再有死亡，为什么人生要自我局限呢？何不与天地一起同游，迎接每一刹那的春天。

禅　定

古寺寒山上，远钟扬好风。
声余月树动，响尽霜天空。
永夜一禅子，冷然心境中。

——皎然禅师

【作者】

同前《无为》作者简介。

【题解】

禅定的境界，一切都静止了，一处远远传来的钟声，丝毫不影响禅僧的静坐，禅师回到内心亘古的平和中，如如不动，又一切历然在心。

【赏析】

皎然禅师在他的著作“诗式”中，曾就诗的取境表示他的看法：“取境之时，须至难至险，始见奇句。成篇之后，观其气象有似等闲，不思而得，此高手也，有时意静神王，佳句纵横，若不可遇，宛若神助。”

古寺寒山上，远钟扬好风。
声余月树动，响尽霜天空。
永夜一禅子，冷然心境中。

在皎然禅师的这一首诗中，我们真正看到了一位禅僧入定的情景，所有的景物，似乎在一瞬间凝结了，远远的钟声传来，像飘扬着一片细细的丝带，一圈一圈的卷缠着树枝，一点余声，都能和着月光，将夜晚的树木轻轻摇动，跳出婆娑的舞姿。

一时钟声过了，在剩下的响亮里，声响放开了树枝，迎着月光，又震动着白色的月光，把月光凝结成霜，布满了天空。

这天空的白霜，铺满所有的树梢、小草和寺院的屋顶，因为天气已寒，秋色的月光成霜，有了月光的另一个名字。

“古寺寒山上，远钟扬好风。”禅师的禅境在寂寂的夜晚，却那么细微又一心不乱地融合了进去。

我们从禅定的境界，看到一位禅师与一般人的不同。一般人在浪费与折磨的处境中，生活满是委屈，充满孤单又不能脱离，烦恼痛苦，百般无奈。但禅师不同，他回到内心亘古的平和中，像是清凉山上一座古寺，突然夜半钟声，禅心有一处暖暖的流动生起，禅机的春风，带来了平静的喜悦。

皎然禅师把这种“心声”，写成了实景的夜半钟声，是寺中僧侣安居的时刻，一切休息静默，让人事的一切回到入夜的光寒中，回到自然。

“声余月树动，响尽霜天空。”我们在声音安歇处，看到了月光柔美的智慧，在那没有边际的智慧之中，人生天地间，他最重要的选择，是使一切变得很好，如万古长空的一朝风月，明明白白，却一点不恼人，不落在念头的分别心中。

一声心灵的钟声响尽，一片月光的智慧现前。

终于我们在这一个宁静的寒夜，将视线回归到一位静坐的禅师身上，他孤单的身躯，挺直端坐在禅椅上，气息若有似无，一呼一吸仿佛都不见了，平静的心宛如一面明镜，一切历历分明。远处的钟声，是他内心中的宁静，“远钟扬好风”，他感到天地的和谐自在。

皎然禅师用“好风”两个字，形容了美好生命的秩序，也让我们看见一位平凡的僧人，因着禅定，回到他自己：“永夜一禅子，冷然心境中。”再听那钟声，钟声是飘过来的，月光下的树枝也摇动着，但他的心境一点也不受打扰。

谁道夜行人路绝

漫漫大地盈天雪，江湖一片难分别。
渔翁披蓑月下归，谁道夜行人路绝。
——保宁仁勇禅师

【作者】

保宁仁勇禅师，生平不详，俗姓竺，四明人，杨岐禅师弟子。

【题解】

这首诗是保宁仁勇禅师看了柳宗元“江雪”诗后，把柳宗元“孤舟蓑笠翁，独钓寒江雪”的老渔翁，多加上一笔“月下归”的情景。渔人的寂寞，在禅师的眼里，这寂寞与大地一体，一点也不寂寞。

柳宗元的“江雪”诗，以“千山鸟飞绝，万径人踪灭”，刻画出一片无人的景象。

寂寥的天空，没有鸟飞，崎岖的山路上，没有行人。

但这首诗，到保宁仁勇禅师的诗句里却是：

漫漫大地盈天雪，江湖一片难分别。
渔翁披蓑月下归，谁道夜行人路绝。

“漫漫大地盈天雪，江湖一片难分别。”他把大雪的孤寂景象，刻画成一片浑然天成的雪景，孤舟垂钓的渔翁，在回家路上，虽然只一个人，却有明月相伴，有天地的雪景相陪，并不孤单。

保宁仁勇禅师这首诗，与柳宗元的诗互相唱和。

就像我们看到神秀禅师“身是菩提树，心如明镜台。时时勤拂拭，勿使惹尘埃”的诗偈，与慧能禅师“菩提本无树，明镜亦非台。本来无一物，何处惹尘埃”的诗偈唱和一样。

诗人的诗兴一下子鲜活了起来，不同的诗人，感悟了天地间一事一物，不同的因缘里，恰有一支神来之笔，点化了一问一答的禅机。

保宁仁勇禅师的“漫漫大地盈天雪，江湖一片难分别”，他形容的虽是雪景，却指出了禅悟的境界：一片白雪，一片江湖，在诗人的眼中，已经不分彼此，像冬日墙角伸出的一枝白梅，素艳的梅香，在白色的简单纯洁中，与人无争的无碍。

无争无碍，是禅机最通透的现实，白雪一片，也是禅师超然绝尘的内心世界。

“渔翁披蓑月下归，谁道夜行人路绝。”保宁仁勇禅师说出了与人无争的心境，写出了简单的诗句，他在这句诗里，“孤舟蓑笠翁，独钓寒江雪”的老人，终于放下他的渔竿，一句话不说地收收渔具，停船上岸。

“谁道夜行人路绝。”老渔翁回家的路上，白雪一片如同白昼，眼前的心情，已无任何挂碍，生活的一记拍板，唱吟过了，没什么放在心上，踏着白雪的月夜，透着月光和雪光映着回家的路，心中一点不寂寞。

说不定一只迷路的小乌龟，会在路上碰到；或许遇到雪夜独行的诗人，在那里吟诗赏雪。

保宁仁勇禅师在这一首诗中，描写了一处没有分别计较的“无为之境”，他在禅定的“悟识”中融化了知与不知、识与不识，懂得的与生分的，在老渔翁放下钓竿的时候，一切都清楚明白起来。

禅机总在放下的那一刻。

“是谁”以前问的是自己，“谁道夜行人路绝”，却是天道好还的好气运，把天地和自己都包含在内，像佛门的《金刚经》一样，但却不留下一个字。

与大自然对话，与圣贤对话，与天地的一片白雪对话，有时想想人世的热闹，世界万种纷争纠缠，也如大梦初醒的月下归人，看一切都亲切。

因为，离家不远了，有妻儿在等着。

不过，我还是要为柳宗元的“江雪”说一句话，修禅之前，是柳宗元的诗；修禅之后，才是保宁仁勇禅师的这首禅诗，没有千山鸟飞绝，没有万径人踪灭，修禅的凡心不去，打成一片的人生境界，终究是不可能的。

无一事

赵州八十犹行脚，只为心头未悄然。
及至归来无一事，始知空费草鞋钱。
——云栖袾宏禅师

【作者】

云栖袾宏禅师，明代高僧，别号莲池，人称莲池大师，俗姓沈，杭州人，著有《云栖法汇》传世，是明末四大名僧之一。

【题解】

这首诗回到禅宗六祖慧能“本来无一物，何处惹尘埃”的境界，人生常做徒劳无功的事，到头来，才觉悟到一切来自内心，只要内心清净，外面的追求便自然停止，心境也自给自足。

赵州从谂禅师八十岁的时候，他的弟子问他："末劫时，还有没有这个？"

赵州禅师当然知道弟子的问题是什么，末劫末法，问的是人生到了尽头的时候，心中还有些什么挂念，是不是能够真正放下？

赵州从谂禅师一生脚踏实地，从来不落入语言是非，也不在凡事拣择的分别心中。他一生，教导许多弟子看待生命要看脚下，不要眼高手低。

就如同"南泉斩猫"的故事。南泉禅师的两厢弟子争夺一只小猫，他一声令下，要求弟子说出小猫的"佛性"，说得出来，猫就活了；若说不出，猫就死了。

两厢争夺的弟子，一时瞠目结舌，他们都贪爱眼前的小猫，但谁也不知道自己为什么爱这只小猫，他们不了解猫的天性，却彼此争夺成为仇人。

在南泉禅师的看法里，人生一切的贪爱都是"无知"的，"无知"比什么事情都可怕。弟子们贪爱着争夺自我，如同眼睛被遮住了，争夺一方赢了那只小猫，却完全不了解猫的天性与习性，小猫在主人的贪爱心中，也将被凌迟致死，走向悲惨的命运。

于是南泉禅师一刀结束了小猫的性命。

有人认为南泉禅师太残忍了，殊不知这仍是和尚的慈悲。既然上天有好生之德，能活出生命的天性才有意义，一只小猫终将被凌迟致死，不如引刀成一快来得痛快。

在两厢弟子一阵惊叫的惋惜声中，南泉禅师看到赵州禅师归来，他便问了赵州禅师同样的问题。赵州禅师听了之后，一句话不说，只脱下行脚的僧鞋放在头上，小心翼翼地退了出去，僧鞋在头顶上没有掉下，赵州和尚一句话也没说。

这时，只听到南泉禅师叹了一口气，他说，如果当初他询问的是赵州和尚，那只小猫就活了，不会变成刀下游魂。

在"南泉斩猫"的这一则公案里，我们看到赵州禅师有"活命"的本事。

可是赵州禅师后半段的人生修行，一句"赵州八十犹行脚，只为心头未悄然"，指出了八十岁的赵州禅师，仍然有心烦意乱的时候。

弟子问他"末劫，还有没有这个？"他心中不确定了。

弟子又问："这个会不会坏？"赵州回答："会坏！"

弟子继续问："坏了以后怎么办呢？"赵州禅师只回答："随他去！"赵州禅师

用“生意”看人生，却对于人生尽头的“死”字没摸着边，于是，心中不坦然的赵州禅师，开始了八十岁的行脚。

他跋山涉水，要找出“死亡”的答案。“一句随他语，千山走衲僧”，赵州禅师到了年纪八十岁，却事事认真，一句话也要追究到底。

赵州八十犹行脚，只为心头未悄然，
及至归来无一事，始知空费草鞋钱。

好个“及至归来无一事，始知空费草鞋钱”。

赵州禅师终于归来，他两手空空，心中原初的那点不能释怀，八十岁的不安与疑问，逐渐平复了下来，像喜欢玩玉盘玉的老人家，手上把玩着一块晶莹剔透的古玉，在琢磨之后，古玉终于现出宝光，他终于知道，心烦意乱的事情一放下，一个没事的人生，才有真正的幸福。

灵云禅师“一见桃花终不疑”，无名比丘尼“归来笑捻梅花嗅”，灵云禅师和无名比丘尼都看到了春天的生活。

但是赵州禅师不同，他回到“本来无一物”的涅槃境界。虽然赔上了一双“草鞋”，可是他终于知道了生死事大只是一个“无事”而已。

拍手惊他不肯离

碧玉长柯雪色衣，夜深看见也相疑。

数行鹭立波心月，拍手惊他不肯离。

——北涧居简禅师

【作者】

北涧居简禅师，俗姓龙，四川人，属大慧宗杲法系，传承“看话禅”，重视“疑情”的启发。

【题解】

这首禅师借着一朵莲花，比喻人人内心如如不动的本性。一般人在心不定的时候，总是轻举妄动，为烦恼痛苦所苦，不如返照自心，静静体会如莲花一样不被染污的心境。

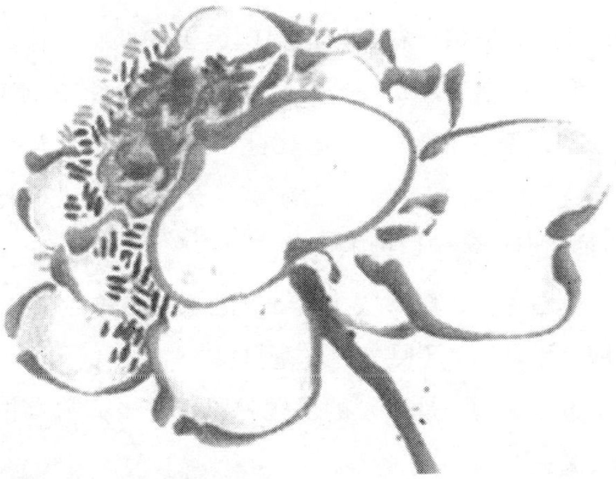

北涧居简禅师是大慧宗杲的子嗣，大慧宗杲的“看话禅”，重在“疑情”，透过疑情将语言文字与眼前光阴一顿扫荡，还原到语言文字之初。“疑”之一字，便是大慧宗杲禅师的一脉心传。

在北涧禅师这一首诗中，“碧玉长柯雪色衣，夜深看见也相疑”，我们的“疑情”立刻被带了出来，夜深的时候，月光下穿着“雪白衣服”的主人是谁？是亭亭玉立的女鬼小倩，还是一只白鹭丝呢？或是一个夜吟的诗人，一袭白袍在田野中吟唱月光之歌？

原来，北涧禅师的疑情，不是拨云见日，而是在美好的诗句中，白云烘托了明月，我们看见一枝莲花在夜色中娉娇的身影，太美了！不食人间烟火的情景，是那么令人难以想象。

对于在死生成败边缘挣扎的每一个人，罪过弥天，心中污染，没一块净土，所思所想都是虎口里横身，不免丧失性命，徒乱人意。这时一枝白莲在眼前，怎么都让人不能置信。

“疑”字向上一着，一“疑”之下，怀疑的人最单纯，没有人会怀疑自己的怀疑，单纯的思维，像小孩子那么认真地提出“为什么”以后，生命的探索，立刻在人们心中，有了一处清净的莲花田，像在田间小路上，一徘徊，一徐行，心中一无思虑之后，“疑情”如燃眉一般点亮忙碌的内心，立刻得到解脱。

北涧禅师的这朵“莲花”，是生命的气象，是人生答案的象征，以心印心，以心传心，转过了语言文字的妄想分别，到了那边长莲花的地方，禅宗的不立文字、教外别传，这一朵“莲花”似乎又说出了“拈花微笑”的故事。

北涧禅师又设了一个谜语，释迦牟尼灵山会上的那一朵花，是北涧禅师看到的同一枝白莲花么？信不信，不妨疑一疑，疑到心里透了，答案就会分明。

所谓“声前一句，千圣不传”，的确如此，传说中的话语都是头脑编织出来的，要追究“说话之初”的“话头”，必须要“看”，所以北涧禅师接下来的两句诗是：“数行鹭立波心月，拍手惊他不肯离。”

如何看一枝一枝白莲花，真像是一只一只栖息的白鹭，在月色下的池塘波心，不动声色，尽情地享受月光，不受外界丝毫打扰。

这时岸边的顽童仍不信，是真正的白鹭吗？于是一旁吆喝拍手大叫，发现白鹭仍然安静，不肯离去。

疑情终于到来，白鹭既然不肯动，是什么力量吸引了它？月光波心，多么寂静。

是白鹭，是莲花，已经不再重要。

碧玉长柯雪色衣，夜深看见也相疑。
数行鹭立波心月，拍手惊他不肯离。

北涧居简禅师终于体会了天地之音，眼前美景，是如如不动的心里，一朵白莲花盛开在月光下，任谁也不能不相信，它就如同生命的真实。

滞句者迷

言无展事，语不投机。
承言者丧，滞句者迷。
——无门慧开禅师

【作者】

同前《若无闲事挂心头》作者简介。

【题解】

这是慧开禅师在“无门关”一诗中的颂词，全诗只有一个重点：打破“语言文字”的迷失，修行人要在“言语道断，心行处灭”中契入佛法，领会禅机。

结夏安居的寺院活动结束，翠岩禅师对着所有弟子问："我说了一夏天的佛法，你们看，我的眉毛还在吗？"

这话说得不明就里，却是禅师"燃眉之急"的出处。

翠岩禅师指出人生真心意切的了脱生死。既然生死事大，哪容得下闲谈杂说？连佛法说得多了，也成了身外之事。

"趣利求名空自忙，利名二字陷人坑。心急返照娘生面，一片真心是觉皇。"看透名利，返照本来生死，是修行人十万火急的事，但是只要一句大话，"了脱生死"、"生死事大"说多了，什么事都缓了下来。

翠岩禅师的"燃眉之急"，换来保福禅师的五个字："做贼人心虚。"

保福禅师一句话破了翠岩禅师一个夏天的佛法。

长庆禅师赞美保福禅师："生也。"他认为"做贼人心虚"这句话，很有启发性。云门禅师也赞美保福禅师："关也。"一句话打到底，让翠岩禅师的佛法，指点出"文字关"，一句"做贼人心虚"，一声"贼"喊了出来，于是一个人的一切言说，都只是"道他人是非"的"心贼"，惹尽天下世道人心的沧桑。

言无展事，语不投机。

承言者丧，滞句者迷。

慧开禅师这一首诗，人人易懂。"不承言"，因为"言无展事"；"不滞句"，因为"语不投机"。他对语言文字提出最直接截当的质疑，如同《金刚经》的"无相"之说，无人相，无我相，无众生相，无寿者相，在"无相"中安立一颗无住的心，视"有为法"为梦幻泡影，指引人间不必执著。

慧开禅师的"言无展事，语不投机"，也像一把利刃划断两头。

圆悟禅师说："道一声佛法，满面惭愧"，于是"言不展事"，一句话也说不得，那么事情的真相被逼到墙角上了，只好不要言说，用行动去做，一切"如人饮水，冷暖自知"。

而一句话说得投机了，如同《金刚经》一样，《金刚经》教人去除妄想，将心安住。如何调伏妄念，是《金刚经》开宗明义的精华所在，但在《金刚经》里，佛陀自己却说他一句话都没有说，"若有人说我讲授金刚经，就是谤佛。"因此，《金刚经》里出现了自然的修行功夫，一个人读了《金刚经》之后，体认佛法空性，是向上一着，一字一句，都属缘起所生；若一般人不懂佛法空义，执著一字一句，以为有法可得，心生欢喜，便是执著的向下一着，成为人心的虚妄名相。

临济禅师曾说：“一路行过天下，无人识得，尽皆起缘。”

既然“无人识得”，当然“承言者丧，滞句者迷”。

慧开禅师最后这两句诗：“承言者丧，滞句者迷”，一如“前无释迦，后无弥勒”的道理。释迦是佛祖，把佛祖忘了，意味断了过去；弥勒佛是未来佛，发过“再来不生，救度众生”的大愿，未来的弥勒佛也要一并扫却，意味断却未来。人生种种，过去的已经过去，贪恋无益，未来尚未发生，不必计较。等到过去、未来的两头截断，临济禅师一声“金刚宝剑依天寒”，立刻面对了现实，帮助所有人生活在此时此刻，自由自在。

慧开禅师的这一首禅诗呼应了长庆禅师的“生”，也接续了云门禅师的“关”，说出了佛法“言语道断，心行处灭”的真谛，与赵州禅师的“无”字公案异曲同工，与《金刚经》的“应无所住而生其心”同一个道理。“过去心不可得，现在心不可得，未来心不可得”，在不可得时，心无挂碍，仿佛一开门，人生的“东门西门南门北门”，一起都打开，生命的天空，越来越大。

清风楼上赴官斋

清风楼上赴官斋，此日平生眼豁开。

方信普通年远事，不从葱岭带将来。

——越山禅师

【作者】

越山禅师，生平不详，唐越州人，雪峰义存禅师的法嗣。

【题解】

“白日清风”何等畅快！修道的根源，不需心外追求，大自然中处处都是禅机，可以放心悠游。

“守着阳光守着你”，是一首歌的名字。

越山禅师的一次开悟，是吃饭的时候，看到一道阳光射进来，忽然他的心打开了，整个人大放光明。

禅师修行，“明心见性”是了脱生死的不二法门，但明什么心？见什么性？明心以后如何？见性以后又如何？一句禅话脱出口，便收不回来。

于是“明心见性”也成了禅门的口头禅，对于“明心见性”的境界，不同禅师的见解莫衷一是，如同许多“祖师西来意”的问答，从语言文字的观点，虽然象征人人自有的佛心，但说出口，又成了一面孽缘，污染了禅师的道心。

越山禅师倒是老实人，他是雪峰义存的弟子，雪峰义存禅师的修行，讲究的是在山河大地中悟道，让天地万物为你敲锣打鼓，为你摇旗呐喊。

“尽大地撮来，如粟米粒大，抛向面前，漆桶不会，打鼓普请看。”

看了雪峰义存的开示，我们立刻懂了越山禅师，为什么一道阳光使他开悟。

天地万物，随意取来的一颗小米粒，都像一个芥菜种子，有通天地的本事，只要“抛向面前”，落在心田中受用，不怕种子不发芽，不怕春风不生，一旦绿树成荫，在荫下乘凉，什么事都好说。

越山禅师是赴官筵时，因见阳光而开悟，有趣的是，闽王请他在“清风楼”飨筵，这清风白日，我们天天碰到，仍是身外事，但禅师“坐久举目，忽睹日光，豁然顿晓”，他真是把雪峰禅师的话听进去了，取来大地的阳光，让心眼一亮。“此日平生眼豁开”，禅师就在这一天，在一场世俗官筵的应酬上，有了“平生”的第一次大开眼界，有了眼前阳光下、餐桌席前的一片青花瓷盘，荡漾出好山好水。

越山禅师因阳光开悟，禅境现前，他不只是晒晒阴潮的僧衣，暖一暖身子，他接着的诗句又写下他的觉悟：“方信普通年远事，不从葱岭带将来。”

这诗说得委婉，没有任何火气，但细细读后，求道修行的禅僧开宗明义，总要知道佛法传承的“祖师西来意”，但是问题到了越山禅师这里，全不见了，所有的禅机都是天地自有，千古流传。

他说的这一句：“不从葱岭带将来”，真是佛弟子的千古绝唱，禅心一直在那里，不是达摩祖师的传承，言下之意，他一记回马枪，“佛来佛斩，魔来魔斩”，阳光下的自信，使他练就了一身“杀人不眨眼”的本事。

雪峰禅师的“抛向面前”，他却发扬光大了，指出禅师的盲点，正是佛呀祖呀，有如“漆桶”一样，佛的祖的说多了，让修道的道路黑漆漆的，昨日怎么，今日怎么，心眼瞎了，反而不能好好观照眼前，让一切枉然。

于是，越山禅师这个“明眼汉”，只是活在眼前的日光之下，他看尽眼前的好山好水，不糟蹋眼前的一切，不浪费“普通”的生活，“年远事”的古往今来，在宇宙无尽处，也是眼前一瞬间，人心古佛不外乎当前的临门一脚。

清风楼上赴官斋，此日平生眼豁开。
方信普通年远事，不从葱岭带将来。

再欣赏越山禅师这首禅诗，诗句委婉，不露火气，却比他的老师雪峰义存禅师更加泼辣，把一个“落草之谈”，说成普通的闲话家常。

沔水江心唤一声

沔水江心唤一声，此时方得契本生。
多年相别重相见，千圣同归一路行。

——楚安慧方禅师

【作者】

楚安慧方禅师，北宋漳州楚安人，俗姓许，生平不详，属临济宗杨岐派弟子，文殊道禅师法嗣。

【题解】

对于修道的人，在刹那流逝的生命涛流中，如何找到自己安身立命之地？如何认识自己的本来面目？这首诗说出了追求大道的过程与自信。

楚安慧方禅师是湖南人，这首禅诗是他坐船行经湖南沔水时，听到江心来往的渡船上一位船夫，发出一声湖南乡音的吆喝声，使他突然之间开悟了，亲切的内心，被乡音呼唤出来，他观照自己的内心深处，那么平静安详。

原来临济宗的棒唱，竟然到处都是。

中国魏晋年代，文人隐居在山村里，以长啸抒发心中之气；清朝的平剧，在梨园的红地毯上，“生”“旦”“净”“末”“丑”的戏子，一声来自丹田的唱腔，或是昆曲的吟哦，都惹了人心低回。这啸吟的人声，原是佛法的“一音演唱”，与禅师的“棒喝”一样，指点了人心。

但有什么样的吆喝声，比行舟在江上的船夫更具有生命力，更实际，更可以一音无穷，响彻云霄，把人生从苦难中拔出来？

禅师的大喝一声，在生活中，有人心的呼唤。

“沔水江心唤一声。”在最激烈最危险的江心，江水波涛汹涌，楚安慧方禅师这一声却多么温柔，多么安定。

禅师把江水的快速流动，比作人生的无常，一般人心念妄想纷纷去来，人生多数的时候，落在颠倒梦想之中，久了陷入危险之地，若是无法自觉，像船夫过江心时，发出带着浩然正气的吆喝，痛苦的悲剧便无法避免。

反倒是，那一声乡音，在江水快速流动的时刻，眼看危机出现，船夫一吆喝，转过去了，难关在后头，前面的江水已经风平浪静。

原来江岸的渡口，不在江的两岸，在江心，是江心亲切的吆喝声。

楚安慧方禅师说出了“动中禅”，“此时方得契本生”，一旦人心醒过来，人世有了新意，可以平定江海的波浪。

在《论语》中，有一段孔子与弟子们要过河、派遣子路向一位犁田隐士“问津”的故事，子路询问何处有渡河口，隐士回答说：“滔滔者，天下皆是也。”看来答非所问，但是隐士的意思是，谁能在滔滔的尘世里找到“安身立命”的渡船头，才是最重要的事。

说话的隐士走到山林之中，“隐”与“仕”有说不清的纠缠。

人心意识纷飞，比江心的波涛更惊险，这时的“明心见性”，一悟天下悟，生命在“轻舟已过万重山”时，荡漾成一片春水。

二月桃花盛开，开出天下的景致，春风一阵，吹落几枝桃花，“春天月夜一声蛙，撞破乾坤共一家。”

无垢居士的“乾坤一家”，比不上楚安慧方禅师的“江心唤一声”，一声吆喝，在生活实际中，唤出内心深处的自己，唤醒生命沉睡多年的梦想，唤醒属于自己一世的志向与愿望。

“契本生”是多么实际的一朵花开。

“多年相别重相见，千圣同归一路行。”慧方禅师打自出娘胎就迷失的自己，终于重现，这阔别的见面，与千古圣人同在。

沔水江心唤一声，此时方得契本生。

多年相别重相见，千圣同归一路行。

再欣赏楚安慧方禅师的这首禅诗，我们仿佛回到沔江的江面，又看到船夫行船到江心，波涛汹涌时，再听到湖南的乡音，像亲爹亲娘，牵起孩子的手，细声细语地说话，叫孩子不要害怕。

逝水不复返

逝水不复返，黄叶无枯荣。
万物有终极，浮生欲何成。
爱缘一染指，智虑常纵横。
宁知昨日事，转眼多变更。
圣人示欹器，稍满还复倾。
及时不自惜，时去空伤情。

——天如惟则禅师

【作者】

天如惟则禅师，俗姓谭，号天如，吉安永新人。嗣法于中锋明本禅师，为南岳下第二十三世，属临济宗杨岐派法系。元顺帝至正十四年圆寂，有《天如惟则禅师语录》五卷传世。

【题解】

这首诗指出大自然的法则，“谦受益，满招损。”人生的贪恋欲求，常常会给自己带来空虚，唯有把握现在，持盈保泰，不要后悔过去，幻想未来，人生才会充实。

“逝水不复返，黄叶无枯荣。”

我们读到禅诗的前两句话，“逝水不复返”是任何人都了解的，流水此去不回头，总是不停向前，这是自然的道理，流水若回头了，一定是一般人的认知有问题，因为大自然的法则不可能更改。

从第一句读到第二句：“黄叶无枯荣。”

突然之间，我们的思绪顿了一下，“黄叶”，象征着进入秋天的季节，一树上的黄叶飘落，正是岁月枯荣表现出来的情景，为什么诗句说“黄叶无枯荣”呢?

原来，天如惟则禅师要我们从“万物的终极”处看一切事物。

大自然里，每一天都是好日子，无争无虑，好日子里，山河大地唱的都是自己的歌。

“流水”象征天地万物生长更新的脚步，指出了大自然的法则。一片落叶，是一棵树的生命，又一次的更新，“也须残过那边才得。”叶子落了，才有再长新叶的机会。

从这样的观点看，天如惟则禅师是乐观的人，“枯”与“荣”并不是相对的，他更彻底地说出“黄叶无枯荣”，人世向前看，何尝有盛衰兴亡。

日子只是不同而已，面对兴起的生机，春夏秋冬各有不同的面貌，欣赏了生命共同的轨道，生机是轨道上飞驰而去的动力。

这首诗，一开始便破除了我们的“分别心”。如同看大海的人，眼见上下起伏的浪头时，觉得生命无常变化，但是拉开了视野以后，看见整个海洋，大海却是那么平静，那么无挂碍，将大海的心静，放在岁月上，春夏秋冬四季递移，说荣说枯，也就没什么分别了。

因为人生的“有时而穷”，一般人不知道“万物有终极”，犯了人生强求的错误，天如惟则禅师仅以一句“浮生欲何成”，指出了一般人的贪爱与妄想。

“爱缘一染指，智虑常纵横。”身心的汲汲营营，“爱缘”与“智虑”太多，到头来总不免一场空幻。

禅师接着说：“宁知昨日事，转眼多变更。”

将相王侯，贩夫走卒，多少英雄人物，每一朝每一代，从来没有太大改变，但是多少英雄人物，也被“浪淘尽”了，有几个能够真正留下丰功伟绩?

功名富贵转头空，今日的荣华，明日的残花，娇妻美妾在无常的镜子前，一点贪恋之心，也留不住。

于是“昨日之日”与“今日之日”，充满了诗人李白式的浩叹：“昨日之日不可留，今日之日多烦忧。”

在时间的轨道里，所有的因缘改变，天地跟着改变，英雄豪杰渐渐衰老，这样的结果，凡圣贤愚，都没有不同。

可是许多人只看到眼前，在眼前的执著中，以为能得到什么，能抓住什么，心中有一块自私的藏宝图，描绘自己人生的远景，堆积无穷无尽的未来，以为过去和未来，是人生的聚宝盆，殊不知心中所思所想，也是转头成空。

逝水不复返，黄叶无枯荣。
万物有终极，浮生欲何成。
爱缘一染指，智虑常纵横。
宁知昨日事，转眼多变更。
圣人示欹器，稍满还复倾。
及时不自惜，时去空伤情。

原来，人生的聚宝盆，在天如惟则禅师的心目中，仿佛是孔子教导学生谦虚时，常常使用的“欹器”。“欹器”可以装水，象征着中庸之道，一旦水倒满了，“欹器”重心向下，盛水的瓶口翻倒了，会把全部的水洒出来，又回到原来的一无所有。

一个人的自我太满，太过执著，不够谦虚，不如放下一些。

天如惟则禅师“及时不自惜，时去空伤情”，真是苦口婆心：“放下”要趁现在，不要太过于贪爱自己，得失心重，反而造成“时去空伤情”的遗憾。

一击忘所知

一击忘所知，更不假修持。
动容扬古道，不堕悄然机。
处处无踪迹，声色外威仪。
诸方达道者，咸言上上机。

——香严智闲禅师

【作者】

香严智闲禅师，沩山灵佑禅师之法嗣，唐青州（治所在今山东益都）人。智闲禅师生得身材高大，博闻强记，既能干又有谋略，乡亲们都认为，他只要发奋学习，将来必成佐时之良器。可是，随着年岁的增长，智闲禅师对世间功名越来越不感兴趣。成年后，他即辞亲出家，观方慕道。

【题解】

这首诗，指出禅机的不可思议，在“忘所知”的禅修生活中，天地万物都可以因缘说法，不必执著在枯坐的参禅与自我狭窄的境界。

原来，禅机是参残雪之后第一枝开出的梅花。以禅机参赞天地化育，看见天地万物开始动起来的生机，和梅花一样在早春开放，若晚来了，便看不见了。

香严智闲禅师，是沩山禅师的弟子，当年他在百丈禅师处参禅，“闻一答十，闻十答百”，是聪明伶俐的弟子，却陷在知解的见解中，识不透禅机。

直到见了沩山禅师。沩山禅师只抛出一个他永远无法回答的问题：“你能不能告诉我，在父母未生你时，那个你是谁?”

沩山禅师的问题如当头棒喝，香严禅师知道，沩山禅师的问题真是好问题，但是他怎么回答呢?

一个简单的问题，只能有简单的答案，可是他翻遍了所有的经书，没有任何经文可以回答沩山禅师的问题。

偏偏，他相信沩山禅师。禅师提出的问题，一定是有他的道理，“直指人心”从来不是一句轻描淡写的话。此刻，香严禅师发现，问题像一记闷锤打在他的心上，他知道了经典的限制，多少历史的陈迹，考证的只是后来的事，要溯源到真相上却无能为力。

香严禅师终于放弃了知识上的探究，他将所有经书一把火烧了。

他不死心，又一次请教沩山禅师，问题真正的答案是什么。沩山禅师依然那么简单地回答：“我要是告诉了你答案，以后你会怪我。再说，我说的答案也只是我的看法，与你又何干呢?”

沩山禅师的“没有答案”，让香严禅师彻底进入了死胡同，他不再聪明，他的思想已无用武之地，他任何的概念与思虑，开始变得越来越远。

突然之间，他发现自己没有了知识的骄傲，他像变了一个人。

他的年龄变小了，他的心变柔软了，他变得更有感觉。

更重要的是，他改变了人生思考的习惯。

他碰到事情，第一个反应已不再是去想什么，或说什么，而是用心去感觉什么，在真正的感觉之间，香严禅师和生活越来越近。

他决定不再学佛法，不再徒劳心神，只愿做个每天吃饭睡觉就已足够的僧人。

他终于与沩山禅师告别，很快走回自己的生活。

有一天，他在庭院锄草，不经意地将一块瓦片丢向竹林，发出一声轻轻敲击的声音。忽然间，天地静了下来，瓦片落地的声音，像钟声一样，打进他的心底，一下子把他心底的锁打开了。更奇妙的是，他身心的世界立刻亮了起来，眼睛看到的，耳朵听到的，他身边的一切都不一样了，与他内心十分满足地贴在一起。

于是，他写下了上面这首诗。

“一击忘所知”，虽然是一块瓦片敲到竹节的声音，但就是那一声，一个小小的“禅机”，把他心中最后的一个妄念打消，让他进入忘我的境界。

“更不假修持”，禅修的日子，有所为都是妄念，但无所为又是什么？在不断的“舍下”之后，最后的一念仍然盘踞在心头，拂之不去，像一面明镜搁在那里，仍有明镜在，直到一声瓦片敲竹子的声音，突然镜子碎了，“无所知”之后，一株生命的竹节在地底冒了出来，春天的生活出现了。

“动容扬古道”，原来活泼的生命不断，曾经在内心深处长长久久，但许多时候已不知道其中滋味，突然间，亲切动容的“古道”出现了，恢复那一条生命的道路。

“不堕悄然机”，是禅师的自信，参禅永远在生活当中，他“动容”地为生命感恩，有生活的光彩，一切不是静悄悄的死寂，像一个人枯坐在禅室。真正的“生活禅”在日常生活里，“悄然机”的禅坐不免自我耽溺。

“处处无踪迹”，这可是禅修中最无牵挂的事，什么痕迹都不留，却什么都走过。

“声色外威仪”，记住，真正开悟的人，开了眼界，看到生活的如如不动，像大自然的花花绿绿，有着春夏秋冬变化的颜色。

“诸方达道者，咸言上上机”，原来，禅机是参残雪之后，第一枝开出的梅花。以禅机参赞天地化育，看见天地万物开始动起来的生机，和梅花一样在早春开放，若晚来了，便看不见了。

香严禅师这首禅诗完整地描写了自己悟道的经过，也让我们知道，禅悟的境界，不同于一般的打坐参禅枯坐在那里静坐冥想。

“悄然机”总是落了个痕迹可寻，但是真正的悟境，一定是不落痕迹的千古风流独绝，在不知的机智活泼处，有生活无尽的禅意。

禅机可以化为棋琴书画，可以是出将入相，可以是言语动静，是日子里无穷尽的色彩，生活无穷尽的变化。

天道人心，一花有一花的美丽，一人有一人的新奇，一事一物都有它的庄重与声色外的威仪。

香严禅师这首禅诗，让我们看到天地万物的庄严，与一机一会的大气，如

“拈花微笑”的故事，如“慧可断臂”的故事，如“黄帝禅让许由”的故事，因为有一个历史的契机，有人世的创造，兵机、气运、节气都好，是禅机的去处。

所以香严禅师开悟以后，在仰山禅师的印证下，又写出了禅机不落痕迹的重要。他另一首开悟之诗写着：“去年贫，未是贫，今年贫，始是贫。去年贫，犹有立锥之地，今年贫，锥也无。”

禅师的意思是，一般人贫穷的时候，自称无立锥之地，连立锥之地也没有，表示这个人的贫穷十分彻底。禅师这首诗，重点当然不是为了叙述贫寒的生活，而是以贫穷象征人心。真正的贫穷，一旦彻底了，有个立锥之地，都是富裕的，真正最贫穷的时候，连个立锥之地也没有呀。

禅师的“直指人心”，必须通过“无”这一关，才能一路到底，等到了底，再回到沩山禅师提出的“父母未生时如何”的问题，香严禅师终于有了一路参禅的结论，在“锥也无”的清净心里，看一切事物便不一样，人间历然，天道现在眼前。

这样的境界，使香严禅师写下另一首诗：“我有一机，瞬目视伊，若人不会，不识沙弥。”

香严禅师终于有了一颗清净的心，清静的心不再是一面镜子，或是一潭没有风浪的湖水。相反的，世界一直在变动，“明心见性”的禅机，是人生在狂风暴雨的时候，每一个风浪上的光明，在不着痕迹的心意中，照耀那最后一刻的天地好和；像春寒料峭时，开出的第一枝梅花，是风日洒然的地底突然冒出绿意。

他知道，真正的禅机是造化的一片成毁之机，杀出了天道好坏。

附录一

观自在——禅诗的禅味、禅境、诗味、禅理

禅诗不是一般的诗歌，也不是纯粹的文学作品，无论僧人写的禅诗或是文人描写人生境界的禅诗，都因为表达了“禅心感悟”而传唱一时，成为启迪人心的瑰宝。

禅宗也兴盛在盛唐的年代，在僧人禅诗与文人禅诗的内容里，看到禅诗的创作，与唐诗有一样的生命气象，而更上一层楼的是，禅师们个个展开了他们生命的喜悦，一点悲观也没有，仿佛《心经》的第一句话：“观自在。”他们直探心灵与生活的情境，他们对生命从不失去信心。

禅诗的禅味与禅境

我们一直喜欢盛唐诗人，因为盛唐诗人有一种人生永不屈服的坚持，他们可把生命的侠气、智慧与辛酸、悲壮之情景融进诗句之中，但盛唐诗人的自我坚持，仍然有一道紧锁的眉头。

禅诗不是人生感性的抒发，它是一个禅师面对“生死事大”的悬崖勒马，如何破得“生死关”？如何在黑暗的人间照亮人心？

禅诗不但给了我们生命的觉悟体会，更是对生活的指点迷津，甚至是烦恼苦痛世间的一帖良药。

我们可以像禅师“参话头”一般，把禅师的创作还原到禅师开悟的那个时候，进入那一刻契机的文字般若里，直指人心。不过，禅诗的“诗品”与“诗味”，仍然是我们选择写一首禅诗的先决条件。许多禅诗一眼看到，没有晦涩的文字，平白浅易，能够朗朗上口，如寻常生活的机遇，只是这是一段文字的机遇，“生

活"的公案,"生活"的禅诗。进入禅诗,有如认识一位好朋友,看看我们相同的生命情调,"参一参"每一首禅诗,也不要太在意佛学的术语,而是尽量用我们的生活作为禅诗的注解,这时我们才能与禅诗相契。

再回到禅宗"不立文字"的中心思想,我们看到禅宗的精神,看到禅宗那么多的公案,那么多禅师流传的故事,也许,我们可以对于"不立文字"有另一番解释,这"不立文字"是不拘泥于文字,因为天地间的文字,都在指点迷津,又能脱胎换骨立即消失,化成生活的滋味。而"禅诗"的形式,似乎是"不立文字"的禅宗思想最自然的表达方式。

一首精彩的禅诗,我们不会看到任何文字相,不会有任何时空障碍,像穿透了空气,一点没有隔阂,禅诗也因此成为禅宗"不立文字"的特殊表现。

王国维的"人间词话",将诗的境界分为"有我之境"与"无我之境",禅诗是无我之境的诗作,或者说禅诗之妙,在于"有心栽花花不开,无心插柳柳成荫",禅诗是无心的自然流露,也是王维诗句"行到水穷处,坐看云起时"的峰回路转,牵动了我们生命的美妙时刻。

禅诗创作最重要的核心是"禅机",所以读一首禅诗不只是人心感动于物,也不只是"纯艺术"的诗化作品,必须深入禅诗的禅机当中。

禅与诗的互相结合,有"禅"有"诗",兼有"禅味"与"诗味",是禅诗的特色,禅诗与一般诗词最不同之处,禅诗的诗情可以令人感动,与一般诗词无异,但禅诗的文字多朴直无华,却一定有"直指人心"、"明心见性"的目的,表现出禅师的开悟境界。

因为,每一首禅诗的创作,都是开悟与禅定时的作品,必须是心中没有杂念、豁然开朗而吟诵出的美妙诗作。其中的内涵,一定有禅诗面对"生死"的解说智慧,一定有人世"生死关头"的觉悟,一定有"禅机"在一瞬间进出"生死事大"的因缘,所以每一首禅诗,都有事情上的依据,像一盏明灯,点亮幽暗,对于轮回在生死苦海的人生迷惘,可以振聋发聩,指点迷津。因此禅师接引弟子,常常教导弟子参透一首禅诗,进入禅师开悟的当时经验,所以我们欣赏一首禅诗时,也可以当成"参禅",利用禅诗来修行,一旦开悟,便可深入禅诗的解脱境界。

另外,因为禅诗表达了生死解脱的智慧,"禅诗"的独特性,也使它成为禅宗不同宗派一代一代祖师传承衣钵、托付禅法时的重要依据。

禅诗的“禅味”，是我们欣赏禅诗最值得称道之处。禅宗重视“平常心”，强调“生活日用”，有趣的是，禅诗与一般的“唐诗宋词”比较起来，恰好像是不施脂粉的平常女子，在生活中过着平常日子，却让人回味不已。所以禅诗的文字常常非常简单，一如口语，可以脱口而出。禅诗往往没有“名字”，不像一般诗词的诗题那么分明，甚至许多禅诗的作者也付之阙如，生平不详。与文人诗作比起来，禅诗的“空”与“无”，正是欣赏禅诗最特殊的所在。

在唐诗的欣赏中，我们品味了诗人不同的生命典范，盛唐诗人不同的“人生”情调与“人格”特质，有不苟于世俗的志气，但盛唐时代的禅师与禅诗却平淡多了，“禅诗”融化在“日用生活”之间，是禅诗最可贵之处。

禅诗的禅味与诗味

“禅”这个字，是人心直接的感动。

“诗”这个字，拆解开来，是心中的志向用言语表达出去。

中国“乐记”形容每一个人情感的发展，从“人心”开始：“凡音之起，由人心生也，人心之动，物使之然也，感于物而动，故形于声，声相应，故生变，变成方，谓之音，比音而乐之，及干戚羽旄，谓之乐。”意思是，人心一旦受到外在的事物感动，感动的心，会自然而然地用声音表现出来，喜怒哀乐的声音互相影响激荡，形成中国音乐最基础的“宫商角徵羽”五音音符，音乐家用五音音符创作音乐，加上舞蹈，人心情感终于得以抒发，得以寄托。

因为人心的感动于物，有发自内心的情感，人心流变，最终要回到内心当中。

而人心最直接的化身，在乐舞之前，是心中的语言文字。美好的语言文字写成了一首诗，可以怡情养性，可以记录流动的人心。人心感动于物，一首诗，一声吟哦，“诗”与“乐”“舞”分不开，最直接地触动了天地万物与人生感情的交融。

有如陶渊明的诗：“木欣欣以向荣，泉涓涓而始流。”一声诗情，惊天动地地给人间带来欢喜。

孔子说：“诗三百，一言以蔽之，思无邪。”意思是一首真正的好诗，一定是真感情的流露，是真情至性的作品，有着人心自然的感动，不被思想的瞻前顾后拘泥，也不被世俗污染。

诗词创作，有别于一般叙事说理的文章，诗情诗心的呼应，必须情景交融，完全在忘我的境界。所以任何的“诗意”，一定在人生不思不想的顷刻，一个强大的感动，一声惊蛰雷鸣，直接带出内心的感动。

一颗无私的心，对于天地万物有所感动，发而为诗句，自然也会感动激发人意，直指人心。

所以诗作不但要有意调的韵律，也要有刻骨铭心的情景交错，要文句简单直接，又要不落于俗套，如孔子七十岁“从心所欲不逾矩”。

禅诗既然称之为诗，就必须同时具有“禅味”与“诗味”。既然“禅味”与“诗味”必须兼而有之，禅师的“以禅入诗”，诗句的字里行间，必须传递禅意，所以我们品味一首禅诗的时候，仿佛进入一位“开悟者”内在蜕变的过程，在诗句最精华的一刻，石破天惊，一道曙光，直接照亮了世间枯萎的心田，扫荡所有虚假名相，也断除了每个人根深蒂固的“自我”，出现天地万物与我并生的气象，和造物者与我同游的光景。

唐诗僧皎然曾在《诗式》中，以“正法眼藏”指出诗词的核心。

他认为，孤云淡月，倩女离魂，一首好诗不在于语言文字，也不脱离语言文字，“诗心”是诗文背后的感悟，“诗眼”回眸一刹那时，诗作指称的事物忽然全体消失，不久又全然出现，不会据为己有，也不会停留在语言文字上，更不会生出许多小知小见的是非。

好诗必有“禅味”，因为“禅机”决定了一首好诗的诞生。

好诗也必有“诗味”，因为诗里的青山白云、春风芳草，是天地的无尽藏，可以融化每个人的知、情、意，玩味不已，如小儿嬉戏。

因此，“禅诗”的妙义，不可以将“禅”与“诗”分开来看，也不可以将“禅”与“诗”二分为“禅进而诗退”的禅诗，有了禅机的见地，却忽略了诗心的感动；或者分为“诗进而禅退”的禅诗，有诗情的铺陈，却失去参禅的觉悟，硬生生地将“禅”与“诗”分开。

因为，失去禅诗“明心见性”的底蕴与“动念即乖”的禅机，禅诗便失去了禅师“了生脱死”“明心见性”的修行意义。禅诗的“人天眼目”，是禅师悟道的契机与观照，比一般诗作的“诗眼”更加传神，也比文学的“隐喻”更能扣住人心的智慧。

“禅诗”是禅师的悟道诗，也可以解释为禅师觉悟的“涅槃妙心”。

在佛教的思想里，“涅槃”有“无心”、“无念”、“无相”、“无住”的意思，如完全燃烧的木炭成为灰烬一般，象征生命圆满的境界。

佛教的圆满不是“有”什么，而是一切成熟了，一切化开来，什么也不留下，连一首诗的文字相也消失了。

禅诗的境界，如《金刚经》说：“应无所住而生其心”，“瓜熟蒂落”的力道，化为一心之用，“过去心不可得，现在心不可得，未来心不可得”，有“空”的自由自在。禅诗如水中月，梦中影，绝不会成为人心执著的对象。

禅诗的滥觞，可说是在中国诗歌发展的进程上，区隔了“言不及义”的辞章诗作，定位在“直指人心”的觉悟之上，也还原了诗句源自性灵的本怀。

“禅”，原是梵文“禅那”的省略字，有“禅定”的涵义，“静虑”、“等持”都是禅定的同义字。顾名思义，禅诗的诗句必须从内心的感悟出发，有生命成长的内容。

所谓“一念悟，众生即佛；一念迷，佛即众生”，禅宗六祖慧能以“一念”的迷悟划分了“佛”与“众生”的不同境界，有念就是妄念，无念就是真念。一首禅诗等同于禅师的一念，迷悟不同，能够“无念”地欣赏一首禅诗，像唱着生活中的白开水，才是众生的接引之道。

因此一首禅诗可以从两方面去分析，一是“悟境”；二是“佛心”。

从悟境来看，苏东坡说：“青青翠竹，尽是法身。”“郁郁黄花，无非般若。”我们欣赏一首禅诗，看到一位禅师的悟道，在一刹那间，生命的局限打开了，心中山河大地现前，解脱的自在与禅悦，那么不经意地流露，成为一首生活自然的乐章。

从佛心来看，佛心也是众生心，但是佛心不留一念。禅宗强调“不立文字”“教外别传”，一般人以为禅师自相矛盾，其实不然，这正是佛心的特质。因此，禅师心中流露的禅诗，有如清晨的鸟叫声，自然而不露痕迹，文字都消化了，也超越了一般人使用文字的局限，把矛盾对立都消解了。所以禅诗常常看似矛盾却不矛盾，也经常在生活中印证了，打破一般人习惯的语言文字与思维方式。

因此，欣赏禅诗要用“佛心”去欣赏，日月星辰，吃饭睡觉，都有“悟境”的滋味，这滋味不是道理，无关理论，像一个人的皮肤感觉空气的冷暖一样，当下就知道了。禅诗的佛心，有如一朵花开，花开花谢，出神入化，尽是无限的自性清静心，是诗味的禅意，是禅意的诗心。

禅诗的禅理与禅境

禅诗的分类，从作者看，可以区分为僧人禅诗与文人禅诗；从内容来看，可以区分为“禅理诗”与“禅境诗”。

所谓“以心为宗，以悟为则”，“心”是参禅的主体，在行禅的无心无念中，识得全体大用，所以“禅境诗”以行禅的“无我”为中心。

而“禅理诗”以觉悟的认知为基础，参透佛法，一通百通，以参禅的“开悟”为中心，悟得“禅理”，享受“佛事”。

一般来说，“禅理诗”可分为“禅悟诗”与“说法诗”。“禅境诗”则是日用的生活禅诗，有禅机的觉悟；“禅理诗”重视禅师悟道的人生哲理，而“禅境诗”则是日用生活的人生境界。

禅宗的“不立文字”“一切现成”“事事无碍”“任运随缘”“生活日用”“动触天真”，都是禅机的文字般若。

禅理诗与禅境诗，可以从华严宗的“法界观”来说明，华严宗以“理”与“事”的观点，把天地万物分为四大法界：“理法界”、“事法界”、“理事无碍法界”、“事事无碍法界”。“理法界”是从认知的角度看待事物，一事一物，有一事一物之理，都有因缘法则。“事法界”则从一事一物的作用上看，万事万物互相效力，都会产生缘起的作用。“理事无碍法界”指出了“理法界”与“事法界”的会通，万事万物的“理”与“事”互相依存，不可或缺，“理”是“体”，“事”是“用”，体用一如。而“事事无碍法界”更上一层，既然凡事莫不有理，事与事之间，圆融无碍，“理”在“事”中，以体发用之后，天下万事万物如大海的波浪，互为一大事因缘，一波一浪，都是全体大用。

“禅悟诗”以“理事无碍法界”为宗旨，有理境；“禅境诗”以“事事无碍法界”为依归，有实地。

“禅悟诗”有如一个人站在海边，从天地更大的观照中，看见海上的灯塔，知道了大海的方向，不再有畏惧的时候。

“禅境诗”则是一艘小船航行于大海之上，全然融入大海的晨昏夕照，漂荡在平静与波浪汹涌的大海中，享用大海无边无尽的广大力量，在不可思议的缘起中，航向快乐彼岸。

对于禅师而言，参禅的终极目的，是为了破除人生的妄情偏执，在有生之年，以觉悟为目标，修成正果，在名相的框架中跳出来。

六祖慧能禅师在《六祖坛经》中指出“无碍”的境界，他说：“一切无碍，外于一切境界上，念不起为坐，见本性不乱为禅。”

六祖慧能禅师提出了他的“坐禅”观，在一切境界上不起杂念，一心不乱，就是“无碍”。禅宗以“坐禅”契入佛教“性空”的智慧，妄情偏执既然不是圆融无垢的自心所固有，修行的禅机，只要“念不起”，只要“性不乱”，便是禅理，便是禅境。

佛教以“缘起性空”的思想，去理解天地的空虚与广大，仿佛庄子的寓言故事，大鹏鸟展翅而飞，抟扶摇而上九万里，象征着对于大道的追求，它的翅膀如垂天之云，它的背若泰山之脊，最后越飞越高，在天空中完全消失。

庄子寓言故事里，有一个禅机，用来比喻禅理诗最恰当。天地万物都在变化，变化的真谛，打破“有无之辨”“小大之别”“虚实之争”，如同大鹏鸟的“大”是相对的大，可以形容，天空是绝对的大，无法形容，相对的一切消融于绝对中，如同百川消失在大海里。了解了这个道理就是禅理，也就了解了佛教的“空”外于一切境界，不是什么都没有，而是积极的生命实相。

禅境就是禅师在修行中，真切地将自己融入生活中，有如天空浮云，如同禅师“万里长空”与“一朝风月”的比喻，从生命变化的轨迹看生命的成长与发展。禅师形容这种禅境：一寒彻骨，一心不乱，一贫如洗，一无所得，如《金刚经》彻底地说出：“离人相、我相、众生相、寿者相。”直接扫荡：“一切有为法，如梦幻泡影，如露亦如电，应作如是观。”人生不知“空”，不知“变化”的本质，一切刻意与有所为都是虚幻，真实的人生，像一面镜子，什么影像都留不住。禅境却“空”而“不空”，镜子虽然不能留住影像，却能在每一个刹那中，呈现出真实的影像来。《金刚经》又一语道破这种人生境界：“不住色生心，不住声香味触法生心，应无所住而生其心。”一颗不停留在一切境界却全然与生活相应的心，便是禅境的涅槃妙心，是般若智慧的实像。

《华严经》指出“一心的富贵”，禅境之中，自有山河大地宛然呈现，禅境的“言语道断，心行处灭”，相应在日常生活，是每一个人内在生命的各种流露，又与天地相通。禅诗的教化不在有无的名相中打转，一般人开口便错，动念即乖；不开口也错，不动念也乖。禅诗是文字禅，是无言之诗，是不立文字也不外文字，不假语言也不外语言，是平常之心，是吃茶之道，是砍柴挑水，是语默动静，每一首禅诗的禅境，都是禅师一路破到底、“应机接引”的生活教育，平静的大海是禅师的智慧，禅诗是看待每一次缘起的禅机。

所以，“禅理诗”以修行证果为核心，重视禅坐“无心”、“无念”的解脱与禅师个人种种不同的开悟机缘；“禅境诗”则是一个人去除我执我爱、心量广大以后，人生“无我”的小水滴，融入生活的大海中。

无穷无尽的好山好水，在眼前出现，非常平凡，却最自然；无分别心的境界，见山还是山，见水还是水，心有灵犀一点通。

附录二
不同禅门宗风的禅诗分析

自六祖慧能之后，禅风大盛，慧能禅师传法以后，开出一花五瓣，有临济、曹洞、法眼、云门、沩仰五大宗派，不同宗派的禅师，各自运用不同的禅机接引弟子，写下不同宗风的开悟诗。譬如，临济宗重视“棒喝”；曹洞宗重视“理”、“事”与“体”、“用”的不二；法眼宗将天地万物之理在一件小事上尽收眼底；云门宗则以为，自然便是禅机，在“树凋叶落”中，契入“体露金风”的永恒；沩仰宗则以“父母未生时如何”契入人生之始、语言文字之初。

孔子曾形容《诗经》的作用：“诗可以兴，可以观，可以群，可以怨。”“诗三百，一言以蔽之，思无邪。”禅诗亦然，因为禅机的生发不同，禅诗滋味的浑然天成各异，禅师的义理也就有如春夏秋冬，不同的时节因缘，道理也不同。

临济宗——当头棒喝

临济宗的宗风，以为生活一切都是道场，每个人的起心动念，扬眉瞬目，一举一动，都是佛性全体之用。

所以临济宗的应机摄教，以全机大用、棒喝交驰作为指引弟子的手段。

在实践与亲身体验上，主张任运自在，一次痛彻心髓的“身教”胜过千言万语，一真一切真，在临济宗的“棒唱指引”之下，将妄念一下子粉碎，一时之间，本性灵明，如云散天青，日照天下。

所以，在平常生活中，道不用修，但莫污染，平常心是道，本来具足。

人生只要悟得此心，日常生活的行住坐卧、应机接物都是生活的大道。

在临济宗看来，大道不假修持，只须任运此心，保持不污染，便已足够，生活即道场，此外别无修持，所谓："触类是道而任心。"

但是一般人执迷不解，总要"求"些什么，这时临济宗的"四料简"——四种接引弟子觉悟的方法，使出了霹雳手段。

第一种方法是："夺人不夺境。"

如日出阳光温煦，照耀大地，一切自然而然的时候，忽然禅师说出一句话，措手不及的情境，山河变色，晴天霹雳，立刻使小婴儿满头白发，白发老翁变成婴儿，心境一改变，认知不同，再看天地，有不一样的感受，有不一样的真实与体认。

第二种方法是："夺境不夺人。"

在弟子不设防时，立即改变弟子已经习惯的外在环境，如同鱼在天空，鸟在水里，通过这种改变考验人心是否笃定，以免心外逐物，被外物牵动，发生咎由自取的事。

第三种方法是："人境俱夺。"

一时之间，缘聚缘散，构成人间事物的地水火风，都是四大假合，禅师把一切粉碎，缘生缘灭的时候，地水火风，各据一方，千万人头落地，看什么都能夺去。生命一旦一无所有，没个依靠，心中的语言文字也陷入不可得，人生皈依何在，也就看出真正人生的考验。

第四种方法是："人境俱不夺。"

人生的情境与人事各就各位，所谓上位者"王登宝殿"，下位者"野老讴歌"，在朝在野，能否"天下太平"，如果禅师的心境无所分别，如一面清净的明镜，便能大彻大悟地照亮一切，与天地万物相应。

当年临济宗的开创者临济义玄禅师，行脚到黄蘗禅师处参访习禅，话还没说出口，被黄蘗禅师棒打三次，他在失望之余，转往大愚禅师处求教。大愚禅师听了临济义玄禅师的遭遇，语重心长地指出黄蘗禅师的教法是"老婆心切"，每一次棒喝，只是为了把临济禅师的"我执"消除，以激烈的手段，消化临济禅师的情绪与习气，每一次棒喝，都是智慧的拨遮。

因为，一般人在无知的生活中，迷失在语言文字之间已经太久，千年之病，用千年之药，修禅的僧人，一旦落入知见的问佛问法问僧，一念执著，与一般人的贪心、瞋心、痴心何异？都是迷头捉影，不务实际，像在千年的暗室久了，灵灵不昧的智慧之光出不来。

所以，临济宗喜欢用“棒喝”的方式教导弟子禅法，一般人缠绕的心理情绪，只有突如其来的棒喝，能够立即将其打消转移，如云散天青，拨云见日。

临济禅师常告诉弟子：“我有时一喝，就像金刚王宝剑，有时一喝，就像踞地狮子，有时一喝，就像探竿影草，有时一喝，不作一喝用。”临济禅师的“不作一喝用”，正是禅师开悟时的“人境俱不夺”，所有禅诗也都是乡村儿语，野老讴歌，可以棒喝也可以不棒喝，眼前的事，无心无念地去面对，身在其中，一点不必执著。

曹洞宗——体用不二

曹洞宗宗风绵密，像针线一样，与临济宗的大开大合极为不同。

曹洞宗的禅法经纶天下万物，对于参禅的弟子，反复在“宾”、“主”之间穿针引线，直到“寝殿无人”时，突然体会了和合的“金针玉线”，人生自我的执著顿失，看见禅境的和谐。

洞山良价禅师提出了“五位君臣”之说，为曹洞宗弟子建立了参禅修行的实践理论。

“五位君臣”的禅法，以“向”、“奉”、“功”、“共功”、“功功”，借着君臣的关系，比喻禅宗修行的五个阶段，每个修行阶段，互相对待，有如编织一块布，分为“经线”与“纬线”，经纬互相“回互”，如同事物的发展，可以分别从“理”与“事”两个角度去观察，天下万物莫不有理，莫不有事，理事圆融，是辨识禅法的最高境界。

“君臣五位”的禅法中，“向”是生命自然的需要，天性天真，不脱人间世事。

“奉”是世事的因应之理，事物总是循着一定的轨迹发展。

“功”是“事理圆融”的境界。“枯木花开”，生命的存在自有道理，满足生命的生长，一旦开花结果，便有生命的功劳。有如日出而作，日入而息的农夫，一天农忙结束，农夫放下锄头，心中轻松愉快。

“共功”指的是一件事情真正的圆满。因缘具足了，天地万物互相效力，互相依存，互相贡献，诸事圆满。“山自高兮水自深”，万千差别，体用一如，相安无事。

“功功”时，什么都不放在心上，一切放下了，达到修行最透彻的境界，像大自然的春生、夏长、秋收、冬藏，人生如大道一般，功成、身退、不居。

洞山良价禅师形容这种境界：“头角才生已不堪，拟心求佛好羞惭。迢迢空劫无人识，肯向南询五十三。”

“功功”的境界，以“不共”为“功”，要能“无心”、“无念”，以禅宗的“自性佛”，修得人生的“本来面目”，体会人世的“本地风光”。

人间若有“我执”，便有自性的“羞惭”，任何起心动念，都是“拟心”的头角峥嵘，真正的功德是无功德，真正的智慧是“不识”，真正的清静是无苦无乐。

曹洞宗“君臣五位”的禅法，从主客不同的立场看，又有“偏”、“正”不同，有如“阴”、“阳”互动，各有不同。“正”是真如本体，有实相的不生不灭，象征空性的绝对虚寂，是涅槃圆满的境界。“偏”则是事物差别的生灭相，属于一切相对变化的存在情况。

若简单说，“正”是“体”、是“空”，“偏”是“用”、是“色”。

佛教心经指出：“色即是空，空即是色；色不异空，空不异色。”

“空”与“色”不二，“体”与“用”合一，“偏”与“正”互为因果。

曹洞宗以象征色空、体用的“偏正五位”理论，分析禅师修行的境界，建立了曹洞宗绵密的禅学体系。

“偏正五位”是：“正中偏”、“偏中正”、“正中来”、“偏中至”、“兼中到”。

“正中偏”是体多用少，谈论本体的概念多，实用却不足，相逢不相识。

“偏中正”是体少用多，舍根本之道，常常捕风捉影，充满困惑。

“正中来”是由体起用，有根底有实用，自悟亲证，体会大道的“无中生有”，不落执著，不落阶级。

“偏中至”是摄用归体，如众川归向大海，两刃交锋，火中取莲，禅修至此，与天地万物有一体之感，格局大了，自有冲天之志。

“兼中到”是体用一如的境界，所谓：“不落有无谁敢和，人人尽欲出常流，折合终归炭里坐。”修行到了“无人”、“不知”、“亲得”、“独步”的境界，一切缘生缘灭，不落有无，也不昧因果。

曹洞宗“偏正五位”的禅法绵绵密密，暗与道合，与造化一起逍遥。以洞山良价禅师的禅诗为例：

“也太奇，也太奇，无情说法不思议。若将耳听终难会，眼处闻声方得知。”

他见水中自己的倒影，又写下“我今独自往，处处得逢渠。渠今正是我，我今不是渠”的诗句。

曹洞宗的禅法，重视体用不二，讲究理事回互，连禅诗的字里行间，也充满“不二”与“回互”的诗心，墙壁瓦砾是古佛心，无情说法说给无情的人听，其中的“是”与“不是”，“渠今正是我，我今不是渠”，终于“水到渠成”，一语道破曹洞宗的秘传。

云门宗——不立文字

禅宗典籍《碧岩录》第二十七卷，有一段云门禅师的公案。

有学僧请问云门禅师：“树凋叶落时如何?”

云门禅师回答：“体露金风。”

云门禅师一句“体露金风”，歌颂天地万物。

云门宗的宗风，不由得人说，在语言上，主客对待的情执破解之后，人生本来的自性，从思虑的知识中释放，禅心“等闲”之时，一旦“体露金风”，有“东海鲤鱼飞上天”的快活。

尽管树木凋零，但秋风飒飒是秋天自然的景象，人生只要随顺眼前自然的情景；再深一层体会，一事一物都是天地的无尽藏，在叶落时感觉禅机，在秋霜时发现生机，便是云门宗的禅法。

禅宗“不立文字”的禅法，云门文偃禅师用得非常彻底。

一般人习惯于语言文字，语言文字若是“言之无物”，成为“文字障”，日积月累的颠倒梦想，有如千年罗网，千年冰山，人人身在其中，要如何解脱？如何化解？

唯一的答案是，回到语言文字之初，回到生命感动最根本的“本来面目”，重新领略生活的滋味，老子的说法是，回到“赤子之心”，回到“婴儿之未该”，回到人生“无知无欲”的时候。

所以云门宗的开创者云门文偃禅师，常用激烈的言词，一点不留情面，打消弟子的语言文字障碍，指点弟子拨云见日，立即还原语言文字之初。

云门文偃禅师的弟子德山禅师，总结云门禅师的禅法，提出“云门三句”：“涵盖乾坤”、“截断众流”、“随波逐浪”。

这三句话，有如天子的圣旨，一道金牌下来，不由分说，一字一句，必须当下定夺，不容再问，不容拟议，无路逃脱，无处可去。

云门禅师“惊动雷鸣”的这一声令下，去了“死句”，有了“活句”。

死活之间，一声活句的机缘，参禅的弟子，立刻与天地万物接轨，与生活的一切机缘相应，如同大海中的一滴海水，有大海一样的咸味。

云门宗风的禅诗气象大，天地尽在我的怀抱，文字语言既是心中流露，山河大地自然也在其中。

云门禅师有一首禅诗：“如今竞爱摘杨花，红香满地无人扫。”

禅诗的意思是，一般人不知春天，活在自己的执著里，虽然摘尽了桃花，以为为自己所有，其实错过了春天，不能真正欣赏桃花的生机烂漫。

天地之大，“春山青”、“春水绿”，根本不必据为己有。

桃花开桃花谢，也是天地的造化。

生活眼前的事，就是大道的清芬，世界久远，常在日用生活里面。

只是人心让“语言文字”隔住了，人心让“语言文字”缩小了，“白日”、“青山”各各不同，舍去生活中显露的大道，都是妄念妄想。

云门宗以陡峻的宗风“截断众流”，只需要一个“忘”字与一个“断”字。

有禅诗：“白云断处见明月，黄叶落时闻捣衣。”

又有：“钵里饭，桶里水。”

生活的大道，吃饭挑水，都是悟道的途径，“白云断处见明月。”断了妄想，能还原明月真实，于是天地“古佛”，与当下眼前的“露柱”合而为一，一切相亲相契，浑然一体，白日智慧，青山看似春意。

“黄叶落时闻捣衣”，一个“忘”字，“闻声悟道”，“见色明心”，生活当中的个中三昧，都是画龙点睛的一点禅心，立即开始内心观照，不停留在语言文字的分别相中。

如此一来，大地平坦。

云门宗风“截断众流”的境界，禅诗“譬如雁过长空，影沉寒水，艳无遗踪之意，水无留影之心”说得分外分明。

佛祖开口闭口没有分别，说出的话语都是过时的尘埃。

所以云门宗要人参活句不参死句，要“把断牢关”，一语道破。

云门禅师接引弟子，常用“一字关”的教法，以“一个字”横在弟子眼前，弟子参透玄机。过得了关，“一个字”是活句，如拈花微笑；过不了关，每一个字都是“牢关”的执著。

于是“倒一说”的云门设教，一声“干屎橛”，点出“什么是佛”，禅诗“截流”，将极端相对的“肮脏”与“洁净”相融，险绝一句，使得云门宗风超佛越祖，完全吹落言词的浮华，人心当下回光返照。

截断众流的禅诗，回到“最初一句”，莫忘初衷，也回到生命全体的大用，有了“向上一句”。

有“最初一句”与“向上一句”，终于开启了云门宗风第三句“随波逐浪”的禅机。

“随波逐浪”与“随波逐流”不同，在日用生活中，“随波逐浪”，是人生切合时节因缘、扬眉瞬目同是一眼的观照，应机接引，都能对症下药，与“随波逐流”的纷纷妄想，当然不同。

云门禅师又说：“诸和尚子莫妄想，天是天，地是地，山是山，水是水，僧是僧，俗是俗。”

云门宗风的“涵盖乾坤”，原来是“莫妄想”中看见天地万物各安其位。

云门禅师接引弟子，不由分说，把弟子心中的“是”与“非”逼到绝境，妄想停止了，有无是非消失了，如另一首禅诗：“白鹭下田千点雪，黄莺上树一枝花。”

我们看见，有着云门宗风滋味的禅诗，美妙的意境，浪里白头，在“涵盖乾坤”、“截断众流”、“随波逐浪”的云门宗风中，匪夷所思地流露出来。

法眼宗——日用是道

法眼宗的宗风，重视“闻声悟道”、“见色明心”，每一首禅诗都有玄机，都有生活的指点，山光水色，是春天的笛声，看到落梅的消逝，不执著，才有新的禅机迎面而来。

法眼文益禅师的《宗门十规论》，有一段“理事圆融”的论述：

“大凡祖佛之宗，具理具事，事依理立，理假事明，理事相资，还同具足。若有事而无理，则滞泥不通，若有理而无事，则污漫无归，欲其不二，贵在圆融。”

所以，法眼宗的禅法，认为天地万物的道理，可以在一件小事上呈现，广大无边的境界，可以在生活中尽收眼底。

虽然理事、大小不同，各异其趣，却可以相互圆融，没有差别障碍。

“不知最亲切”是法眼宗最令人深省的句子。

当初法眼文益禅师参访桂琛禅师时，桂琛禅师问他：“你一路行脚，什么是行脚事?”这样当机的问法，只听见法眼禅师回答了一句“不知”，这时桂琛禅师深深地赞许说：“不知最亲切。”留下了法眼宗最亲切的一句话。

“行”之一字，无论行难行易，前程总是充满变化，禅师修行，行云流水的境界，只是把握每一个“不知道”的现在与当下。

一般人总是生活在习气里，对于未知的一切，有许多预设与分别，反而会“有心栽花花不开”，干扰了自然的因缘与发展。

法眼文益禅师的考试没有停止，桂琛禅师又问他：“三界唯心，万法唯识，门前的石头在心内，还是在心外?”

桂琛禅师的问题是，一般人以心的意识为中心，自我认知的见解，如何消融心外的石头？心外的石头消融不了，疑惑搁在心里，一个心中有石头的行脚僧，带着石头行脚，岂不太累？

桂琛禅师接引法眼文益禅师，为了破除法眼禅师的知识见解，将法眼禅师所有的“心得”一一否定，直到内外对立、你我分别的“差别心”也没有了。法眼禅师终于觉悟，说出法眼宗的禅法：“若论佛法，一切现成。”

法眼禅师还写下诗作：“欲识曹溪旨，云飞前面山。分明真实个，不用别追击。扑落非他物，纵横不是尘。山河及大地，全露法王身。”

因此，法眼宗的禅法，“欲言言不及”，现成的事，就是禅机，就是佛法的理事圆融，不是心得，也不是信念，心识太多，便是“惑”，一心观照的现成滋味，一点痕迹都不留。

法眼宗的弟子永明延寿禅师继承法眼宗风，他形容自己的传承是：“欲识永明旨，门前一湖水。日照光明生，风来波浪起。”

消化知见，观照的天地如风生水起，如湖面照影，如流水前行，没有多出来的念头，没有道理语言文字，面对现在发生的事，语言思量都无立足之地。

法眼禅法，另有“锁口诀”。

法眼禅师接引弟子时，先设下语言陷阱，以似是而非的句子，面对一般人的是非观念，“以其人之道还治其人之身。”当弟子一面对问题，在是非两头不能轻易决定时，一迟疑，一犹豫，法眼禅师立刻扩大语言文字的矛盾性，逼得弟子走在悬崖上，开口不是，闭口也错，只好悬崖撒手，理穷词绝，“不知”时，悟境出现。

这便是法眼宗风的“云盖锁口诀，拟议皆脑裂”。

一般人张口说话，开口时，被别人一句机锋的话堵回来，立即会自我分析思维，若自觉语言本身充满矛盾，不能自圆其说，会发现自己的看法原来错误，起初的认知态度便会改变。一个人的语言世界被否定，口说思量的概念与概念分类以后的执著虚妄，也就一一消失。

一旦不生取舍心，对待的概念没有了，生活的认知不再进入语言的陷阱。“言语道断”的功夫彻底，明心见性的禅境出现。

“不知最亲切”的法眼家风，便是风生水起的“一切现成”，一切处看取的生活，只有一个简单的道理：“日用是道，即凡即圣。”

法眼宗风的禅诗，一定落脚在“现在”的观照，日常生活没有其他道理，刹那永恒，当下不外全体。

所以，法眼宗风的禅诗，也有一种“一体观”，禅师接引弟子，虽然有许多看似矛盾、不合逻辑、声东击西、“风马牛不相及”的诗句，但打破了分别心，才知道万物一体的相反相成，例如：

东山西岭青，雨下却天晴。
牛胎生象子，碧海起红尘。

都是生命缘起的境界，颠倒处，更有滋味。

法眼子嗣德韶禅师说得好：“通玄峰顶，不是人间。心外无法，满目青山。”

禅师印证了天地万物一体的心境，日常生活就是道，一切现成，在理事圆融的大道当中，凡夫俗子与圣贤无异，吃饭喝水都是法眼宗风，生活的点点滴滴，自然而然地内化在一首禅诗里面。

沩仰宗——深机深用

沩仰宗的宗风以深邃的生命经验，教人更进一步。

有了生活中的“唱和”与“交驰”，有了“父子一家”的循循善诱，沩仰宗的禅法，接引弟子打开一个一个生活的死胡同，帮助弟子进入更有信心的天地。

往生活的深处探寻一下，人间都是解脱法门。

当年，沩山灵佑禅师侍奉在百丈禅师身边，因为天冷，百丈禅师提醒沩山禅师拨看炉中是否有火。

沩山禅师往炉中一看，只见炉火已经熄灭，他只好回答“炉中无火”。

听了沩山禅师的回话，百丈禅师走近火炉边，拿起禅杖，深深地在炉中拨弄几下，不久，火炉再度冒出火星，借这一点火星，加些薪柴，炉火又燃烧起来，温暖了百丈禅师与沩山禅师师徒二人冬天的夜晚，也留下他们禅法传承的机缘。

沩仰宗传承的禅法，以为“禅机”总在人心痛苦烦恼的最深处。

一般人的无明烦恼，并非永远，只是暂时歧路，如阴影一样短暂，一旦拨却无明的灰烬，隐藏在背后的佛性就会现前，好比黑漆漆的桶子脱落了，光明立刻在眼前出现。

沩仰宗的禅法不同于临济宗，临济宗重视“大机大用”，沩仰宗却主张“深机深用”。

如同一棵大树，临济宗有如树干，有泰山不可抵挡之势，可以与狂风暴雨抗衡；沩仰宗则是树根，虽然埋藏在地底下，却有着种子一开始的机缘，生机勃兴，根底深厚，随着树干的生长，树枝摇曳，屹立不拔。

沩山灵佑禅师有弟子仰山禅师，一日仰山禅师请问真佛住处何在，沩山灵佑禅师回答：“以思无思之妙，返思灵焰之无穷，思尽还原，性相常住，事理不二，真佛如如。”

沩山禅师以“佛性”的根本，修持禅心，如梦中醒来的人，永远不能说出本来面目，一旦开悟了，张眼知道梦醒，梦境的虚幻不实，有生活的如如不动。沩山禅师形容这种觉悟之心，是“大好灯笼”，灵灵不昧。

既然禅心是根本，如何呼唤自己，如何识得自己的本来面目？

沩仰宗的禅法接引弟子，往生命的深处探寻推敲，要“超佛越祖”，不能停留在佛祖之上，不能停在任何发生的事物里，过了就过了，要如流水一般，才是真正有主的人生。

当年，沩山禅师接引仰山禅师时，一开始就问他：“你是有主沙弥，还是无主沙弥？”

仰山禅师回答：“有主。”

沩山禅师又问：“在什么处？”

仰山禅师听了以后，一言不发，径自从西边走到东边。

仰山禅师是有主沙弥，这个主，不在言语上，在由西向东的生机出现的地方。仰山禅师因此得到了沩山禅师的传法。

他有一首禅诗：“若要了心，无心可了。无了之心，是明真了。”

可知沩仰宗的深密禅风，都从自然的心性中流出，一切生机，不来自外头，而来自心底，一个人“明心见性”时，直接探到内心深处，一旦深深体会了，没有外，没有内，没有迷，没有悟，没有虚妄，没有圣贤，没有边界，自然悟了同未悟，无心亦无法。

在沩山灵佑禅师的弟子香严禅师身上，我们也看到了沩仰宗“深根”的接引。

“父母未生时如何？”香严禅师出家以来，他一直追问自己的前世，一心想知道出生以前的自己，但是始终得不到答案，绝望之余，一把火，他把所有佛经烧了。

离开沩山灵佑禅师，他闭门苦行。有一日，他在庭院锄草，不经意的将一块瓦片随手一丢，当瓦片碰到一丛竹节，发出一声轻响，突然之间，他开悟了。

香严禅师立即作了一首禅诗：“一击忘所知，更不假修持。动容扬古道，不堕悄然机。处处无踪迹，声色外威仪。诸方达道者，咸言上上机。”

我们在香严禅师的悟道诗中，看到“父母未生时”的“上上机”，原来永恒的古道，是生命的根本。

禅师修行，要往生命的根本处去，生命的根本处就在生活当中，人生应该深刻一点，不要被外界的生灭迷惑，只要一点生机的星火出现，自觉自知，单刀直入，修与不修，悟与不悟，凡夫与圣贤，没有不同的区别。

图书在版编目（CIP）数据

孔维勤说禅诗：大道在心／孔维勤 著．—北京：东方出版社，2012.8
（国学魅力经典解读）
ISBN 978-7-5060-5371-6

Ⅰ．①孔…　Ⅱ．①孔…　Ⅲ．①古典诗歌—诗歌欣赏—中国 ②禅宗—通俗读物　Ⅳ．①I207.22 ②B946.5-49

中国版本图书馆 CIP 数据核字（2012）第 219171 号

中文简体字版专有权属东方出版社
著作权合同登记号　图字：01-2012-6662 号

孔维勤说禅诗：大道在心
(KONG WEIQIN SHUO CHANSHI：DADAOZAIXIN)

作　　者：孔维勤
责任编辑：查长莲
出　　版：东方出版社
发　　行：人民东方出版传媒有限公司
地　　址：北京市东城区朝阳门内大街 166 号
邮政编码：100706
印　　刷：北京博艺印刷包装有限公司
版　　次：2012 年 10 月第 1 版
印　　次：2012 年 10 月第 1 次印刷
印　　数：1—8000 册
开　　本：710 毫米×1000 毫米　1/16
印　　张：15.5
字　　数：240 千字
书　　号：ISBN 978-7-5060-5371-6
定　　价：36.00 元
发行电话：（010）65210059　65210060　65210062　65210063